SEMPREVIVA

ANTONIO CALLADO

SEMPREVIVA

7ª edição

Rio de Janeiro, 2014

© Teresa Carla Watson Callado e Paulo Crisostomo Watson Callado

Reservam-se os direitos desta edição à
EDITORA JOSÉ OLYMPIO LTDA.
Rua Argentina, 171 – 3º andar – São Cristóvão
20921-380 – Rio de Janeiro, RJ – República Federativa do Brasil
Tel.: (21) 2585-2060
Printed in Brazil / Impresso no Brasil

Atendimento direto ao leitor:
mdireto@record.com.br
Tel.: (21) 2585-2002

ISBN 978-85-03-01211-9

Capa: Carolina Vaz

Texto revisado segundo o Novo Acordo Ortográfico da Língua Portuguesa.

CIP-BRASIL. CATALOGAÇÃO NA PUBLICAÇÃO
SINDICATO NACIONAL DOS EDITORES DE LIVROS, RJ

C16s   Callado, Antonio, 1917-1997
7ª ed.   Sempreviva / Antonio Callado. – 7ª ed. – Rio de Janeiro: José Olympio, 2014.
304 p.; 21 cm.

ISBN 978-85-03-01211-9

1. Romance brasileiro. I. Título.

14-13626

CDD: 869.93
CDU: 821.134.3(81)-3

À memória do meu pai,
Dario Callado, médico e poeta.

*A veces en mis piedras se encabritan
los nervios rotos de un extinto puma.*

César Vallejo

Sumário

PARTE I Regresso à chácara materna 11

PARTE II O dia da caça 163

PARTE III A deusa-arrumadeira 215

PARTE I

REGRESSO À CHÁCARA MATERNA

1

Ainda em terra boliviana, rolando sem sono na cama da pensão de Puerto Suárez, Quinho viu e sentiu o Brasil ali pertinho, como de fato estava, na esquina, por assim dizer, calculou mesmo os míseros dois quilômetros, se tanto, que o separavam do portão da fronteira, que ia atravessar a pé, ou de automóvel, se preferisse, e ao rever e recapitular, no leito calorento, o portão, já mais de uma vez contemplado, sentiu de repente a tremenda gravitação exercida sobre seu corpo pela massa terráquea do Brasil, mãe madrasta descomunal, que o expelira duas vezes, primeiro do ventre, para lhe dar terra, e depois dessa própria terra natal para torná-lo deserdado, errante.

Resistindo tenaz à sucção do Brasil, que aumentava forte como um tufão que a si mesmo se chupasse num sorvo, num silvo ensurdecedor, Quinho, vivendo agora seu pesadelo com os olhos secos e abertos, foi sugado rumo à fronteira, tentando se agarrar a tudo que fosse árvore quéchua ou poste de iluminação aimará, mas desgraçadamente leve demais, esvaziado do próprio peso, fardo de paina, criança em berço de vara, de vime, restituída, soprada de volta à floresta púbica, à chácara materna.

Quinho se agarrara — para resistir, enquanto fosse possível, ao furacão autofágico, amoroso, talvez, mas excessivo, e por isso mesmo um tanto suspeito — à grade da cabeceira da cama, e ficara, sabia lá por quê, itifálico, inteiramente itifálico, quando Lucinda se achegou a ele, sonolenta, e, ao se virar em sua direção, os seios contra seu flanco, acariciou-o, possivelmente sem outras intenções, pretendendo continuar dormindo, mas, ao praticamente esbarrar com a mão no membro duro, beijou-o primeiro, suave, várias vezes, em beijos curtos, depois, bem mais desperta, meteu na boca a cabeça, provando-a em haustos apertados, justos. Mas, com a controlada gula de quem não vai comprometer, no antepasto, o banquete, se aproximou mais, montou mesmo em Quinho, suspendendo, é claro, o pesadelo dele, e dando início a uma sessão amorosa pormenorizada, ardente, mas bem trabalhada, em que Lucinda finalmente colocou o travesseiro sob o ventre para que Quinho a penetrasse por trás, na bainha natural, até os copos, mas por trás, como era muito do gosto dela.

Quando gemeu, e o chamou Neguinho, isto é, exatamente na hora mais crítica e solene, foi que Lucinda disse o que Quinho sabia que ia dizer e que era aquilo que ele mais temia ouvir: não ia ficar na Bolívia, esperando que ele voltasse não, falou Lucinda, não ia ficar dias no suarento Puerto Suárez, na pensão, sem saber o que se passava, não ia aguardar, fora de cena, sua própria libertação, feito uma incapaz qualquer, uma sinhazinha. Só para não se culpar a si mesmo, posteriormente, de não ter protestado, ou ao menos de não ter tentado demovê-la, é que Quinho repetiu o que vinha dizendo desde a Europa, desde antes de haverem iniciado a viagem de volta do exílio, a viagem clandestina, para a prática da mais antiga justiça, vingadora:

— Você primeiro prometeu que não vinha, que ficava à espera, lá longe, depois prometeu, até ontem, até agora, agorinha mesmo, quando eu já estava dentro de você, que ia confiar em mim, que ia me deixar agir sozinho, inclusive para não me amar demais, não me esgotar. Ia ficar do lado de cá da fronteira enquanto eu te desagravava para que você recuperasse a liberdade — e o sossego — e eu de minha parte pudesse entrar num cinema com naturalidade, e viajar, como qualquer pessoa, num trem noturno da Central. O quê? Fala mais alto. Eu sei, meu bem, eu sei que deixei escapar tua mão da minha mão e que... Não, lágrimas não, não é o caso. Não se fala mais nisso, pronto. Vamos atravessar juntos a fronteira para o Brasil, para Corumbá, nada mais fácil, afinal de contas, ainda mais que imagino que você está sentindo, tanto quanto eu, a força da voragem, não está, o sopro para dentro que daqui a pouco faz esta cama furar a parede do quarto, o muro da casa, o portão da barreira militar, e nós, como numa bandeja, em cima do lençol, na nudez, copulantes, presas fáceis, incapazes de qualquer gesto de defesa ou orgulhosos demais para isso, voltando, à pátria que nos fodeu, no auge e glória de uma foda.

Quinho adormeceu tão fundo que, pela manhã, precisaram bater forte à porta do quarto para que ele acordasse, olhasse em torno de si para conferir, ver onde estava, e afinal se levantasse ao reconhecer, do lado de fora, a voz de Pepe, que na véspera, como se fosse parte do sopro e da gravitação, passara o tempo a empurrá-lo para o Brasil, para a fronteira.

— Já vai — disse Quinho se espreguiçando, abrindo a boca, esfregando os olhos —, vou abrir, não sabia que já era dia claro.

Quinho se levantou e ia direto à porta mas se deteve a meio caminho e, apesar do calorão que fazia, vestiu um amassado robe que tirou da mala, pois sentiu, pelo pegajoso frio nas pernas, que as calças do pijama estavam alagadas de esperma.

2

Antes de sair do quarto, mão direita já na maçaneta da porta, Quinho, espalmando a mão esquerda, olhou, como era de seu hábito, a cicatriz de um talho dos dias de menino, quando limpava, para fazer um bodoque, uma forquilha de goiabeira. Depois, por um segundo, olhou, como se fosse um objeto estranho, sua outra mão, fechada sobre a maçaneta, sacudiu a cabeça, impaciente consigo mesmo, e abriu a porta, assumindo um ar resoluto de homem prático para ir, no sonolento, deserto refeitório da pensão, ao encontro de Pepe.

Postado à mesa diante de uma garrafa de vinho, Pepe — tristes bigodões de salgueiro de beira-rio, de guias tão compridas e cadentes que pareciam mirar, com certa intencionalidade, os canos das botas que o boliviano calçava — começou logo a falar, como se não tivesse interrompido a conversa da véspera, macia, emoliente, destinada a convencê-lo de que passar a fronteira era para ele, Quinho, nada mais do que a visita, a volta à casa paterna, o abrir da velha cancela, do portão de outrora, familiar, acolhedor. Enquanto isso Quinho, sorvendo da xícara um café quente, amargo, via, com uma poeirenta clareza que ela própria não tinha, a estrada, o caminho boliviano, aquele cordão de umbigo estirado no chão e que levava ao portão, à gruta das grades e hastes de ferro.

— Pode entrar tranquilo com seu cartão de identidade, mesmo velho, mesmo caducado. Entre não como quem chega, ou retorna, e sim como se tivesse vindo passar, em Puerto Suárez, umas horas apenas, para comprar um litro de uísque, um canivete suíço, um chapéu panamá. Entre com um ar despreocupado, malandro, que sua pinta é bem brasileira, não podia ser mais, com esse tom morenito de pele, olho castanho, cabelo preto, metro e setenta, entre firme, rapaz, pise forte, a casa é sua.

Como Quinho continuasse soprando e bebendo devagar o café, Pepe se levantou, pediu a Quinho que se pusesse de pé um instante, e deu-lhe a volta, observando-o de perto, quase a medi-lo, feito um alfaiate provando roupa no cliente.

— A única coisa que você devia perder é esse ar meio nervoso, os, se me permite, trejeitos, feito isso de olhar a palma da mão esquerda e de passar de vez em quando o dedo pelo colarinho, feito quem usa gravata e sente a pressão no pescoço.

— Pois é — disse Quinho, colocando a xícara de mau jeito no pires, o que a fez tombar, e pondo-a de novo de pé, com exagerado cuidado —, é que eu de fato usava gravata, até outro dia, até trasanteontem, para ser preciso, e a gente custa a cancelar um gesto assim, adquirido com o tempo, e com a gravata, naturalmente. E agora pense e me diga: eles não podem inferir por aí, pelo meu tique, que se eu usava gravata, como aliás meu pescoço branco também atesta, e se ninguém a usa em Corumbá, ou aqui, que eu venho de outras terras e portanto devia apresentar um passaporte de verdade, ou pelo menos um documento direito, com todos os selos e datas?...

— Qual o quê, tira isso do juízo que eu conheço todos os funcionários que estão hoje de serviço na barreira, um deles é até meu afilhado de batismo, moço ainda e já é influente na aduana. Não tem nada que ele goste menos — e os outros nem se fala — do que de papel esquisito, Nações Unidas, bossa-nova, que eles têm que telefonar para saber se vale, se é aquilo mesmo. Os melhores documentos que você trouxe estão aí, na bagagem de mão, os isqueirinhos franceses, os cigarros americanos, um ou outro charuto Montecristo, esses agradinhos que não chegam, nem de longe, a ter cheiro de suborno, e que eu, para fechar a rosca da sua travessia, vou reforçar com um punhado de garrafinhas de uísque, miniaturas, chamadas. Bota as miniaturas na sacola e pé na carreteira, rapaz, que a hora assim da tardinha, da sesta, é a melhor, pois estão todos com preguiça. Não quer um gole de vinho?

— Não, gracias — disse Quinho, como se estivesse empenhado em dividir, idiomática e tordesilhescamente, aquela terra lindeira, ibérica. E emborcou uma primeira miniatura de uísque, virando bem a cabeça para trás, como quem morde um bombom de licor e tem medo de melar a roupa, e, quase sem abaixar a cabeça, destorceu a tampinha da segunda miniatura e bebeu. Olhou depois, fixamente, a palma da mão esquerda, esperando que os dois imensos goles se transubstanciassem, fazendo saltar do velho talho, armado dos pés à cabeça, um voluntário da pátria, um lanceiro ébrio de bravura.

— Agora, vá — disse Pepe —, que está ficando tarde, e de qualquer forma, para o que der e vier, aviso minha sobrinha — observação, esta, final, que Quinho não entendeu, ou, aflito mas sentindo o prenúncio de miniaturizadas alquimias dentro de si mesmo, entendeu como uma forma displicente de despedida, um pouco-se-me-dá de quem, afinal, tinha ganho a parada e soltava a frase meio burlona que um caçador feliz poderia ter dito ao macuco já caçado e fechado, por cadarço e correia, no embornal.

3

O mal, pensou Quinho ao sair, foi ter deixado correrem assim as horas do dia, a ouvir Pepe e a olhar a palma da própria mão: quando se aproximou mais do portão — onde de pronto percebeu, nervoso, soldados brasileiros, que não via há tantos anos — o crepúsculo ensanguentava, no imenso prado plano do Pantanal, o rio Paraguai e as mil lagoas-corixo que ele deixa ao puxar para si as águas que espalhou durante a enchente. Pior ainda do que seu pesadelo de inda há pouco, a árida terra do Brasil o recebia ao cabo de dez anos com um crepúsculo exagerado de tão sangrento, composto, de propósito, devia ser, com o sangue a redimir de Lucinda.

Quinho se encostou, tonto, a uma árvore, mirando a estrada que levava à porta da casa de onde fora escorraçado, privado de honra, herança e privilégios, e onde tinha contas a ajustar, vinganças a cumprir, que havia de cumprir, desde que lá chegasse astuto e oportuno, de seu próprio querer, e nunca cedendo, dócil, àquela imantação brutal que ameaçava chupá-lo e desarraigar até a árvore que ele já enlaçara com o braço direito, a árvore boliviana, soberana portanto, apesar de dar-lhe no momento arrimo e âncora, asilo e refúgio. Podia adiar sua volta, segredou, a si mesmo, até quando quisesse e entendesse, ou até, depois de explicar a Lucinda, não voltar nunca mais àquele regaço de fera.

Bastou a decisão de recuar, de fugir ao combate, para que o braço de Quinho, sem qualquer problema ou risco, pudesse desenlaçar a árvore: cessara a gravitação que sentia desde a chegada a Puerto Suárez, baixara, em fim de expediente, o toldo da usina de sucção, desligara-se algum monstruoso mecanismo, privado de corrente, e, nem justiceiro nem filho pródigo, sem arma na mão ou borrego nas costas, Quinho se anulava, insignificante, imóvel e impessoal como a árvore boliviana.

Pensou, cabisbaixo, vencido, que, mesmo quando atende ao chamado, a coragem dos poltrões chega tarde e desleixada, ajeitando as ombreiras do vestido e arrastando os chinelos, uma coragem relaxada, feito mulher que a gente finge que não conhece quando encontra na rua. Estava ao seu lado, a desmazelada, mão fria no ombro de Quinho, enjoada dele como ele dela, cansada de ouvi-lo contar proezas do trisavô no Paraguai, manobrando um canhão La Hitte nº 4.

Separaram-se, afinal, ela, a coragem, provavelmente, pensou Quinho, procurando homem, ele encostado na árvore, tragando, desmoralizado, a fumaça de um cigarro cuja cinza nunca chegava a formar um borrão ardente, tanto era trêmula entre seus dedos a guimba. Deu finalmente as costas ao portão inexpugnável, expulso de novo daqueles bosques, como há dez anos, condenado ao cativeiro, à servidão entre estranhos, e, depois de jogar fora o cigarro, ergueu o pé para pisá-lo no chão. Só que a sola não chegou à brasa que pulsava, tímida e miúda como a bravura dele, na terra boliviana: o Volkswagen vermelho parou e a porta voou aberta, oferecendo a Quinho o assento ao lado da motorista.

Quinho imaginou que, aparecendo assim na hora, sorridente, a moça se encarregava de induzi-lo a entrar no carro como um verdugo de boa índole a convencer o condenado de que doía menos colocar sem luta o pescoço no cepo, debaixo do cutelo. E sentiu que o cutelo fora, sem dúvida, afiado de antemão por Pepe, olheiro fronteiriço, alcaguete binacional e bilíngue, traidor de duas pátrias, com livre curso entre Corumbá e Santa Cruz de la Sierra. Quinho entrou resignado no carro ao lado da moça, ouvindo, no estalido da porta que se fechava o estalido do cutelo e sabendo que, agora sim, manso, incompetente para a vida e a vingança, em lugar de lutar preferia que se apagasse a chama da luta, feito um cigarro que o torturador extinguisse, chiando, no peito dele, Quinho.

— Lucinda! — gritou atônito, parvo, olhando a motorista ao seu lado e mal tendo tempo de pronunciar a terceira sílaba, quase muda, do nome amado, pois Lucinda lhe fechou a boca com um beijo alegre e estouvado.

— Quanto tempo, querido!

O fusca mal se deteve um instante ao varar a barreira onde os guardas se limitaram a olhar de relance o cartão, anoso e vetusto, da identidade de Quinho, enquanto Lucinda, que sem dúvida conhecia um ou dois, dizia que sim, naturalmente, tinha um pacote de Chesterfield no carro, olha aqui ele, podiam ficar com ele.

Foi num estado de pavor, cercado de símbolos ásperos e acerados, que lhe cortavam a cara e o peito e lhe lanhavam as mãos, quando tentava afastá-los — Nicodemos abrindo de par em par as coxas da mãe debaixo das pedras e da caliça do templo, que desabava, as colunas afastadas e desmembradas, de par em par, por um cego de cabelo aparado rente —, que Quinho finalmente, com a morta guiando o carro, ingressou de novo na terra do Brasil.

4

Liana, que Quinho deixara em Londres, trabalhando de manhã num grande sebo de Charing Cross Road, departamento de línguas neolatinas, e à tarde na Anistia Internacional, tinha a vantagem de ser totalmente dessemelhante, pensava Quinho, sentado, agora, na casa de Jupira Iriarte, que era, ao contrário, parecida demais com Lucinda. Nem mesmo no auge da falta e carência dela — quando não saía em dia de bruma, porque na bruma todas as moças parecem com Lucinda; quando evitava rua onde houvesse cinema, ou recuava aterrado se, num bairro pouco familiar, esbarrava de repente numa marquise iluminada, com um nome de fita, porque da poltrona de um cinema, ao lado da sua, tinham arrancado Lucinda um dia, presa, para entregá-la às mãos de Claudemiro Marques e Ari Knut; quando, já se considerando, não sem um certo alívio, a caminho de uma impotência voluntarista, interrompia qualquer coito em que a mulher, feito Lucinda, se pusesse de bruços com um travesseiro sob o ventre, ou o fitasse de olhos abertos na hora do gozo, ou o chamasse Neguinho na mesma e dita hora; ou ainda e afinal quando, confuso e atemorizado, já via Lucinda nas próprias árvores da Europa, amulatadas pela primeira crestagem do outono — jamais Liana, tão doce, tão provedora de amor sem pedir nada em retribuição, incidira na imprudência e na impudência de parecer-se, de ter um ar de, ou audácia, em qualquer ângulo ou atitude, de tentar a imitação de Lucinda. Tinha outra cor de pele e pelo, e, se só usava o travesseiro para nele apoiar o rosto e adormecer, também ao gozar, como quando dormia, cerrava os olhos, sem nada ver, sem pronunciar a palavra sagrada, ou qualquer outra.

Sentado agora na casa de Jupira, e diante dela, Quinho se perguntava se aquilo era a cura, que não desejava, talvez, completa, ou a recaída final, que tornaria impossível qualquer contato seu com outra mulher, o que, estava certo, não era sequer anseio, ou desígnio de Lucinda ela própria, pois ela, apesar de desvitalizá-lo e aguar suas relações com outras mulheres, mantinha-se terna e doce em pequenas atenções, como em usar com frequência a camisola que tinham comprado juntos, anos atrás, e que naturalmente, agora, não envelhecia nunca, ou, pela manhã, um vestidinho caseiro que fora presente dele e usando o qual muitas vezes esperava, sentada à beira da cama, que ele acordasse, se levantasse e fosse passar o café para os dois.

Estava, ou julgava-se, calmo, até o momento de se sentar assim diante dessa Jupira que em vez de magoá-lo, ou ofendê-lo, com a lesa-majestade de sua inefável tentativa de impostura, mergulhava-o numa perturbação que ele sentia como quase tônica, estimulante, e portanto culposa. Para complicar mais a situação, Quinho não conseguia descobrir se a melodia que de certa forma acompanhava o encontro provinha dele próprio, sendo portanto imaginária, o que seria grave, ou se era externa, como esperava, vinda da casa ou de algum vizinho jardim ou quintal. Ia, naturalmente, perguntar, pois a constatação da parecença, somada a um acompanhamento musical sem explicação clara, poderia até significar que ele estava menos apto do que pensava à tarefa justiceira que se propunha, como um atleta que acordasse, no dia da competição, com um leve enjoo, ou uma pontada no fígado.

— Desculpe, eu ontem mal lhe falei, não lhe agradeci direito, devo ter parecido a você deficiente do juízo, ou irresponsável, e no fim de tudo acho que nem me despedi como devia, quando você me deixou no hotel como quem deposita um doido no asilo ou deixa na roda uma criança que achou no batente da porta.

— Você me chamou — disse Jupira sorrindo — de...

— Eu sei, desculpe de novo, mas, por um lado, como Lucinda não me sai da cabeça, principalmente se estou enfrentando um momento que me põe agitado, preocupado, eu vejo ela muito, em mulheres que passam, ou que avisto pela primeira vez, de relance, nem eu mesmo sei muito bem, compreende.

— Bem, então é uma fatalidade, quer dizer, uma história exemplar, rara, que dispensa explicações, ou justificativas, que deve apenas continuar sendo vivida. Uma desejável fatalidade.

— É antes uma bruta duma saudade inconsolável, sorriu Quinho, triste, sincero, mas em parte se desprezando por saber que com essas melancolias despertava comumente o interesse, quando não o imediato amor das mulheres, amor que depois não conseguia satisfazer, ou só em parte, até certo ponto. E no seu caso, pode acreditar, prosseguiu, a semelhança, ao contrário do que acontece geralmente, não se dissipou, não evaporou com...

— A proximidade? A familiaridade? Houve mais, entre nós, a velocidade, e só uma breve proximidade, mas ouça, não se preocupe que não há contas a prestar entre nós e...

— Eu estou sempre preocupado em libertar Lucinda.

Jupira ficou um instante parada.

— Libertar? Como assim?

— Bem, quero dizer, expondo ao mundo, em toda sua feiura, Claudemiro Marques, vulgo Antero Varjão, e o dr. Ari Knut, que é provavelmente o falso capataz e administrador Melquisedeque, é como se restabelecêssemos, no cinema, o instante da queda do copo, que nunca chegou ao chão e que se liga diretamente ao episódio e ao instante exato da prisão, que permanece, de Lucinda.

Diante de Jupira que apenas balançava afirmativamente a cabeça, meio perplexa, esperando sem dúvida que as palavras de Quinho, como um mecanismo que se articula peça a peça, se ajustassem, afinal, fazendo ouvir um clique, e adquirissem forma e sentido, Quinho exerceu um incômodo cacoete que Pepe não tivera tempo de anotar: prendeu a respiração, como quando queria formular um conceito que lhe escapava, e se esqueceu do fôlego lá dentro até uma quase tonteira, o sopro armazenado finalmente saindo num fio e produzindo uma voz fatigada, como se ele acabasse de subir uma ladeira.

— Pessoas que ficam suspensas no ar, compreende, como esse copo a que eu me referi, do filme que estávamos vendo quando Lucinda foi levada, presa. Mas o que eu estava querendo dizer, antes, é que a semelhança que você tem com Lucinda não se dissipou com a serenidade de ver você como estou vendo agora, com calma e sossego. Dificilmente uma irmã de Lucinda sairia mais parecida com ela do que você, isso eu lhe garanto. Há o ar de família, como se diz, a marca imperceptível, aquele quase nada, contribuição, pode ser, do ambiente, da casa, das árvores do quintal às pessoas, como esse seu hábito de inclinar (Quinho neste ponto já sentia que, sem que o animasse exata ou comprovadamente tal intento, roçava as zonas fronteiriças do fazer a corte, como se dizia, da cantada, enquanto o cântico, que ouvira anteriormente, denso agora feito um reboco, uma caiação, grudava-se às paredes da sala) a cabeça para a esquerda quando parece querer não sei bem o quê — acho que fazer a triagem entre o que existe, numa frase que se ouve, de verdadeiro, daquilo que nela possa ser lisonja, por exemplo...

Jupira endireitou a cabeça, que pendia para a esquerda, tal como assinalado.

— ...e há, no seu caso, uma espantosa semelhança de olhos e de nariz e foi ela que causou ontem, quando me sentei ao seu lado no carro, a superposição quase física, a justaposição coincidente da imagem interna de Lucinda — especialmente intensa, naquele meu instante de... desamparo, mas que está sempre, em chapa menos nítida, comigo, o tempo todo —, com sua cara exterior de Lucinda, a me... socorrer, me apoiar, me situar numa realidade, num assento de carro.

— Uma realidade estofada, macia, movente.

— Não zombe de mim, que passei por uma experiência estranha, a começar pela surpresa do seu aparecimento, no instante em que eu a mim mesmo me perguntava se... se o momento era propício para atravessar a barreira e você irrompe em cena vinda não sei de onde, dirigindo um carro cor de papoula.

— Convocada por Tio Pepe, meu tio mesmo, de verdade, não o vinho de xerez.

Quinho prendeu de novo a respiração, enquanto fitava, cortando-lhe a linha da vida, a cicatriz do talho da infância, como se, relíquia que era de um mundo de atiradeiras, entre goiabeiras do Ingá, a estivesse vendo pela primeira vez, ou ainda sangrasse, ou doesse.

— Mas seu tio o quê? — perguntou Quinho, o coração com as batidas rápidas que conhecia bem, não as do cansaço, as da humilhação. — Te convocou? Fez um apelo? Te chamou como quem chama o Pronto-Socorro?

— Ué, não tem nada que ver, eu falei em convocação como podia falar em sei lá, recado, pedido, que importância tem isso. Ele achou que seria bom, já que eu conheço as pessoas, os macetes, como se diz, que eu atravessasse a barreira com você, com o intuito de simplificar os trabalhos, de...

Jupira olhou para baixo e para os lados, como se procurasse o que faltava da frase sob o sofá que corria ao longo da parede, ao lado da poltrona em que ele se sentava, ou quem sabe sob a pata estendida da pele de onça que atapetava o canto em que os dois conversavam.

— Meu trisavô foi lanceiro de Osório — disse Quinho — e serviu aqui, em Mato Grosso, entre os Voluntários da Pátria, 1º Batalhão. Foi condecorado pelo conde d'Eu.

— Como?

— E então?

— Ah, desculpe, pensei que você fosse falar no seu... trisavô. Tio Pepe pediu apoio porque, como ele disse, sua ideia de... de expor Claudemiro, vulgo Antero Varjão (por mais que se preparasse de antemão, e se acalmasse, não conseguia, na hora, pronunciar o nome sem um arrepio) à execração mundial vale muito mais do que a simples detenção dele, e ele, acuado, fornecerá os nomes máximos. Meu pai sonha com um Nuremberg que inclua os amos também, que...

De repente, a distante melodia do início cresceu, começou a vir ao encontro de Quinho, a saturar a sala, e então apareceu a menina com o macaco no ombro e a gaiola na mão, o macaco com um vago ar de excursionista, devido ao embornal, à mochila que carregava a tiracolo e que a menina Hera, de uns dez anos, apresentou a Quinho:

— Aqui, Jurupixuna.

— Meu nome é Vasco — disse Quinho, estendendo, solene, a mão ao macaquinho. — Os amigos me conhecem por

Quinho, completou, apertando a mão estendida, mãozinha de taquara e seda, de asa de morcego, de velho e de rã.

— Aqui, Verdurino — apresentou a menina.

— Agora só falta apresentar Joselina — disse Jupira. — Onde está a cascavel?

Mas Quinho só tinha olhos para Verdurino, o sabiá-laranjeira, intenso, exibicionista, que cantava em torrentes, temendo talvez, como todo artista criador, que um súbito enfarte, uma embolia, uma pedra de menino cortasse no meio exatamente aquela composição, a mais importante, como toda composição em marcha, inacabada, um baita sabiá de costas morenas e papo bruno-róseo, sabiá destaque de desfile, porta-estandarte, ai, gemeu Quinho, sabiá como só trina e canta na palmeira abstrata das saudades do exilado, do asilado, banido, rósea mulata como Lucinda, cabocla rosicler, feito Jupira.

— Verdurino — disse Quinho, repetindo o nome só para dizer alguma coisa, para sair de dentro daquela gaiola, que crescera e engolira tudo e todos, redoma, campânula canora do sabiá que, talvez velhíssimo, quem sabe macróbio, mas fosse como fosse muito mais erudito do que um sabiá qualquer, entrava agora numa convulsão de belcanto, seu corpo de pássaro mal aguentando tanta melodia.

— Acho que ele hoje precisa tomar uma Luminaleta, ou meia — disse Jupira — como você quando era pequena e se assanhava, agitava e animava tanto que não conseguia dormir.

— Verdurino — disse Hera — se chamava Caruso quando ganhei ele mas nosso amigo Juvenal Palhano pediu pra ser padrinho dele e batizou ele Verdurino.

Quinho reparou, mirando com enlevo Herinha, que por sua vez fitava o tenorino Verdurino, que os olhos dela, de um castanho líquido e luminoso, eram grandes, lindos, um claro mel — mas grandes talvez demais, não seriam? Rolavam um pouco nas órbitas, como se um sentimento de admiração, por exemplo, ou mesmo uma fixidez dinâmica, de contemplação, os fizesse girar um pouco, se moverem, como se move o sol e as outras estrelas? Não sabia. O importante é que Herinha teria talvez a mesma idade da criança de mármore que tinha ficado emparedada no ventre de Lucinda, ao lado de uma estrela que Quinho um dia chamara — num "doce latinório", como dissera, rindo, a própria Lucinda — *sphincter vaginae*, e que até hoje o escravizava a ele, como esses astros que, apesar de extintos, isto é, desencarnados, continuam a nos enviar a sua luz.

5

Tinha ficado sob a impressão da ideia extravagante, sugerida por Jupira, de dar um sedativo a um sabiá-laranjeira, ou se tratava apenas, e simplesmente, de enfrentar uma insônia causada pela promessa, que a si mesmo fizera, de ir pela manhã à fazenda da Onça Sem Roupa, ou La Pantanera, como a chamavam os bolivianos, de Claudemiro Marques, vulgo Antero Varjão? Ia ver pela primeira vez, cara a cara, o homem que até hoje mantinha Lucinda em pena e aflição, homiziada na força dele, Quinho, de homem vivo, em seu coração, encapsulada em seus testículos, para não continuar suspensa entre o céu e a terra.

O fato é que dobrou sua dose de Valium para subjugar a expectativa de visitar a fazenda do chamado Onceiro Antero Varjão, e talvez por possuir de novo Lucinda, dez anos depois, em terra brasileira, enovelou de volta, rebobinou a vida dos tempos em que pela primeira vez tinha dormido com ela e, consequentemente, mergulhado no assombro e no mistério que era Lucinda deitada, de costas ou de bruços. Revolucionários ambos, fanáticos, como iria falar com ela sobre assuntos, na aparência, tão frívolos e frascários? Ainda ignorava que, antes de ser dele — ai dele —, ela própria descobrira, pelos outros, no assombro dos outros, não propriamente o apelativo, o doce latinório, o músculo clássico que ele identificara mas sim o mais importante, que era a função amatória desse músculo.

Quinho tinha mergulhado, naquele tempo de descobrimentos, em febris e abstrusas leituras, quase cômicas, quando agora as recapitulava. Mal definidos até então, a partir dessa época seus cacoetes, seus vezos e tiques tinham adquirido força, forma e coerência, enquanto ele — retendo a respiração até o desmaio, olhando o talho da mão quase ao ponto de fazê-lo sangrar feito uma chaga de estigmatizada — coligia a medo, em dicionários impacientes, abreviados, em velhos manuais de anatomia que encontrava na biblioteca pública, notas que elucidassem pelo bulbo, por assim dizer, pela bolota e o capulho, as propriedades do sistema fisiológico do amor em Lucinda, sem qualquer heresia de espiritualismo e psicologismo.

Quem encontra as palavras exatas atinge a tranquilidade de espírito e só lhe faltavam umas poucas palavras — talvez uma só, uma única — para explicar Lucinda, e, explicada ela, reaver ele o sossego, a paz austera da acídia, feita, em partes iguais, na mesma ampulheta, de areia do deserto e pó da erosão de esfinges. Para explicar Lucinda, uma vez desenterradas, lavadas e filtradas as palavras que ainda não possuía, era só organizar o conhecimento que tivera dela — ah, ao conhecimento nunca chegara, aí é que estava o busílis: conhecimento era o que buscava nas palavras, olha aí o círculo vicioso, pois ele só tinha de verdade a prática dos cinco sentidos, dos dez dedos e dos órgãos fálicos, isto é, o da fala e o outro. Schliemann colhera na *Ilíada* a informação de que necessitava para descobrir Troia, enquanto que ele, Quinho, chegado de chofre a Troia, precisava agora reescrever a *Ilíada*.

Haveria notícia de, como o de Lucinda, um hímen tão complacente, de uma complacência de tal forma benevolente que tocasse, como o dela, as raias da mais condescendente indulgência, traduzida numa resiliência graças à qual, fossem quais fossem uso e abuso, retornava invariável à sua original, incorrigível elasticidade e à mais encerrante e constringente demência de adstringência — haveria?

Difícil era colocar em termos aceitáveis de indagação científica um assunto que se tornara, para Quinho, personalizado ao ponto quase insuportável de fazer com que ele regredisse, estilisticamente, à fase mais romântica de sua vida, em que frequentava, nas noites solitárias, a taverna de Álvares de Azevedo, ferreamente casto, e depois debulhava-se, descascava-se até tocar a rocha psíquica, o cristalino, em desmaios que projetavam nos ladrilhos do banheiro, como numa tela metempsicótica, todas as encarnações de

Helena, desde a primeira, labareda nua a lamber lasciva os muros de Troia, até a Helena copeira, infiel de nascença, desfrutável como essas melancias que o feirante oferece de amostra, aos passantes sedentos, em talhadas suculentas, Helena que o descabaçara, a título de presente de aniversário, quando ele inteirava treze anos, entre a tina em que lavava roupa e um pé de araçá, e que Quinho surpreendera, dia seguinte, nos braços do eletricista, entre a mesma tina e o mesmo pé de fruta. Não podia escrever ao *Lancet*, ou ao *Pulso*, como chegara a rascunhar num esboço de carta, que ninguém, ninguém mesmo, nem o mais réprobo e crasso dos libertinos históricos, Macário, ou o perverso Valmont imaginaria, estirado e feliz ao lado de Lucinda, que não acabava de possuir uma *virgo intacta*. Não, tal tipo de missiva faria com que o grave editor, médico sem dúvida, imaginasse estar simplesmente na cabeça de Quinho o que se encontrava, santo bosque, calmoso sítio, nos refolhos dos músculos que, sem dúvida, é evidente, nas mulheres em geral, foram pela natureza encarregados de transformar aquilo que na alma é terno no que é contráctil no corpo, mas que em Lucinda espremiam ternura em anéis peristálticos, como se, numa suspensão de leis naturais, uma cascata sugasse as próprias águas para subir, impetuosa, penhasco acima.

Antes de qualquer outra providência, Quinho, que só pensava, nos primeiros dias, em voltar aos misteriosos recessos da companheira Lucinda, apelou para amigos médicos, ou estudantes de medicina, que arregalavam os olhos quando o viam mergulhar em livros e enciclopédias de atualizada anatomia, com folhas transparentes, engenhosamente superpostas e entrosadas, a desfolharem o corpo humano como um malmequer, uma diáfana alcachofra, livros que introduzissem alguma ordem nas pesquisas oníricas e ignaras que empreendia e que, com vã ciência, esforçava-se por diagramar, sem qualquer obscenidade, é claro, mas que lhe saíam, para dizer o mínimo, inconvenientes ao extremo, sem a competência perifrástica das doutas e sonsas ilustrações profissionais. Só estas saberiam tornar rutilante a rosácea de vitral cujos raios, a partir do vestíbulo, flamejam estelares pelo bulbo cavernoso até o tendão central do períneo predestinado, para aí balbuciarem sua fala concêntrica, a eloquência maior, o demostênico *staccato* da forma de linguagem que originou todas as demais: tanto assim que quando Quinho deparou — como Schliemann no Helesponto ao escavar, entre as circulares ruínas de outras cidades mortas, o anel troiano, o círculo de Helena — com o palpitante músculo, compreendeu, graças à práxis adquirida num contexto raro, que aí, precisamente, tinham sido modeladas, articuladas, na verdade pronunciadas as primeiras vogais, fixadas depois, em definitivo, pela ciência, e às quais a poesia deu sua demão de tinta perene: A negro, E branco, I vermelho, O azul, U verde.

6

Construída num topo do morro e encostada à esquerda num regato que descia degraus talhados na pedra viva, também descia o morro, tal como as águas, a casa antiga da fazenda do Afonso Arouca, atual Onça Sem Roupa, ou La Pantanera, e se atirava, em três lances de catadupas, dos seus altos senhoriais, de vastos cômodos, ao porão mais do que habitável, de peças ladrilhadas, dando a impressão de que durante as secas da região, amorosa e solidária, secava tanto quanto o riacho que lhe lambia o flanco enquanto água lhe restasse. Vindo de Corumbá, Quinho contemplou da estrada as doze portas da fachada e as janelas de guilhotina, debaixo dos beirais de azulejo e do telhado de enegrecidas telhas. Como o céu por trás da casa anunciasse tormenta, lívido e esverdeado, La Pantanera fez Quinho pensar em Góngora, em Greco e Toledo, essa montanha que, precipitante, há tantos séculos que vem abaixo.

Fotografar os horrores da fazenda, descobrir o túmulo das duas mulheres, comprovar que um rio de coca boliviana passava, como aquele riacho, entre aqueles muros, e identificar, entre os que cercavam Claudemiro-Antero, o legista, Knut: esses trabalhos, Quinho vira no fundo de si mesmo, enquanto recapitulava Lucinda, podiam e deviam ser feitos pela manhã, quando Antero ia ao escritório da cidade, pois a presença do Onceiro era o nojo dispensável, a náusea supérflua. A atividade que Quinho se atribuía a si mesmo não era mais, como pudera supor antes, a de combater o inimigo, medir forças com ele, deixando ao capricho das armas o resultado: ele era o astuto mensageiro das forças que, partidas do fundo da terra, cavam o chão por baixo dos transgressores, era o agente sutil da danação do Onceiro.

Ao avistar, na guarita do portão, uma sentinela, Quinho, antes de pôr de novo em movimento o jipe, tomou um trago na miniatura de Queen Anne, das que o Pepe lhe dera, e, em seguida, botou na boca e trincou uma daquelas balas de hortelã e eucalipto, que sempre carregava e que, além de lhe tirarem da boca, de imediato, o bafo alcoólico, a prazo mais longo o enjoavam e o obrigavam a parar de beber.

— Me chamo Vasco Soares Lanceiro — disse Quinho ao homem da guarita —, e tenho, marcada, uma visita, para conhecer a fazenda.

— Ahn, estou sabendo. Vou abrir. Vai no jipe até lá no pátio da casa que Seu Antero está esperando.

Perdão, teve ímpetos de dizer Quinho, Seu Antero não devia estar, àquela hora, e ele, Quinho, não queria vê-lo, pelo menos ainda não. Mas em vez disso assentiu com a cabeça, e, para fazer alguma coisa, enfiou — enquanto afrouxava com o indicador a gravata imaginária — outra bala na boca. Devia bastar-lhe a humilhação de pedir a uma vaga, esquecida rainha Ana, dos ingleses, a coragem que devia minar do seu peito como a água daquele regato sem ser preciso complementá-la com a indignidade de disfarçar o hálito de botequim com fumos de hortelã e eucalipto, confundindo taverna e farmácia para que esta última servisse, quem sabe, para abrandar iras do inimigo.

— É, estou um pouco resfriado — disse Quinho, olhando, à primeira vista mais com espanto do que com medo, as mãos de Claudemiro-Antero, que não tinha imaginado tão grandes, e arriscando um olhar furtivo ao pescoço dele, onde devia haver uma cicatriz.

— Aqui em Corumbá faz um calor dos infernos — disse o Onceiro, voz lenta, ar natural, mas, ao pronunciar o topônimo, de explosiva sílaba final, aquecendo a cara de Quinho com um sulfúrico bafo, que não vinha de pastilha, nem de alambique ou pipa. — Quando sopra aquele vento gelado que vem do sul a gente se resfria logo — acrescentou, com um bocejo.

— Acho que já cheguei meio gripado — respondeu Quinho varado de repente de dor pela indagação que se fazia diante das mãos prodigiosas: teriam elas próprias, fisicamente, com aqueles dedos grossos, de espatuladas unhas...

— Bom — disse Antero, como quem já investigou as possibilidades de interesse do interlocutor e não se entusiasmou demais. — Quer dizer que você está escrevendo um livro... sobre o que mesmo?...

— Fazendas do Pantanal. O futuro desta zona é fantástico, bastando uma checada no que já entrava nestas terras de dólares do Texas e em moedas da moda, como o iene, o marco alemão, em busca de proteína animal e de cavalos pantaneiros, cães de fila, para nem falar no ferro de Urucum, nos diamantes...

Antero calculou que podia se desligar do papo do cara, que tinha toda a pinta de durar até o saco estourar, em frangalhos, porque gente era assim mesmo, só na porrada é que calava a boca, na porrada e na trepada, sendo que porrada, olhando bem as coisas, era melhor, servia sempre, liquidava logo a chatura de bicho vivo e gente viva, de maracajá que bole no mato e de puto metido a valente na hora do interrogatório enquanto que trepada ah trepada mesmo que não tem nada a ver com o fode-fode nas Corinas e Violetas bucetas a gente só encontra uma vez, duas vezes e olhe lá, na puta vida inteira. Ai minha Nossa Senhora por que é que ela não quer me ver mais e corre comigo da porta dela feito quem enxota da xoxota cão sarnento, por quê, porra, quando ela sabe que com ela eu fico encaralhado dos pés à cabeça e ela se embuceta inteirinha dobrada elazinha em duas peles macias mais a penugem e...

— Por isso é que eu queria, não é mesmo, visitar a fazenda, que todo o mundo diz que...

— Ó, vou te entregar, quer dizer, vou te apresentar — já estou te tratando assim, de chapa pra chapa, sem frescura, sem cerimônia — o Dianuel, que é meu vaqueiro, meu caçador, rastreador bom está ali. É. Dianuel. Pena que não está aí o Melquisedeque, que além de tudo é mais safo, ou menos burro, mas o Melquisedeque faz falta lá no escritório pro embarque de couros...

Só querem falar e falar, os putos, pensava Claudemiro-Antero enquanto falava alto o que sabia de cor, estão cagando pra saber se não estão interrompendo o caralho da gente que endurece só de lembrar... O jeito é a porrada que faz o cara cuspir dente da boca feito caroço de pinha, cuspir sangue e baba e cair de quatro enquanto a gente enfia o cabo da vassoura no cu senão eles falam pelo rabo mesmo, tem que arrolhar tudo, cortar o rabo do maracajá no meio do mato...

— Mas quer dizer que eu posso?...

— Pode fazer o que quiser — disse o Onceiro, se levantando de repente —, a casa é sua. Deve ter umas onças na jaula aí e jaguatiricas, uns gatos maracajá da última caçada. E olha, volta quando quiser, não precisa falar com ninguém não, vai entrando.

Impressão geral de preguiça, pele cor de azeitona, voz grossa, de azeite, pensou Quinho, observando sem medo, por um instante, o Onceiro, pela seguinte, humilhante razão: Claudemiro-Antero não só não parecia suspeitar dele como, por alguma razão, mal lhe aguentava a presença. Quinho sentiu doer na palma da mão a velha cicatriz, cortando-lhe incisiva a linha da vida, e a olhou e examinou às claras, achando que talvez Antero estranhasse o gesto e apalpasse, no pescoço lá dele, a cicatriz que devia ter, mas Antero, sem apalpar nada, bocejava, fazendo um evidente esforço, como quem espanta sono, para falar, com um trejeito vigoroso de cabeça.

— Bom. Pro seu livro sair direito. Ó. Bicho do mato, de guará até onça, a gente mata por causa do gado e da criação, que a gente não engorda boi pra dar pras onças, porra. Tem quem fala besteira e putaria sobre caçador, mas só prendendo um puto desses num quarto de pensão com uma suçuarana, porra. A gente cria bezerro e galinha, com leite, com ração, com milho pras putas das onças e jaguatiricas encher o pandulho e lamber os beiços? DIANUEL! Porra, que homem mais demorado.

Sem dúvida Claudemiro-Antero, pensou Quinho, já teria sentido, diante da hecatombe de couros e peles que exportava, frequentemente com cocaína obturando os dentes das cabeças de onça, a pressão de agências internacionais, mas estava longe de imaginar que o brasileirinho franzino à sua frente, com hálito de hortelã e cânfora, de estreitos ombros e antigas ancestralidades tuberculosas, pudesse ter alguma coisa a ver com os rubicundos senhores de bichos e parques, reunidos sob a efígie do Grande Panda em Morges, Suíça. Despedindo-se afinal, aliviado e pacificado, Quinho foi atravessando com Dianuel, que rangia, todo ele, ao andar, de tão entalado que estava em couro novo, salas e mais salas de alto pé direito, paredes grossas e janelas gradeadas, a si mesmo dizendo que não via razão nenhuma para enxergar nada sinistro na casa só porque ali morava agora quem a casa não construíra. No entanto, no fim do terceiro corredor, descobriu que as salas, assim como os cômodos menores, ainda que contivessem leito, mesa, moringa a um canto, servindo, portanto, de quarto de dormir, ou ainda quando mobiliadas, as peças maiores, à maneira de salas de estar, ou de jogo, com cadeiras, sofá, mesa redonda, ou quadrada, forrada de feltro verde, salas e aposentos, em suma, todas e todos, ostentavam ao fundo uma mesa comprida, com caneta, cinzeiro, cadeira de braços no centro, tudo isso à sombra de um crucifixo. Não havia, pela altura, digamos, do décimo cômodo com mesa ao fundo, cadeira de braços, caneta e cinzeiro debaixo do crucifixo, como evitar a conclusão de que, do ponto de vista das alfaias, da decoração interior, a fazenda onde se instalava Claudemiro Marques em sua versão rural de Antero Varjão formava uma série ininterrupta de distritos, de delegacias. Ou estaria, talvez, exagerando, já que a sala por onde agora passava, por exemplo, tinha a mesa ao fundo porém nua, com o crucifixo na parede mas sem a cadeira? Estaria, talvez, meio tonto, tonto de bala de hortelã e eucalipto, quer dizer, e falta de um trago que…?

— Cuidado aí com a cabeça que tudo que é passagem baixa aqui é um quebra-quengo da puta madre — rangeu Dianuel, menos homem do que bota nova reiuna, apontando a Quinho o último arco, aberto para um grande pátio quase monacal, certamente musical, recamado de antigos azulejos da fazenda original, que figuravam várias rabecas, o arrabil mouro, a viola de braço e a viola da gamba, suspensa do chão, apertada entre os joelhos do rabequista de sapato de entrada baixa e fivela.

— O patrão falou que a gente pode sair de montaria, que tem cavalo muito macio, marchador, pra quem tem rabo de cidade, pode sair de kombi, pra ver a fazenda no chão, ou chamar o piloto e sair no Piper, se quiser ver lá do alto os pastos, serraria, curtume, várzea de arroz.

— Sei, ótimo, mas primeiro vamos andar um pouco.

Quinho lutou contra o enjoo pensando nas especiais cautelas que precisava tomar agora, para não despertar suspeitas, para não permitir que se rompesse a trama, ainda frágil — ou aparentemente frágil —, a ligar a obscura Pantanera, nos arredores de uma improvável Corumbá, a 1.110, Morges, Suíça, à mesa de trabalho de Liana em Charing Cross Road, a 210 Southampton Street, ao Tribunal Russell. Antes de mais nada, na frente de Dianuel, usar com a maior prodigalidade a Leica da Wildlife Foundation, em focinho de boi, pé de piúva-ipê, paratudo, palmeira, gado tomando banho de carrapaticida...

— Para lá das casinholas é o quê?

— Lá é que é o curtume onde trabalha Edmundo Sem Fundo. Tem esfola hoje e muita gente sem traquejo de carne, de sangue, dessas coisas, padece de engulho súbito ou então — e Dianuel olhou Quinho de soslaio — enche o saco com negócio de bicho, tadinho, que ruindade, bicho também é filho de Deus.

— Pois é. Uns gaiatos. Pessoal folgado, das cidades, que não conhece a vida dura do mato.

— Isso mesmo. Acha que a gente devia arranjar carneirinho pra onça brincar de boneca, como diz o patrão. Aqui, porra. Se o senhor quer vamos lá no curtume e no curral das vivas.

— Aonde?

— O curral onde a gente guarda uma ou outra onça que pegou viva, no mato, no mundéu, tá vendo? Às vezes junta duas, três, depende. Macaco também, jaguatirica.

— E esses bichos têm algum destino? Vão pra algum lugar?

— E como é?

— Não sei. Quer dizer, me ocorreu que talvez fossem para algum jardim zoológico, sabe, despachados para São Paulo ou o Rio, coisa assim.

— Ahn. É. Não. Vai não.

Caminho do curral das vivas era o curtume, e ali cânfora, eucalipto e uísque, cefalalgia e lembranças de passados interrogatórios da Rua da Relação e Barão de Mesquita entraram de tempero nos tanques catinguentos, cheios de peles fervidas, cozidas, salgadas, escarnadas na faca. Quinho ainda teve ânimo de executar o pequeno plano de pousar na beira daquela nauseabunda sauna de peles a Leica, de esquecê-la ali e continuar andando, ouvindo.

— Ali na frente dos canis a gente faz a esfola, tá vendo, pra treinar sempre os filas em sangue de onça. Às vezes a gente usa um bezerro, pinta ele de sangue ainda quentinho.

No cercado frondoso de árvores, Quinho viu, com alívio, que as peles eram outras, pelos de ouro e de sombra, negros, ruços, vermelhos, mosqueados alguns de moedas tão imperiosas que mais pareciam saídos de uma oficina de cunhagem do que do escuro do mato. Mas por que assim pendurados, os bichos mortos, pregados em árvores, estirados em varais, antes mesmo de terminada a esfola, como aquela onça preta, suspensa dum galho de árvore por dois ganchos que lhe arregaçavam os beiços, como se a pobre suçuarana tivesse literalmente morrido de rir?

7

Só quem já escreveu carta em código, cifrada, naquela linguagem de afetada ligeireza, doidivanas, e que sem embargo se destina a pôr um véu por cima de graves, talvez fatais declarações, sabe o quanto é humilhante este exercício de estilo e com que melancolia o usam mesmo os que mais dependem, cuja própria vida às vezes depende, de sua eficaz utilização.

Felizmente era fácil responder à carta em que Liana, sem precisar apelar demais para símbolos e cifras que os dois haviam combinado em Londres para fins de correspondência, descrevia o trabalho que fazia na livraria de Charing Cross Road para poder acrescentar, alegre e tagarela feito noiva que apronta a casa, que com seu segundo mês de salário tinha comprado, na loja de móveis usados, as duas poltronas que haviam namorado juntos, a grandona e a menorzinha, batizadas por ele, Quinho, de Dirceu e Marília: já estavam no apartamento, a cada lado da lareira, Marília ocupada por ela, Liana, Dirceu à espera dele. O único trecho da carta em código era aquele em que Liana dava notícias de alguém da Anistia Internacional que viera procurá-la para saber se o Ari Knut não tinha tido conta na Livraria Foyle's para importação de livros e revistas técnicas. O trecho de Liana dizia: "Nini, coitada, veio passar o fim de semana comigo. Está aflita porque continua sem notícias do Canuto. Nini se lembra muito bem de que quando estava fora Canuto recebia livros e revistas da Foyle's. Talvez, quem sabe, a gente tivesse o novo endereço dele, o que facilitaria muito as coisas. Dei uma checada e de fato achei o nome do Canuto, mas é claro que o endereço era o antigo, o sabido e batido, mas nunca alterado, atualizado, claro, que o Canuto não dorme de touca. A pobre da Nini ficou p... da vida mas o que é que se há de fazer? Acho que o cara sumiu de vez."

Quinho encerrou, com as mais alegres exclamações e graciosos recadinhos, cheios de humor e vivacidade, a carta que escreveu a Liana, em resposta, e mal fechado e lambido o envelope via aérea — que tanto lhe fazia bater o coração, quando recebido no estrangeiro, com seu debrum verde e amarelo, e tão estranho parecia agora, quando era ele o remetente e não o destinatário — sem qualquer aviso, como aliás era da rotina, mergulhou na escuridão, ou, melhor, na recapitulação da escuridão em que decorrera o momento que se transformaria no moto-perpétuo da sua vida, sempre a pulsar, a bater, inesgotável.

Na tela do cinema, alheias ao ronronar do narrador, desenrolavam-se com estoica urbanidade — cercando, para a última ceia, o imenso abajur de Lalique, negras e tontas gravatas pretas-borboleta e mulheres vestidas para o baile, ácidas e espumantes — as imagens de *Marienbad* quando, num golpe seco, numa cena bronca de anti-*Marienbad* entre as cadeiras, Lucinda foi arrancada do seu lado e, no meio do rebuliço na área da detenção em progresso — "Polícia... Polícia..." disseram em uníssono e em voz grave e baixa, modulada para atingir apenas o pequeno círculo dos incomodados, os dois tiras —, houve a ligeira pressão de adeus dos dedos de Lucinda no seu braço, o toque leve, que só podia querer dizer, não é mesmo, que era isso, que era adeus, que ele ficasse sentado, assistindo *Marienbad*, e continuasse na luta, como fazia até agora, até ali, escondido em sua própria terra, respondendo a uma carta que enfiara em envelope de tarja verde e amarela. Ou não seria nada disso e sim o nu e cru instante do medo pânico, animal, os dedos de Lucinda no seu braço formando um berro, táctil apenas, está certo, inaudível, correto, mas um brado de so-cor-ro! no escuro do cinema? Ah, isto não ia saber *nunca*, tá bem? nunca jamais, em tempo algum, nunca ia poder ver a nova Lucinda, recente, sem...

— Entre.

Pela porta entreaberta do quarto do hotel, negro e hirsuto feito um remorso, voou-lhe ao colo o macaco, que fez Quinho empurrar para trás, horrorizado, a cadeira em que se sentava, o que, por sua vez, fez a menina Hera, mais para grave em geral, soltar uma risada.

— É só Jurupixuna, Tio Quinho.

— Uf! *Só*, agora que eu sei que foi Jurupixuna e sei também quem foi o capeta que botou asas nele para que aterrissasse em cima de mim e da carta que eu estava selando, uf! Imagine vir aqui só para me dar esse susto, eu pensando que era a arrumadeira, gordinha e baixinha, e entra um macaco de boca-preta, voador, alforje a tiracolo, e que agora ainda por cima cismou de me fazer cócegas.

Deixou Herinha rir, enquanto Jurupixuna, sentado na máquina de escrever, folheava o velho Caldas Aulete que ele tomara de empréstimo ao escritório do hotel.

— E que história é essa de macaco de embornal, como se fosse à caça, ou à feira, ou quisesse passar por gambá, ou canguru, com bolsa de carregar filhotes?

— É para Jurupixuna não se perder outra vez.

— Claro, entendo, o único macaco de embornal na face da terra.

— Ai, Tio Quinho, cabeça de pau, olha, pensa bem. Está tudo escrito em grão de milho no chão. Jurupixuna é um macaco semeador.

Quinho viu, de fato, no chão, três ou quatro grãos de milho que se diria espantados de se encontrarem perto de um pé de cama ou em cima dum tapete meio desfiado, cocado de botas, irritado de esporas, tapete de hotel na boca do mato.

— Feito na história de João e Maria, lembra? Pois é. Se Jurupixuna se enganar de direção de novo — quase que eu fiquei doida da outra vez — ele deixa cair grão de milho pelo caminho afora e eu sei aonde ele foi, eu vou na trilha dele, entendeu, é só sair catando milho. Até uma galinha acha ele.

Momices, pensou Quinho, que jamais imaginara permitir que, como fazia Jurupixuna, um macaco o desgrenhasse e lhe fizesse festas, como se todos, naquela casa e grei, engendrassem em si mesmos poderes de fascínio e até os símios, para lá das macaquices, se dispusessem a provar — sem prestar a mínima atenção a eles perdidos como grãos de milho na grande caminhada — que quando querem não só dominam técnicas avançadas — a do cafuné, por exemplo — como parecem capazes de encontrar, no Aulete, o significado da palavra e...

— O negócio, Tio Quinho, é que a mamãe mandou dizer que quer ver você, que é pra você passar lá em casa, e como pode ser que você não tenha ainda descoberto, mamãe gosta das coisas a galope, feito índia guaicuru, que é o sangue dela, da minha avó, sabia? Faça o favor de vir logo e se ainda não aprendeu o caminho siga o milho do Jurupixuna que assim ninguém se engana.

8

Olhando goiabas no pé e cobras na gaiola, Jupira Iriarte, enquanto aguardava, no fundo do quintal, a chegada de Quinho, pensava nas teorias do velho Iriarte sobre a facilidade de cada um controlar a desordem do seu mundo pessoal para chegar, assim, ao mundo comum, perfeito, que nos incumbe menos criar do que habitar: não é um céu, dizia, é o sobrado, bastando, portanto, encontrar a escada que leva a ele, a qual, acrescente-se, não é a de Jacó, lançada sobre o abismo e talhada em estrelas escorregadias, mas uma simples escada, de pau, com corrimões. Tudo que temos a fazer é controlar a desordem, como faziam, nas casas de antigamente, as arrumadeiras, que profissional e simbolicamente desapareceram, as puras servas da ordem, as que sabiam o lugar da almofada e do escabelo, de cada pano de renda em cada cantoneira, de que jarro de flor em que aparador, e, sobretudo, em que gaveta de que mesa — sabiam — estavam as velas e os fósforos, para o caso de faltar luz, pois só assim, nesta permanência e estabilidade, podia um homem de bem de fato se sentar, calçar os chinelos, esticar as pernas, acender o cachimbo e calcular, com exatidão, o peso da bomba a fabricar em relação à base de coluna ou frincha de parede em que devia ser posta, feito um ovo.

Durante longo tempo, ou, para maior exatidão, até bem pouco tempo atrás, Jupira aceitara as teses paternas, menos por julgá-las certas do que por achá-las corriqueiras, quase axiomáticas. Tinha vivido toda a sua vida, naquilo que a vida tem de suculento e vital, até a morte do noivo — morte que ela sofrerá a distância, em estado de mudez, sem se manifestar, sem se apresentar, nem como viúva nem como nada, o ventre cheio de Herinha mas o restante dela vazio. Seu último gesto suculento e vital tinha sido exatamente salvar Herinha da picada do lacrau — e esse gesto de amor se prolongava ainda no cuidado e no susto que Herinha continuava a lhe dar, mas era um gesto passado, encerrado, pensamentos idos e vividos, como dizia um verso não sabia de quem, mas que Juvenal Palhano sabia de cor e recitava inteiro.

Acontece que há pouco, muito pouco tempo atrás, tinha ela começado uma angustiante e enjoativa descida dentro de si mesma, sem dúvida por querer se justificar, mas se emaranhando toda em ideias e conceitos que não tinha com quem discutir, e que, para dizer a verdade, não queria discutir nem consigo mesma. Quase cortara, aliás, relações com ela própria no instante em que, revendo o episódio do lacrau, pilhara-se dizendo que tinha sido salva pelo Mal, assim mesmo, com M grande, pois assim a palavra tinha aparecido escrita na sua imaginação, por incrível que pareça, um M vermelho em fundo amarelo. O veneno, a peçonha, esse Mal maiúsculo, nunca teria se dissolvido completamente, eis a questão, no seu organismo, permanecendo ao contrário nela feito um mal venéreo, recolhido mas atento, e se reativara, natural e muito convenientemente, quando ela...

Se nem consigo mesma tinha coragem de discutir, de levar mais longe do que isso as psicologias e ciências que tecia ao seu redor, feito uma aranha caranguejeira, imaginava, se com ele jamais tivesse a petulância de falar a respeito, o assombro do pai diante do Mal que nela ficara a buscar — e encontrar, com grande prazer, diga-se de passagem — o Mal do outro, como que a ilustrar o conceito, que o velho Iriarte detestava, hanemaníaco, do *similia similibus*, ele que, como o pai dele já fazia, gostava de trovejar *contraria contrariis curantur*!

— O que é isso — perguntou Quinho —, encantando serpentes?

Herinha, de dentro da casa, tinha apontado a Quinho uma Jupira doméstica, no fundo do quintal, só que vistoriando, em lugar de galinhas ou coelhos, seu plantel de cobras.

— A gente exporta veneno, não sabia não? — disse Jupira.
— Fazemos contrabando, para o pão nosso de cada dia, e, nas horas vagas, despachamos nossa peçonha, fresquinha como manteiga de granja, em frascos, baldes e tonéis, para os quatro cantos do mundo, você não sabia?

— Imaginava, supunha, ou deduzia, digamos, para usar a palavra certa.

Um tio dela tinha morrido, por falta de soro anticrotálico na farmácia, de picada de cascavel, anos atrás, e, desde então, em tempo de enchente no Pantanal, quando a bicharada, como no tempo do dilúvio, procura os pontos mais altos, os firmes, tesos e coroas, as ilhas da pastagem transformada em arquipélago e dos bichos em náufragos, saem as famílias dos Iriartes a caçar cobras de veneno e escorpiões, a enfiá-los nas gaiolas em que seguirão, pela Noroeste do Brasil — junto com o caviar, o salmão, o uísque da Escócia e a vodca da Polônia, tudo contrabandeado, pela grei, da Bolívia — para São Paulo, onde serão trocados por ampolas de soro.

— Entendeu? Cada Iriarte que morre aumenta as chances de imortalidade do resto da estirpe e agregados. De veneno de cobra, pelo menos, os Iriartes não morrem mais, e ainda abastecemos, de vez em quando, as farmácias da praça, sobretudo a do Martinho farmacêutico que, por não ter podido socorrer meu tio, até hoje se desculpa, se benze mas acrescenta que ele, benemérito, morreu pela salvação de muitos. Sabe, acrescentou Jupira, acariciando a cabeça da menina, que a Herinha limpa tão bem a gaiola da cascavel Joselina quanto a de Verdurino?

— Os olhos! Por muito que eu viva acho que não vou esquecer, nunca mais, o lampejo, a faísca nas pupilas que um instante antes tinham me parecido tão mortiças, talvez mortas, mesmo.

Mal os dois tinham se sentado na grande sala sombria, cheia de almofadões de couro, Jupira — um pouco por dever de dona de casa, mas sobretudo devido à aflição que temia demonstrar se não afetasse naturalidade, dizendo, por exemplo, que o Tio Pepe chamava aquela sala dela, de estar, o escritório do califa — ia puxar conversa, fazer café, maldizer o calor, que só fazia aumentar.

Mas Quinho, repetindo a frase sobre os olhos, os faiscantes olhos, enquanto ele próprio mirava de forma fixa, inexplicável, a palma da mão esquerda, como se tivesse engastados ali, fitos nele, os olhos de que falava, fossem de quem fossem, estancou em Jupira todo e qualquer burburinho amável de dona de casa, deixando apenas, na cadeira que ela ocupava, uma mulher intimidada, alarmada mesmo, sem coragem de interpelar o visitante que afinal, depois de fechar vagarosamente a mão esquerda, falava e falava em salas de inquérito policial, em miniaturas de Queen Anne, que lhe dera Pepe, em tanques fétidos onde boiavam peles e de um homem de couro cru rangendo pelos corredores, e só não contava, só não dizia de quem eram, de quem podiam ser os olhos claros, que pertenceriam, talvez, a alguém conhecido dela.

— Eu fingi que tinha esquecido a máquina grande para poder ir fotografando com a outra, de bolso, o que valesse documentar, e quase me perco, abalado, estonteado, entre as onças meio esfoladas, como se estivessem se despindo na hora da morte, onças nuas, sem roupa, como diz o povo, seminuas e semimortas, feito uma, a mais comovente, uma oncinha, que eu acho que mal tinha trocado os dentes de leite, que não mostrava nem furo de bala, só mesmo aquele pico mínimo de faca, de zagaia, no pelo sedoso da garganta, como se a oncinha tivesse começado a se desabotoar antes de ir para a cama, antes de fechar a janela por onde ia entrar o assassino. Aí, no momento em que já estava ouvindo bem perto o tal de Dianuel rangendo e rinchando, eu, com medo de perder a oportunidade, meti a câmara na cara mesmo da oncinha e quando o olho da máquina piscou diante do olho dela, que eu achava e jurava que já era um olho baço, de vidro, sem mais lustro nenhum, aí saltou da pupila dela aquela chispa que talvez não fosse mais vida mesmo, vida-vida, como é que se há de saber, mas que eu garanto que era uma faísca de medo, de bicho morrendo não só aos poucos como de medo, e fiquei pensando, sabe, no pôster medonho, esse, do olho apavorado do bicho...

— Pôster? — perguntou Jupira confusa, meio agressiva mas também confortada até certo ponto por estar livre da ameaça de ter de situar, de colocar na cara, nas órbitas de alguém, os olhos que Quinho parecia ter trazido na mão fechada, feito duas bolas de gude. — Me diga que ideia é essa de pôster, Quinho, que eu não sei se entendi, ou sei lá se não estou querendo entender direito. Você está pensando mesmo em termos de... de fazer um cartaz, ou muitos cartazes?

Quinho sentiu de repente, com um sobressalto, que parecia estar vivendo, numa peça teatral de outros tempos, uma situação de quiproquó, em que, no lusco-fusco da tardinha, ou do amanhecer, ou por trás dum reposteiro, alguém confia segredo grave a ouvido errado, faz a confidência a quem jamais devia escutá-la, e não sabe, a seguir, como retroceder, aprofundando, a cada nova palavra que pronuncia, o mal-estar, o equívoco.

— Aliás — continuou, apelando para um certo *esprit* e enterrando-se mais ainda nas areias movediças — uma outra foto que eu fiz, de uma pobre onça preta, içada por ganchos, pelos beiços, uma espécie de onça que ri, pode dar na Europa um pôster de comover a própria coluna da Praça Vendôme, de Napoleão, ou o obelisco do seu inimigo Nelson, na Praça de Trafalgar.

Sentindo, agora, que a estupefação inicial de Jupira estava prestes a se transformar em incredulidade, talvez em riso, Quinho resolveu tentar a franqueza, o lúcido balanço e exposição de fatos, e, achando que assim pelo menos, já que não podia mais torná-la pessoal e íntima, ia tornar a conversa abstrata mas informativa, chegou mesmo, como quem vai fazer uma palestra, a pigarrear, depois de passar a mão pela garganta.

— É uma questão de apontar, de publicar a maldade desnecessária, compreende, a malevolência em que não entra política, nem paixão, interesse ou sequer vingança, a maldade também sem roupa, por assim dizer, e eu, financiado e ajudado por sociedades protetoras de animais e da vida selvagem...

— Quinho, você só viu isso, só caça, bicho, onça, jaguatirica? Eu gosto de bicho, como você sabe, você vê, mas no Brasil ainda tem muito mais gente sangrando e gemendo do que onça, muito mais criança agonizando de facada de pai bêbado do que jaguatirica esfolada e é até uma questão de... de respeito pelo Claudemiro, Jesus! pela grande maldade dele com os homens, rara, sabe, e tão natural nele, perigosa, ardendo nele, quase bonita, Deus me perdoe, não sei nem o que estou falando. Você não viu gente, Quinho, não teve a curiosidade de encontrar seres humanos, ou teoricamente humanos, além de Claudemiro, que você aliás estava certo de não ver, de não topar com ele nem pintado, Claudemiro que estava lá por acaso? Ah, sim, já sei, viu também esse Dianuel, que parece ser a figura mais apagada e mais tola nos estábulos de Claudemiro, a não ser que seja, naturalmente, o artista mais consumado entre todos eles? Você firmou, por falar nisso, alguma opinião a respeito de Dianuel? ou, se achou Dianuel insignificante achou talvez, por isso mesmo, que você podia sondá-lo mais à vontade, descobrindo assim através dele, a respeito de Melquisedeque, a certeza certa de que ele seja quem nós praticamente juramos que é — Ari Knut?...

— Não — disse Quinho, agitado —, assim de cara, você compreende, eu achei que podia despertar suspeitas, mesmo, e nisso estou de acordo, levando em conta que Dianuel parece de fato quase retardado, embotado. Mas não se assuste, é claro que eu vou estar, cara a cara, com Knut, quer dizer, Melquisedeque.

Perturbado, meio desorientado estava Quinho, a cabeça num torvelinho, pois no íntimo se afizera à ideia de que se Jupira não se rendera ainda a ele já estava vitalmente interessada nele, a caminho do amor, e, portanto, num estágio em que a mulher fica acrítica, inclinada a suspender sua capacidade de análise, ou impedida de usá-la por interferência dos humores afetivos, toda compreensão e perdões, e ele ia pela primeira vez dar a ela a visão majestosa — feito um arco, a forma que tinha em mente — da missão dele, tanto na esfera noturna como na plena claridade, tanto aqui, onde se encontrava, onde queria um dia ficar, como nas plagas europeias de onde vinha e onde, antes de regressar, assumiria a estatura do ser que aqui libertaria e...

— Sim — dizia Jupira —, nós sabemos, quer dizer, você soube de nós que Melquisedeque é Ari Knut — a menos, a menos, digo eu agora, que o Knut seja, quem sabe, Lino Mano, não? Você teve, ou procurou ter notícias de Lino na fazenda, avistou Lino, ou chegou a encontrá-lo, por acaso, como encontrou Claudemiro, ou fez alguma indagação sobre esse pretenso boiadeiro, vestido de preto dos pés à cabeça, feito um vaqueiro de fita de cinema, mão no cabo de prata dum rebenque com o qual bate o tempo todo — só que num ritmo de batida de caixa de fósforo — contra a bota de cano alto, salto carrapeta, espora chilena, parando de vez em quando para inspecionar as unhas manicuradas, enquanto diz alguma coisa sobre curral e bosta mas usando gíria da cidade? Se você não viu o Lino foi pena, Quinho, porque ele dava um belo pôster.

— Escuta, Jupira — disse Quinho trêmulo, pálido —, lá fora é mais fácil levantar dinheiro para fazer ecologia, proteger bicho, que para eles vale muito mais do que torturador, porque é muito mais raro do que torturador, na América Latina nem se fala. O pessoal do lazer não lamenta capital investido em esvaziar, na Ásia, aldeia de gente para abrir espaço para tigre, entendeu, e a gente entrando na cosmovisão deles, na psicologia deles, na folga deles a gente pode, com ajuda deles, fazer também a luta de gente à custa dos bichos deles, e num caso como o de Claudemiro-Varjão nem se discute, a gente pode tocar fogo no Judas pelos dois lados, pelos dois motivos. A gente do lazer só não quer é replantar tudo, fazer tudo medrar de novo, irrigar, aguar o mundo para depois voltar ao paraíso na companhia da galinha e do boi, tendo que enfurecer, na corrente e no relho, dobermanns e cães pastores para botar no lugar das feras.

Houve, então, um silêncio mais do que constrangedor, confrangedor, e Quinho, que não sabia mais onde estava a arcada do seu arco, por assim dizer, ou os suportes laterais, foi empilhando as pedras restantes de qualquer jeito.

— Aliás — disse Quinho sorrindo e dando de ombros —, a ideia de enfurecer os cães para substituírem lobos, tigres e outras feras é minha e só me ocorreu agora, na tentativa de diverti-la, ou de aplacá-la, que é, como estou comprovando e amargando, vã. Mas não, nem isso posso afirmar em sã consciência, pois a ideia, ou a prática, é mesmo do Claudemiro, ou do Dianuel, ou de algum dos outros, que eu não vi, não procurei ver, nem sei quem são: empapam bezerro em sangue de onça, besuntam bem o bichinho para treinar o olfato e a fúria dos cães de fila onceiros.

Jupira pareceu de repente a Quinho cansada, amolecida, talvez, pronta a mandá-lo embora ou até a pedir desculpas, mas por fadiga, desânimo, e ele pediu com um gesto para continuar.

— Defronte do canil dos filas, no pátio interno, fica a senzala antiga da fazenda, e, enquanto Dianuel ia em busca da minha Leica tive o tempo exato de empurrar a porta da senzala, olhar em torno e fechá-la de novo, pois ali só voltando com *flash*, e com calma. Se não fizeram até agora não vão de repente se dar o trabalho de disfarçar o crime, certos que estão de que ninguém se interessa pela sorte das duas mulheres argentinas que desapareceram. Logo de entrada a gente vê a terra revolvida, abaulada, não como se algum encarregado tivesse esquecido de desfazer as marcas do enterro, as pegadas do coveiro, e sim como se fosse esse mesmo o método de trabalho e só não botassem uma cruz em cima, duas cruzes, uma para cada mulher, por falta de madeira, ou porque têm mais o que fazer. Volto lá, quando a fazenda se esvaziar, logo que eles saírem para uma caçada, e trato de arranjar algum ânimo para exumar os corpos e fotografá-los. A gente cria experiência até em descer ao inferno e dizem que se a gente voltar de lá sem olhar para trás pode trazer das profundas alguém que deseje voltar à superfície e ver o sol de novo.

— Pode trazer Lucinda — murmurou Jupira.

Quinho não respondeu diretamente.

— É bem verdade que você esperava muito mais desta minha primeira visita, assim como é verdade que se eu tivesse trazido mais audácia e topete podia convencer você de que encontrei entre as sombras a do meu trisavô lanceiro, primeiro batalhão de Voluntários da Pátria, e que ele me amarrou nas costas, numa mochila maior do que a do Jurupixuna, e quase a estourar as correias de tão estufada, a coragem dele, que, como ele me disse, não tem mais prestança lá onde ele se encontra.

Jupira olhou Quinho, que tinha uma vez mais os olhos pregados na palma da mão esquerda, tomou nas suas aquela mão, que não guardava os olhos de ninguém especialmente, e que estavam frias, bem frias, tendo em vista o calor que fazia.

— Espero que você me perdoe — disse Jupira — por ter recebido você mal e tratado você pior ainda e nem cheguei a lhe dizer, como digo a tanta gente, que, não sei por que, Tio Pepe chama esta sala de escritório do califa e que os almofadões de couro pertenceram a meu avô, anarquista e nômade — mas essas histórias de nossos avós, meus e seus, ficam para outra ocasião, que por hoje, acho eu, nós, netos e bisnetos, já nos perturbamos demais, e desconfio até que nos machucamos um ao outro, sem saber talvez porque, ou com que, feito briga de foice no escuro, como se diz.

    Quinho apertou as mãos dela e, ao partir, relanceando os olhos pela sala — pelo respeitável divã forrado de almofadões de couro com arabescos dourados, pela cômoda com embutidos de madrepérola, pelos pufes e tamboretes —, reparou, só então, que o chão estava coberto, juncado de peles de onça.

9

Apesar de já ser noite alta quando saiu da casa de Jupira, Quinho sentiu, na rua, o calor que fazia, malévolo, exagerado para ser aceito assim sem mais nem menos, intencional como se todas as alpacas da Bolívia tivessem sido, por mãos enormes, esfoladas, a lã transformada no gigantesco abafador de bule de chá que baixara do Altiplano para pousar, com surdo baque e mortal aconchego, sobre Corumbá. Alguma coisa devia estar para acontecer se uma rua noturna arquejava assim, prostrada pelo calor debaixo de palmeiras carandá tão imóveis que, vistas de baixo, pareciam ter as palmas marteladas, damasquinadas à moda toledana no céu e não soltas e livres no espaço. E na própria superfície reluzente do Paraguai, na própria baça massa de água Quinho quase divisava as primeiras borbulhas, a denotar e prevenir que o rio ia ferver, que nem água aguenta dormir debaixo dum cobertor de lhamas em chamas.

Ah, mas nada disso, nem rios em labaredas teriam a mínima importância se Quinho, depois da longa, extenuante conversa pudesse, sem vacilar, sem pensar, partir para fazer tudo que era do seu dever fazer, e aqui ele parou, à luz de um lampião, como se, mesmo para uma anotação mental de prioridades, fosse melhor vê-las nítidas, à medida que as formulava: desmascarar, em Melquisedeque, Ari Knut; levar em seguida Knut-Melquisedeque para a indispensável acareação com Claudemiro-Antero; obrigar os dois a desenterrarem, lentos e compungidos, munidos de pás, diante de jornalistas e fotógrafos, as argentinas Violeta e Corina, na senzala, diante de Jupira, do velho Iriarte, do prefeito, do secretário de Segurança Trancoso e demais pessoas gradas, autoridades locais e estaduais. E antes, ou logo que o dia despontasse, visitar Juvenal Palhano, naturalista, conselheiro sentimental da cidade e grande amigo de Jupira, que a Jupira já poderia ter falado bem dele se ele, relapso, tivesse feito a Juvenal entrega da carta que lhe trazia de Morges, Suíça. Não fosse tão tarde iria bater à porta de Juvenal Palhano naquele instante, mesmo sem passar antes pelo hotel, mesmo sem levar, ainda, a carta, mesmo...

Quinho se viu de novo, atônito, diante do portão de Jupira, onde, como que para se castigar, prendeu a respiração até a vertigem. Decerto, na sua distração, tinha passado pela porta do hotel sem pensar em entrar, tinha beirado o rio, isso sabia que tinha, pois esperara ver a água com as primeiras borbulhas, e, afinal, tinha dado também a meia volta de costume, na praça, para evitar passar pela porta do cinema, mesmo estando o dito às escuras, e agora, sem mais nem menos, ali estava de novo, diante do portão de Jupira, e o pior — ou seria o melhor? —, o que, sem dúvida, lhe fazia bater o coração e palpitar as têmporas, além daquele sopro que só agora soltava, é que havia luz lá dentro, no escritório do califa, como se, por alguma praga e maldição, continuasse ele submetido ali a uma conversa que se transformara, sabe Deus como, em que ponto ou encruzilhada obscura, numa espécie de — de interrogatório? depoimento? confissão? — em que o banido, apesar de sua investidura de vingador, e da sua delegação de dois mundos, e até de dois reinos, tinha perdido o rumo porque...

Não, não era bem isso, ou só isso, ou tão simples assim, pois ele se apoiara muito mais numa suposição de nascente ternura, numa expectativa de contar, por parte de Jupira, com uma por assim dizer elisão de rigores e não com o mero desejo carnal mútuo, ou indício dele. Sentia, sem dúvida, diante dela, um desejo impuro — impuro no sentido de não ser puro aquilo que é por sua natureza misto, composto — de decifrar até que ponto uma mulher como Jupira podia ser, todas as contas feitas, uma proposta de trégua, ou de armistício, vinda de Lucinda.

Até muito pouco tempo ele sentira que seu desejo tinha sido enterrado com Lucinda — uma aliança no dedo da morta — mas Jupira lhe dera, ou tinha dado, até o instante da conversa, a impressão de que algumas moedas da sua tesão votiva, atiradas à tumba de Lucinda, tinham talvez rolado pelo chão e se enfiado pela fenda de um cofre invisível, encaixado em trevas, e que ele agora as encontrava, duras e áureas, entesouradas nessa outra mulher.

Quinho ia rodar sobre os calcanhares, abandonar sua vigília à porta de Jupira, ainda triste e cabisbaixo, quando de súbito, diante da luz que na casa continuava a arder — dourando sem dúvida as amarelas e mosqueadas peles de onça, como se Jupira guardasse ali, roubado, vivo, um recorte de chão de mato, o sol coado pela fronde das árvores, em listras e moedas (as suas? as da tesão de oferenda?) —, sofreu o assalto brutal duma suspeita. Quem mais, além de Jupira, estaria ali àquelas horas — desoras sem dúvida, se jamais houve tais horas — naquela sala?

A partir do momento em que nos resignamos a perder suas formas maiores — pensava Jupira quando, depois de sair Quinho, foi ao quarto de Herinha, para conferir os três sonos, como costumava dizer à própria Herinha, se a encontrava acordada: sono de Herinha, sono de Jurupixuna, enrodilhado no pé da cama, sobre o lençol, sono de Verdurino, na gaiola pendente da bandeira da janela — felicidade consiste em podermos repetir, como numa missa particular e tranquila, os gestos simples da vida. Aliás, completava, as formas maiores, mesmo quando se expandem à vontade, a ponto de virar palácio, digamos, ou ponte, uma vez esgotado o milagre se transformam em morada de luxo, o que é agradável, ou meio de atravessarmos o rio sem molhar o pé, o que é útil — e voltamos ao divino ofício de apagar à noite a luz da mesa de cabeceira e pegar no sono, cair no máximo possível de aniquilamento temporário, a cessar quando o exercício da respiração puramente vital, desinteressada, sofrer o corte matinal do aroma do café, vindo, de preferência, da nossa própria cozinha, o que significa que alguém acaba de coá-lo.

Estavam em marcha os três sonos, na gradação cromática habitual, do ressonar leve de Herinha ao respirar quase inaudível de Jurupixuna, e, ao menos para ouvidos humanos, ao silêncio do repouso de Verdurino, durante o qual, sem dúvida, se enrolavam e enovelavam de novo, em microscópicas cassetes embutidas na membrana da laringe, os gorjeios do dia seguinte.

Jupira voltou à sala, sonolenta, mas, antes de apagar a luz, cometeu o erro de interromper o ritual — que caminhava tão bem — de recolher-se ao leito; deixou-se afundar, para algum devaneio, imaginou, no almofadão em que se recostava momentos antes, quando falava com Quinho, e então, pela primeira vez, teve a física noção daquilo que se chama o fio da conversa, sentindo que nele se emaranhava, ou era por ele costurada, fio fino e cortante se tentava pinçá-lo de si ou desatar-lhe aqui ou ali um nó, e cuja parte *imaginária*, isto é, aquilo que no fio não se fiara já que ela, pensando melhor, não tinha chegado a dizer — era tão ou mais resistente quanto a outra, tecida na própria conversa já pronta e acabada.

Sua reação tinha sido natural, não se culpava de ter representado um papel, como se diz, de ter fingido indignação, por cálculo ou com o intuito de, obrigando Quinho a se defender, esquivar-se ela de se acusar, não, isso não. E agora, bem feito, estava sem sono, afogueada como se o almofadão de sempre, macio e bonachão, tivesse em suas viagens adquirido, e escondido até agora, uma ardente natureza de água-viva, urtiga-do-mar, a estirar uns tenros tendões para imobilizá-la, tentáculos também finos e cortantes como palavras que devemos mas não queremos pronunciar, e que ela — ora! — não era forçada a dizer, não tinha a mínima obrigação de dizer, bastando-lhe, para guardar um silêncio inatacável, não permitir que as relações entre ela e Quinho descessem do sobrado para o rés do chão.

Com um meio suspiro, um ai! gemido alto mas com disposição e energia, pois não queria ser retida nem por suas dúvidas e remorsos nem pelos filamentos da medusa em que se metamorfoseara o almofadão, ela se levantou para sair dali, para apagar a luz, para de novo — automaticamente, na esperança de chamar de volta seu próprio sono — conferir os três sonos e ir afinal para a cama, onde já devia estar, de olhos fechados, arre. Mas ouviu, fora, os passos cautelosos de alguém, no piso de cimento que corria ao longo do oitão, alguém que se aproximava da porta lateral, a do jardim, por onde Quinho saíra, alguém que talvez tivesse visto Quinho sair. Valia a pena ir ligeira ao outro bloco da casa, onde morava o velho Iriarte? Ele ficaria assombrado se a visse, ele que nunca fora chamado, nem na noite já longínqua em que, prenhe de Herinha, prestes a fugir, ela soubera de madrugada, por um desconhecido, numa confusão de planos vitais que nem o velho Iriarte tentara jamais deslindar e desembaraçar, da fuga do chefe da nação e da morte do noivo?

Não, não valia, sobretudo levando-se em conta o fato de que alguém batia, quando é sabido que um ladrão não bate, e batia suavemente, significando isto que, se fosse o indesejável, o inominável quem batia ela, provavelmente, resistiria uma vez mais, pela terceira, pela quarta vez ao assédio mudo, à súplica ameaçadora dos olhos que temera encontrar no côncavo da mão esquerda de Quinho. Jupira levantou dos suportes fixados na parede a tranca de ferro, que encostou de pé, a um lado da porta, e fez correr o ferrolho.

Transposto o portão, e já na calçada de cimento que acompanhava o flanco da casa, até e além da porta que deixava passar, pelas frestas, retas como réguas, os riscos de luz que pautavam o cimento como uma página em branco — à espera de um nome —, Quinho, reduzido à escassa expressão indumentária das calças que vestia e da camisa de meia manga, procurou, aflito, a desculpa a dar de alguma coisa que tivesse esquecido e vinha buscar, invejando cavalheiros que dependiam outrora de vários objetos que se diria criados para tornarem possível a volta, pretextos para não se ir embora de uma vez só, como o chapéu, a bengala, em certos climas ou momentos (não aqui, não hoje! exclamou Quinho) as luvas. Ou a gravata, pensou, irritado, pois acabava de, à moda antiga, tentar afrouxar no pescoço a sua, mítica.

Deteve-se, diante da porta, recuando um pouco, assustado, ao perceber que as pautas de luz tinham subido do cimento para zebrarem agora seu peito, sua camisa branca, e a si mesmo disse que era ainda tempo de deixar de tolice e ir embora para o hotel, de adiar o que queria saber, de não consumar esta ofensa de invadir uma intimidade que não lhe dizia respeito, e embora teria ido não fosse, de repente, aquele gemido, aquele ai, o rumor inconfundível de corpos que se viram num leito e gemem incoerências, corpos amados, imaginários ou reais. Bateu à porta.

Mal entrou, e ao deparar com a calma em que se encontrava a casa, a sala tal como a deixara, Quinho teve vontade de retroceder e se imaginou — ele que odiava o cinema mesmo no abstrato, reduzido a termo de comparação e ponta de metáfora — invertendo cenas filmadas de sua vida a mais recente, recuando do umbral da porta ao piso de cimento, enquanto a porta de Jupira se fechava, e, ao mesmo tempo que em seu peito ressurgiam as riscas de luz das réguas da veneziana, ele ouvia, postado fora ainda, o ruído proveniente dos gestos inversos com que uma invisível Jupira repunha nos seus suportes a tranca, fazendo correr às avessas e travando em seguida o ferrolho no marco da placa de ferro, até que, afinal, repetindo, agora de costas para o portão, os passos com que se acercara da casa, ele refazia, ainda de costas, como um penitente extravagante, toda a romaria da noite tórrida.

Diante de Jupira, sem coragem sequer de pedir perdão, pois ao pedido precede ou sucede um esclarecimento, uma exposição de motivos, inconfessáveis no caso, pois eram um ciúme que não lhe competia ter e um desejo que não saberia levar até o fim, Quinho se preparou, diante da pergunta, ou perguntas, que decerto lhe faria Jupira — o que é que tinha acontecido? de que e que havia se esquecido? o que é que estava fazendo ali de novo? —, para responder que deixara cair na sala um anel, era isso, um anel de ouro, uma aliança que, ao entrar e sentar, trazia no bolso, sim, no dedo não, e que talvez tivesse rolado por ali, por exemplo, quem sabe...

Mas pararam, um diante do outro, e se alguma vez na vida deviam, sem nada dizer, chegar a uma perfeita coincidência de pensamento e intenção, isto ocorreu naquele preciso instante. Souberam que, pelo menos até que novos dados ou fatos se manifestassem, nada tinham a acrescentar ao até ali dito e pensado, e, reduzidos ambos ao próprio corpo, opaco e mudo mas fonte legítima das mais cabais explicações e declarações, se abriram simplesmente os braços um ao outro. É possível até que, no muito que se murmuraram e se segredaram durante a emissão de sons que acompanha a recíproca estreia e prova de corpos que há algum tempo se buscavam, tenham se desculpado um com o outro, se pedido mutuamente perdão e compreensão, usando, em fragmentos de escassa objetividade, ou sem qualquer sentido, argumentos delineados previamente, em momento de calma.

Ali, porém, uma vez devidamente enlaçados, deixaram-se apenas cair nos almofadões de couro que, livres de quaisquer veleidades de tropismos medusais manifestados pouco antes da entrada de Quinho, pareciam apenas repetir agora a lembrança dos embalos e balanços do mar.

Jupira tinha os seios muito morenos, apenas um tom acima dos seios mulatos de Lucinda, mas com bicos de um castanho róseo, muito sabiá-laranjeira, correspondendo, talvez mais como eco do que como matiz, ao bruno corado do rosto dela, agravado agora em carmim vivo, não de pudor, observou Quinho comovido, e sim com o que se diria puro contentamento diante do desfecho que acabava de ter o trato entre os dois, até um momento antes apenas social e, digamos, ideológico. Ele também, como Jupira, experimentava no momento a sensação, estimulada no caso presente pelos viajados almofadões, de que um novo e desejado corpo a que aportamos nos restitui atávicas emoções de descobrimento e posse, mas, acrescentou, suspirando melancólico, era talvez esse o único nexo entre ele e ela, porque se ela podia de fato enrubescer, encarminar-se de puro prazer depois de se amarem, ele, como de costume, servia de provedor de prazer sem propriamente partilhá-lo. No banquete, ascético e polido, manejava o talher sobre o prato vazio e levava à boca o copo sem vinho.

— Daqui a pouco — disse Quinho —, espero poder amar você à altura, como pensei que seria o caso agora, desde já. Eu era capaz de jurar que tinha tido... permissão? não, não é a palavra exata, o melhor conceito... recebido o aviso, é mais isto, não em orações completas e lógicas, claro, mas numa espécie de transmissão de um estado de espírito — a gente sabe de manhã se deve ou não cometer certas ousadias num determinado dia, não sabe? — de que o interdito tinha sido abolido, a privação revogada. Me pareceu, com exemplar clareza, que um veto, em relação a você, tinha sido suspenso e que se abria mão, em relação a mim, de uma prerrogativa.

Jupira passou nos cabelos de Quinho uma nervosa mão, terna, estreitou-o contra si, sentindo-se, e querendo que ele também se sentisse muito longe do ainda há pouco, a milhas marítimas do não faz muito tempo, flutuando sobre o vão, ainda sem margem oposta, que sempre cava na gente uma capitulação amorosa.

— Me amar à altura? Mais no alto, sem levar em conta minhas possíveis tonteiras e vertigens? Escute — e falou séria, olhos nos dele —, não sei nem de que é que você está falando e prefiro até imaginar que esteja falando sozinho, especulando, cada um tem lá suas manias, mas quero dizer a você, coração na mão, que às vezes a relação entre duas pessoas, com o correr do tempo, se ajusta, amadurece, e as duas justificam, e até louvam depois, um entendimento de corpos que teria sido perfeito, desde a primeira vez. Bem sabem, e talvez até, cada uma de per si, relembre, com um sorriso, o choque meio cego dos corpos, feito esses pássaros extraviados que tentam voar dentro da sala em que entraram, batendo nas paredes, nas vidraças, não é mesmo? Depois é que vem o acerto, os voos conjuntos a céu aberto — a menos que, como aconteceu conosco, o ritmo de voo tiver sido modulado antes, quer dizer, a pele da gente combinasse, o horóscopo, o grupo sanguíneo...

Quinho sorriu, puxou para cima do peito a cabeça, levemente preocupada, de quem falava embora achasse que não era hora de falar, falava para ver se colava de novo, e punha afinal a secar, um silêncio que ele é que havia quebrado, e que a falação impedia que se recompusesse, e sarasse.

— Claro, meu bem, desculpe, não me entenda mal, depois da gente ter se ajustado tão bem, como você disse, falando pelos dois, dizendo coisas que eu confirmo, assino em cruz. E olhe, não pense que é sempre assim comigo não, porque eu frequentemente examino pessoas e encontros pelo lado parvo e graúdo do binóculo, que faz muito nítidas mas muito distantes as coisas as mais próximas, o que as torna meio doidas, não é mesmo, feito os pintores holandeses pondo a refletir num espelho ao fundo a cena banal do primeiro plano, que fica dúbia e inquietante e... Onde é que eu estava? — perguntou Quinho, olhando o ventre terso de Jupira, liso, e logo a seguir o côncavo da sua mão esquerda. — Olhe, meu bem, o que você me dizia, a respeito do que eu devia fazer, tem uma relação direta com essa minha suposição de que comportas tinham sido levantadas e títulos de posse perene, ou muito extensa, revogados, ou pelo menos reconsiderados, porque quando Claudemiro...

Jupira se sentou um instante, afastou de si uma almofada como um náufrago a enxotar uma onda, agarrou-se depois a Quinho, como a uma tábua de barco, temendo que ele, para ocultar, a poder de dissertação e divagação, sabe Deus que deficiência, fosse retomar o fio, o fio afiado da conversa, e implorou:

— Por favor, Quinho, não deixa o ódio, os nomes do ódio, e mesmo os dos nossos mártires, das vítimas, não deixa ninguém entrar na cama com a gente não, hoje não, por favor.

E Jupira estava tão empenhada em não permitir que se desfigurasse aquele momento de sua vida que ia guardar ao lado de outros, nem tantos assim, que constituíam, mesmo quando guardavam um estigma e um ferrão, a explicação que a si mesma dava de por que, simplesmente, era quem era, existia, que adotou — para impedir Quinho de afugentar pela neura e pela loquacidade o instante que merecia ficar — o mais humilde e total despudor. Suas iniciativas eróticas, materializando mesmo hipóteses que sempre considerara teoria ociosa, mera ilustração kamassútrica sem aplicação, ou de escasso interesse prático, floriram, à medida que Jupira se surpreendia e flagrava cortesã de vocação e competência, hetaira de considerável mérito, comandando uma viagem em que, de parte a parte, chegaram os dois mais de uma vez à vista da praia apenas para retornarem, em sábias manobras, ao largo. Quando afinal arribaram, olhos cerrados, Jupira, depois de um silêncio reparador, resolveu falar primeiro, para, previdente e conformada, fixado com mestria o momento, ouvir depois o que devesse ouvir.

— Espero que você esteja se sentindo como eu, embora, ainda que quisesse, eu não conseguisse dizer exatamente como me sinto. Diga você o que disser, fale nos pintores holandeses que entender, torne-se o mais obscuro que lhe aprouver, mas não me diga que você também, por mais que quisesse dizer que não, não sabe que viveu momentos que lhe fariam falta, se não tivessem acontecido.

— Pois eu declaro, reitero e juro — disse Quinho sorrindo — que me sinto como raramente me senti na vida, talvez nunca, que me considero, e é a pura verdade, subitamente bento, batizado, crismado, a despeito de serem todos teus os sucos, os óleos, mas tão generosos, copiosos, que me marcam, me ungem como se me trouxessem um novo sinal, a anunciação do que já devia ter acontecido.

Jupira cerrou os olhos para que, sem dar a impressão, pudesse também cerrar os ouvidos, já que ela sabia que se os dois, ao cabo de um dia fora do comum, abraçavam-se, deitavam-se e se amavam como acabavam de fazer, como quase ainda faziam, se era assim, perguntava: de que, afinal, falava Quinho, de que amargura padecia, que queixa tinha da vida ou das suas fontes de vida? Não confessava às claras sua lástima nem provava que merecesse, por algum infortúnio, pena, por não chegar, se é que era isto, aos ápices e crises, ou só de vez em quando, ou nunca uma outra vez, o que não seria nada de terrível, caso sequer fosse verdade, ou, resumindo tudo, aborrecia-o e o magoava substituir por ternas técnicas funções que de si exigiria que operassem na pura e incandescente vitalidade. Mas e então? E se assim fosse? Que sentença era essa que ele dizia perdurar, de que insensata suserania amorosa falava que de repente o ensimesmava e afligia como se ele fosse uma espécie de indissolúvel problema jurídico, um nó de demandas físicas e reivindicações metafísicas?

E... E se ela tentasse uma frivolidade, uma conversa que lembrasse a ele mulheres recentes, nada desativadas, ao que tudo indicava, que talvez lhe estivessem fazendo falta, embora ele nunca se referisse a tais pessoas, a não ser de passagem, o discreto, songamonga, dissimulado?

— Me diga como é ela, Liana, que ficou lá nas brumas, de quem você só diz que lhe escreve cartas e a quem você sem dúvida escreve também, para ela ler cartas na neblina, enrolada no ruço, chegando bem perto dos lampiões da rua...

Quinho riu, natural, meio espantado, não só pelo tom da carinhosa implicância como por ouvir aquele nome, que de repente parecia introduzir na sala — tornada um tanto inconveniente pelos dois, ele e Jupira, tal como se encontravam — a figura longínqua, de fato diluída em brumas, de Liana.

— Liana? Liana é doce, vive muito à vontade entre as coisas, considera tudo natural e... Não é que fuja, ou vire a cara, a sombras e dramas, simplesmente não acredita nelas e neles, é companheira ajuizada durante o dia, de uma sensualidade, à noite, muito modesta, e tão prática, sensata, que aceitou Lucinda como uma espécie de, para ela, esposa minha, ideal, e a quem enganamos, Liana e eu, mas sem maldade, até com afeto e respeito. Liana comete adultério comigo, entendeu, e quando sente que estou por acaso, no meio da noite, amando Lucinda ao lado dela, vira-se na cama, e pega de novo no sono.

— Lucinda — disse Jupira com simplicidade.

Agora ela entendia, um pouco melhor, a luta de Quinho, uma luta pela sobrevivência, sem saber se falava em termos da sua ou da de Lucinda, isto é, se ele queria, como dava a entender no plano e na planta um tanto labirínticos do que dizia a respeito, se libertar, ele mesmo, ou se queria, vingando Lucinda, apenas torná-la mais feliz ao seu lado, o que quer que isto pudesse querer dizer. Pela primeira vez lhe ocorria — mas não, não ia retomar o fio, isso não — que os olhos que ela tinha medo de ver nas mãos de Quinho talvez o tivessem assombrado tanto por serem, parecerem ou simplesmente lembrarem as circunstâncias da morte, ou do cinema, ou da mesa de mármore, ou...

— Pensei que você fosse continuar — disse Quinho.

— A falar de quem não conheço?

Neste ponto Jupira, sem sequer ter certeza da palavra ouvida sabe Deus onde, lida não sabia quando, e colocada, mal sabia por que, em algum canto da sua memória onde ficavam referências a seres fabulosos, ou extintos, nem sabia direito, como os grifos, as hidras, as quimeras, disse:

— Quer dizer que Liana aceitou como realidade uma espécie de vida em comum, triangular, com uma súcuba.

— Bem, aceitou como realidade uma projeção de fantasia — disse Quinho, sem demonstrar espanto diante da palavra que Jupira nunca pensara que viesse a empregar, e nem sabia ao certo que força tinha, ou tivera um dia — por ver que existia entre ela, Liana, e eu, a nos separar, uma inegável, digamos por falta de palavra melhor, energia.

— Sei, sei.

— É evidente que não existem súcubas, mas, parodiando o espanhol das bruxas, elas agem, as súcubas, lá isto agem, e num caso como, especificamente, o meu, fui fulminado, no cinema, como me sugeriu, afinal, um padre — digo afinal porque você há de imaginar como tenho consultado analistas, médicos, xamãs — pelo anátema do desterro para a desolada região teológica da Invencível Ignorância, dos que ficam para sempre sentados no escuro.

Quinho se deteve, recostou-se num almofadão, puxou para si Jupira, a quem deu uma sensação de que o via arrumar *slides* para projetá-los, ilustrando um episódio, uma viagem, uma pesquisa que ficaria ininteligível, ou suspeita, sem a caução de imagens devidamente lançadas sobre uma tela, ou muro branco:

— Eu tinha passado uma tarde de muito amor com Lucinda, mas nossas relações eram, sempre que podíamos, contínuas: quando não estávamos contínuos e contíguos, em cima de um leito, quando íamos a uma reunião juntos, por exemplo, ou atendíamos a uma convocação, uma assembleia que nos afastava do trabalho que normalmente fazíamos, cada um no seu canto, e nos punha juntos, tratávamos de, na melhor forma possível, esconder dos companheiros a mútua gula que nos acometia, o esforço e sacrifício da privação, a consciente imposição que a nós mesmos fazíamos de não deixar que, feito plantas aquáticas, começássemos talvez a ondular, um em direção ao outro, por cima das cadeiras que nos separavam, pelo meio das vozes em debate.

— Podiam sentar pegados, lado a lado, bem perto um do outro, não podiam? Ou ficarem de mãos dadas, acho eu — disse Jupira, imitando, muito mal, um bocejo.

— Não! — exclamou Quinho, sem perceber o bocejo ou encarando-o com naturalidade, e aceitando o argumento como válido —, não, por sabermos, devido a anteriores experiências, que nos excederíamos, e passaríamos menos por tolos, o que em nada nos incomodaria, do que por infantilmente desavergonhados e alienados, a temida palavra. Não pense por favor, nem por um minuto, que essa paixão nos encerrava em si, nos lacrava, transformando nossos outros amores, os coletivos, abstratos, ali em discussão, em matéria desprovida de importância, ou de graça. Sentíamos, ao contrário, que o nosso arrebatamento, nosso transporte, como se diz, gerava em nós força para o amor mais geral. O que não nos ocorria, o que até hoje me deixaria mudo e Lucinda sem atinar com uma resposta, era como explicar que precisássemos nos pegar sempre, como se tivéssemos medo de desaparecer um do outro, que quiséssemos nos modelar cada vez mais, como se fôssemos nos derreter e desmanchar sem essa manipulação. Por isso disfarçávamos, diante dos outros, a nossa fome, e por isso, no cinema, em pouco tempo minha mão estava pousada na coxa de Lucinda.

Quinho, neste instante, se apoiou nas duas mãos, se concentrou, alerta, como se a reconstituição exata da cena tivesse, exigisse, não uma reconstituição de pura memória e sim uma reprise.

— Ou, mais precisamente, pousada entre a coxa e o ventre já bem arredondado de Lucinda. Eu me lembro até de ter pensado, prometendo a mim mesmo dizer a Lucinda depois, que era como se o mundo fosse de formas ainda indecisas, grudadas entre si, e minha mão acariciasse no interstício — com palma e dorso, respectivamente, e a um só tempo — o redondo da colina e a lua nascente, enquanto que a mão dela, também sobre minha coxa, sentia que começava a pulsar, a se aquecer e endurecer, minha repetida homenagem de todos os momentos em que nos tocávamos.

Pacificado, asserenado, como se a exata e fiel lembrança dos fatos os tornasse não tão expostos, feito um nervo, e sim acomodados em sua forma definitiva, ligeiramente menos pessoais e doloridos, Quinho deixou-se cair de novo ao lado de Jupira.

— Por isso é que o escuro do cinema prolongava não apenas a alcova geral da nossa vida, o túnel silencioso em que a gente flutuava e rolava, mas, da mesma forma, a alcova de minutos antes, a cama onde os travesseiros tinham ficado úmidos de suor e o lençol de esperma. O me arrancarem Lucinda dos braços me pôs, digamos assim, na romaria, na peregrinação, para reatar, não no plano físico, é lógico, mas no de uma libertação que me é exigida, aquele momento que ficou, de uma forma muito literal, no espaço, feito um copo que vai se estilhaçar no chão mas lá não chega, gestos e copos e cópulas sem consumação, isso aí, completou Quinho, um pouco por cansaço, um pouco para dar a impressão de que acabava de fazer revelações que não deviam, ou ele achava que não deviam, ser levadas inteiramente a sério, ou ao pé da letra, como se costuma dizer.

Jupira rememorava, nua como se via ali nos braços de Quinho, a fria expectativa da cabana, ao lado de Herinha, enquanto que, de alguma toca ou furna no escuro, saía o lacrau. Depois, ao buscá-la Quinho de novo, quase sorrateiro agora, como quem passa por uma sentinela sonolenta, esperando burlar sua vigilância, fechou em si a recordação da cena, fechou os olhos e recebeu com temerosa alegria a nova investida daquele amante que, sentia agora, mais se afastava dela quando mais a revolvia na busca cega, mas aplicada, dos seus amores inconclusos.

10

Na cabeça de Quinho, o surdo eco do canto de Verdurino, ouvido em plena rua, foi aceito não como a voz real de um sabiá conhecido seu e sim como uma espécie de notação musical da lembrança de Jupira: pensava nela com tanto agrado e intensidade, tal como a vira, e sentira, aninhada, na véspera, em seus braços, que sem dúvida o gorjeio de Verdurino provinha, por uma afinidade de lugar, desta sua recapitulação. Mas no minuto seguinte o cântico do sabiá, embora ainda abafado, soou tão perto do seu ouvido, que Quinho passou a supor que talvez a operação mental fosse a inversa, isto é, a voz evocada de Verdurino é que tinha desprendido de si a figura de Jupira. Mera questão de precedência entre duas imagens régias — foi o que lhe surgiu como explicação da charada —, entre duas figuras da secreta e imperial família de um reino usurpado por bastardos e vilões e que lhe competia restaurar, para reparação de erros cometidos contra os mortos. Jupira era uma princesa de sangue que, menina e moça, saíra da casa de seu pai, enviuvara do noivo e conservara em Verdurino — encarregado de sempre lhe lembrar, em endechas e vilancetes, os agravos que padecera — o trovador que agora, positivamente, trinava e gorjeava no próprio pavilhão da orelha de Quinho.

— Puxa! Se fosse uma cobra te mordia!

Era Herinha, na calçada e na ponta dos pés, que tinha levantado até o ouvido de Quinho uma estranha maleta da qual, como de uma daquelas caixas de música encimadas por um rouxinol, brotava o canto. Sorrindo, as bochechas coradas, os grandes olhos de mel rebrilhando, mostrava a Quinho a velha e sólida chapeleira, com respiradouros abertos por toda parte, em que transportava, vivo e fremente, Verdurino ele próprio.

— Ele viaja muito, Verdurino, e Tio Juvenal me disse que é assim mesmo, que toda criança prodígio não para de viajar, feito Mozart, pergunta só ao Tio Juvenal. O Verdurino, aqui entre nós, viaja mesmo é da nossa casa para a de Tio Juvenal, ida e volta, porque o tio adora ele, pede Verdurino emprestado, pra dar na casa dele um concerto, como ele fala, no viveiro dele. Eu levo o Verdurino, no dia seguinte busco ele e o Verdurino já se acostumou com a casa e o viveiro do Tio Juvenal. E olha, cada concerto que o Verdurino dá na casa do Tio Juvenal é pago, sabia? Outro dia foi uma patativa que o Tio Juvenal me deu, na vez antes foi um cacho de banana-ouro para Jurupixuna e o tio me disse que se eu deixar o Verdurino com ele um mês inteiro ele me dá um pônei, um pônei de verdade, com freio, selim e tudo.

Com inconfesso alívio Quinho, que tinha saído para procurar, no escritório central da Onça Sem Roupa, Melquisedeque-Knut (contra seu instinto e inclinação, diga-se de passagem, pois temia a visita e a considerava prematura mas queria, de alguma forma e com alguma urgência, dar ouvidos ao que lhe dizia Jupira, para desfazer um pouco a impressão por ela manifestada de que só os tinha, os ouvidos, para a voz abafada mas pelo visto imperiosa de Lucinda), foi acompanhando Herinha, que, quando da chapeleira mágica brotavam e se espalhavam pelos ares os chilreios, fazia pessoas que passavam voltarem a cabeça e passarinhos perplexos pararem na ponta dos galhos, espiando entre as folhas, e dos fios da iluminação.

Entraram, afinal, numa varanda onde, de início, a grande recepção foi feita a Verdurino, pois de todo um correr de gaiolas pendentes das traves do teto soaram trinados e gorjeios, como se, num conservatório, um solista ilustre fosse recebido por uma louvação coral — e de grande rigor, muito compasso, pensou Quinho, já que, também pendentes das traves, entre as gaiolas, e tangidos pela brisa, xaxins de avencas e samambaias pareciam se mover em uníssono, feito verdes metrônomos. Do lado de fora, ao contrário, parado, como que ouvindo a música num êxtase, o quintal, tão grosso de rugosos troncos que mais parecia um daqueles quadros em que o pintor põe de lado o pincel e esprme o tubo na tela, para bem firmar no chão os barrotes da casa dos homens e no céu um sol maciço e sensato, preocupado, ao girar ao redor da terra, em curar o resfriado das pessoas e fazer germinar as plantas.

Aquele era o sol que brilhava no quintal da casa do seu Tio Lulu, e Quinho, pela primeira vez desde o regresso, sentiu uma mansa vontade de chorar choros de outrora, não como o que chorava, por exemplo, ao cortar, com a lâmina menor do canivete Solingen, raspando a forquilha de goiabeira, a polpa da sua mão esquerda, e sim choros indefiníveis, meio prazenteiros, de ciúme de mãe ou pai, de cansaço ao cabo de um dia de colégio pela manhã e banho de mar à tarde, ou, simplesmente, de pura irritação, à noite, por não querer deixar a sala de jantar para ir dormir. Pela greta das pestanas úmidas Quinho percebeu que, do tubo de tinta, saíra também, destacando-se das árvores feito um duende, seu finado Tio Lulu, pobre, cachaceiro, que só discutia com calor o preço do alpiste e dos canários da terra.

— Tio Juvenal — disse Herinha.

Pequeno, sólido e calvo, em mangas de camisa e, feito um simples dono de casa que ama seu jardim, ostentando manchas de terra nas mãos, nos joelhos das calças, Juvenal Palhano usava pincenê, como Zola, Machado e Olavo Bilac. Caiu-lhe, aliás, o pincenê do nariz, e ficou dançando contra seu peito, pendente de um cadarço preto, à medida que Juvenal Palhano corria de braços abertos até se ajoelhar, na varanda, aos pés da menina e da chapeleira, antes de se postar, sorridente, diante do estranho que o visitava pela primeira vez.

— Eu lhe trago — disse Quinho — carta da Suíça, do professor Franz Hofmeyer, seu grande admirador, seu fã. Segundo ele, graças aos relatórios que recebe, da sua lavra, conhece, a partir de ovinhos e raízes muito bem desenhados, os pássaros e as plantas do Pantanal.

— Ah! bem que esse grande Franz me escreveu alguma coisa, cerca de um mês atrás, sobre sua viagem, e sobre as pesquisas do Negro Schwarz, mas por favor, me desculpe, releve minhas maneiras, que deixam muito a desejar, mas continuo a achar que primeiro devemos colocar a devoção e só depois a obrigação e portanto, antes de mais nada, como refrigério e bênção, vou *ouvir* durante um momento...

E Juvenal Palhano levantou a chapeleira do chão; colocou-a, em seguida, ao pé do ouvido, Verdurino executando sua parte em meio à cantoria que escorria das gaiolas, e afinal entreabriu a caixa, fazendo-a adernar um pouco, contra o rosto, e exclamando:

— Que recital, quantas vozes! Me faz pensar no sexteto da *Lúcia* de Donizetti, *Chi mi frena*.

Em seguida, chapeleira na mão direita, mão de Herinha em sua mão esquerda, foi ao fundo da varanda, onde o viveiro aguardava, porta aberta, que Verdurino se transferisse para o grande espaço onde logo se empoleirou, os negros olhos bem redondos, o papo cor-de-rosa e ferrugem, parecendo, no centro agora do palco, em gorjeantes gargarejos, preparar e empostar a voz para acompanhar Juvenal Palhano, que entoava:

— *Chi mi frena en tal momento!...*

Só quando Herinha, carregando a chapeleira vazia, já tinha partido, depois de dizer adeus a Verdurino no viveiro, é que Quinho pôde transmitir de novo ao dono da casa os louvores e homenagens de Franz Hofmeyer, da Wildlife Foundation.

— Pura ternura desse bom Franz — disse Juvenal, pressionando, com um leve rubor de modéstia melindrada, a mola do pincenê para levantá-lo do nariz e logo em seguida colocá-lo de novo, fazendo, desta forma, alguma coisa com as mãos — que daqui estou vendo, alto, gordo, louro, cara de bebedor de cerveja e olhos de quem interpreta, quando a bebe, canções de Schubert.

— Sinto informar que o professor Hofmeyer, que veio ele próprio trazer a carta antes do meu embarque, é franzino, tem olhos bem pretos, e o cabelo vestigial que lhe resta por cima das orelhas e do colarinho terá sido castanho, talvez, quando o proprietário era moço, mas quem garantiria, hoje, sua cor exata, ou mesmo aproximada?

Juvenal Palhano riu, afetando estar muito à vontade, mas repetiu, um tanto afobado, batendo com a mão na coxa, a operação do pincenê.

— Ora, veja só, e eu em cartas, anos a fio, a me dirigir a esse homem lourão, olho azul a luzir numa cara de faiança cor de maçã! Vou ter que mudar de estilo epistolar, não há nem dúvida, e iniciar outro tipo de correspondência, já que o destinatário de repente me emagrece, se escurece de bochecha e de pelos, se alatina e abrasileira! É outro o tom de carta que vou adotar e passo, sem perda de tempo, a me dirigir a Herr Chico Hofmeyer.

— Mas olhe — disse Quinho — não há erro de sua parte em imaginar o Franz — o Chico, se prefere — não só como excelente pessoa, pelo pouco que vi dele, mas principalmente como amigo seu, apesar de só conhecê-lo pelas cartas, seu admirador de verdade. Aliás, me contou que pelas mãos dele passou a ilustre carta que a Juvenal Palhano, de Corumbá, escreveu ninguém menos que Sua Alteza o príncipe Bernardo da Holanda, em papel timbrado com a efígie do urso...

— O Grande Panda, do Sudoeste da China, e também do Tibete, um nome nepalês, Panda, mas tudo, realmente, bondade do Franz, e eu lhe garanto que ele deve ter inspirado muito do exagero que, na referida carta, noto, por parte do urso, perdão, do príncipe, ao dizer que me concedia...

— ... o título, muito nobilitante, muito civilizado, de primeiro *bird-watcher* a nascer e florescer nesta terra, cuja portuguesa língua não sabe, sequer, traduzir o seu diploma de... de quê?... contemplador de pássaros, vigia, talvez olheiro de passarinhos? A verdade é que entre os brasileiros, os bichos ainda valem muito pouco, os bichos são quase nada para nós...

Aqui, relembrando a conversa com Jupira, Quinho, angustiado, como se estivesse traindo, com ursos nepaleses e onças pantaneiras, os mártires dela, e os seus, passou a mão no pescoço, em busca da gravata, espalmou-a em seguida contra a garganta e prosseguiu:

— ... porque os homens, a vida dos homens, valem também tão pouca coisa.

— Sim, claro — disse Juvenal Palhano —, mas não devemos ser pessimistas, pois vamos andando, nós brasileiros, marchando, e, se quiser me lisonjear mais ainda do que já fez, acrescente, registre, anote que vamos, também, contemplando os passarinhos, transcrevendo, em papel de música, o canto dos sabiás. O canto de Verdurino já o gravei e mandei para um gênio que, no Paraguai, retorna às fontes da música e...

Haveria, por acaso, um secreto acordo entre o dono da casa e seu hóspede Verdurino, entre o pincenê — com que agora Juvenal Palhano golpeou os ares, fazendo as lentes faiscarem, como se erguesse, antes de iniciar um recital, a batuta — e a canção colocada no interior do sabiá, à espera de uma convocação? O fato é que da palavra sabiá e do fagulhar do pincenê em diante, a conversa adquiriu, aos ouvidos de Quinho, um pouco da irrealidade de restos de vigília que começam a se misturar com sono: como se o anfitrião, embora continuasse conversando, tentasse o tempo todo encaixar suas palavras, feito uma letra, à música que Verdurino improvisava.

— Há pessoas que não me acreditam quando conto o que faço nos dias em que me perco no Pantanal, esquecido de mim e de tudo, observando, com um velho binóculo de ópera, alguma passarinha dando de comer aos filhotes que a cercam, com os bicos abertos. O binóculo, já de si, quase faz música quando o regulo, pois com ele, rapaz ainda, vi um dia Bidu Sayão no Municipal, na Rosina do *Barbeiro*. Vai daí que outro dia, quando olhava ao longe, em cima da nogueira, a passarinha, acho que ouvi o coro de vozes saindo das transparentes gargantas à medida que, usando o bico materno feito um conta-gotas, ou conta-notas, se prefere, a passarinha pingava em cada glote os rudimentos de sextetos e octetos. Sendo a música a mais alta função de todas, conclui-se que qualquer grão de alimento aspira, na natureza, a se transformar, através de um organismo vivo, em expressão musical.

À sombra das bananeiras, dizia Quinho a si mesmo, como se esse fragmento de antiga e cantante poesia lhe desse a chave da turva, leitosa despreocupação em que mergulhava, tão grande que não estranhou, como uma criança não estranharia, que Juvenal Palhano, batendo de repente na testa, dissesse:

— Não posso esquecer de dar de comer às plantas.

A um canto da varanda apanhou um pires, onde se viam, como restos e sobras da refeição de um gato, uns farelos de comida, e, pela grade da varanda, começou a depositar migalhas dentro de belas flores hirtas, quase ressoantes, de tanto que lembravam o bocal de instrumentos de sopro, o que fez Quinho constatar que seu hospedeiro representava, ao pé da letra, a cena da passarinha: nutria filhotes de plantas com grãos e vermes musicais.

— Esta flor é uma sarracênia fiava — disse Juvenal Palhano sorrindo por trás do pincenê. — Mesmo sozinha, por conta própria, ela pega minúsculos insetos, que digere com eficiência, como digere miga de ovo e de carne que lhe sirvo, para fomentar o cardápio. As droseráceas são umas papa-moscas eméritas e abrem suas pétalas, muito bem articuladas, muito bem servidas de dobradiças, quase como os filhotes abrem o bico, e acho que um dia as plantas carnívoras que crio ao longo da varanda, como uma espécie de reflexo dos canários que crio pendurados no teto, cantarão os louvores do barbaças ali do retrato na parede, o descobridor das carnívoras — insectívoras como dizia, vitoriano e discreto, nosso mestre Darwin.

— Ah — disse Quinho — e os outros dois velhos, a cada lado dele? Avós seus?

— Não, são duas rescendentes figuras históricas, cheirosas, dessas que a gente põe a secar entre as páginas de dicionários biográficos, para que as perfumem: Pierre Magnol, o das magnólias grandifloras, e Louis Antoine de Bougainville. Mas em que péssimo dono de casa vou me transformando, com essas minhas fumaças de naturalista. Café! Café!

Aqui Juvenal Palhano bateu palmas e Quinho viu entrar uma crioula de avental branco e torso branco na cabeça, acompanhada por sua réplica em ponto pequeno, uma crioulinha de avental branco e torso branco na cabeça, a mãe trazendo a bandeja de xicrinhas, bule e copos, a filha carregando na mão, pela alça, numa bem-aventurança de gelo por dentro e um aljôfar de gotas por fora, um jarro de refresco dourado.

— O amigo Quinho quer o café de Malvina ou quer o refresco de maracujá da menina Cravina, ou prefere, antes, o refresco de Cravina, e, a seguir, o cafezinho que eu recomendo, passado pela própria Malvina, que antes torrou e moeu o grão?

Malvina sorriu para Quinho, Cravina o fitou com grandes olhos de sabiá, pretos e redondos, enquanto lhe estendia o jarro de refresco com as duas mãos e Quinho o recebia sem muito saber o que fazia, talvez com medo de que a menina não o aguentasse durante muito tempo, e acabou se servindo do maracujá agridoce, que lhe deu, pela boca, a sensação que tentava definir para si mesmo, de uma vaga, quase ociosa mas deliciosa vontade de chorar — deliciosa graças à certeza absoluta de que alguém o consolaria, à sombra das bananeiras, debaixo dos laranjais — e se levantou, antes que começasse a contar a Juvenal Palhano como, na escuridão do cinema, Lucinda desaparecera para sempre, feito um pirilampo no seio de uma droserácea.

Em Puerto Suárez, tinha vivido o terror de sentir à sua espera, no fim da poeirenta estrada da fronteira, uma árida madrasta, a espreitá-lo, cuja rouca respiração ele quase escutava, opressa, pois ela comprimia, contra o portão da chácara, seios enormes mas estéreis, secos como o pó da estrada. Mas ele tinha burlado, como compreendia agora, a tocaia, a emboscada, ao forçar, em carreira vertiginosa, num carro vermelho, as grades, o que provava que, de alguma forma, Jupira sabia que risco ele corria, ou percebera, sabe-se lá como, que a verdadeira chácara, a materna, era outra, era a dos encharcados limos, das papas de fungos e caldos de turfa e trufa, das hortas escuras que dividem, e portanto ligam, o mundo de Jupira e o de Lucinda e que restauravam nele, Quinho, as umidades vitais indispensáveis a Lucinda e que Lucinda, irmãmente, partilhava agora com Jupira.

Só lhe faltava — para sentir, na volta à casa materna, que juntara ao seu redor o batalhão de Voluntários, o Primeiro, e que em breve começaria a recuperar herança, foros e pergaminhos — conhecer melhor seu flanco Pepe-Iriarte. Então, poderia investir, à rédea solta e de lança em riste, contra La Pantanera. Pediu a Jupira que lhe marcasse o encontro com o velho, o qual se verificou não numa varanda em que gaiolas e vitrolas se empenhavam em incessantes duelos corais e sim na loja importadora, cujas prateleiras vergavam ao peso dos fermentados e destilados de Europa e Eurásia, da oriental quinquilharia eletrônica nipônica, dos chocolates belgas, gordos de licor, e dos cigarros americanos. Vendo, então, que Quinho, enquanto passava no pescoço o indicador direito, a afrouxar o colarinho no entanto aberto, dissimulava um olhar moralista às prateleiras, Iriarte declarou, enquanto tratava de firmar fogo no seu *meerschaum* de haste longa feito uma bengala:

— Nós, Iriartes, vivemos a serviço de nossa imperiosa e sereníssima Senhora, que um dia concedeu a meu avô, entre fragas e brenhas, a honra esmagadora de uma audiência especial, que alguns chamam aparição.

Iriarte se deteve e, como se fosse, no cachimbo, a peça encarregada de haurir, pelo bocal de âmbar, e distribuir a fumaça com algum objetivo industrial pouco inteligível a leigos, concentrou-se na primeira operação e em seguida expeliu, em direção ao teto, uma efêmera coluna de coroas concêntricas cheirando a damasco e passa de uva.

— Nós nunca ousamos, desde o avô, envergar as cores e agitar as flâmulas da sereníssima Senhora. Usamos, sempre e apenas, sua libré. Somos, para servi-la e para em seu nome realizar o conserto do mundo, contrabandistas, solidamente entrincheirados aos dois lados de uma fronteira ideal, com cidadania em ambos: eu e minha filha Jupira somos brasileiros, enquanto Pepe, meu irmão, é cidadão boliviano, pois assim colhemos o melhor de dois mundos, e o creme, por assim dizer, dos mil desvarios e modestos acertos dos dois povos.

Quinho tinha sido, desde a Europa, secretamente recomendado a Pepe e a Iriarte e agora — a partir do carro vermelho, da semelhança com Lucinda, da partilha de si mesmo e de seus humores e sucos — estava mais ligado a Jupira do que a não importa que outra pessoa, entre os vivos, mas, aflito, apesar de tudo isso, a cicatriz a lhe doer como talho fresco na mão esquerda, falou:

— Pergunto, Iriarte, não por curiosidade, ainda que ela exista, e muito menos por espírito crítico, mas sim por uma estrita exigência de véspera de guerra, pois estou tomando aquele trago de vinho do pé no estribo, antes de arremeter: você acha que, para realizar o conserto do mundo, vocês, Iriartes, estão agindo bem, que vai tudo bem, o Partido vai bem, com vocês sob as vistas da Polícia, podendo ser presos como contrabandistas, processados pela lei comum, arrastando o Partido nesse jogo ambíguo, perigoso, você acha mesmo que está tudo bem, Iriarte, que não corremos riscos?

— Nós, os Iriartes, não achamos: *sabemos*, desde que passamos a vestir a libré da sereníssima Senhora, que é precisamente o contrário do que você teme. Ainda que odeiem e persigam o Partido as autoridades respeitam muito ele, do ponto de vista da moral e dos bons costumes, e como se dão conta, como todo o mundo, de que somos contrabandistas — históricos, tradicionais e convictos — jamais abrigariam a suspeita de que somos comunistas. As duas ideologias, o contrabando e o comunismo, são incompatíveis, sobretudo quando o contrabando, e é esse o nosso caso, consiste em secos e molhados finos. E agora este xerez de la frontera, prove este Tio Pepe que importamos em barriletes especiais, seco e dourado como a pedra das montanhas e dos castelos da Andaluzia: beba, pois, saiba ou não saiba, foi esse vinho, não foram minhas respostas que você veio buscar aqui, o vinho do pé no estribo.

11

Quinho se limitou a saudar com a mão, sorrindo, a sentinela da Onça Sem Roupa, que o cumprimentou, por sua vez, da guarita, pois agora, bem esmiuçado seu passe da primeira vez, penetrava tranquilamente naquele reino dos mortos, com pleno direito de se retirar depois, sem sequer pensar em obedecer ao venerando decreto de não olhar para trás, ou de esquecer, por exemplo, o sacrifício do bezerro. Em compensação, é claro, voltava ao convívio dos vivos de mãos vazias, sem ter resgatado Lucinda, prendendo, quando chegava de volta ao jipe, quase até a vertigem, a respiração, enquanto refletia se não estaria se exercitando — como um atleta de dois mundos, metade músculo e metade sombra — menos para libertar Lucinda do que para adquirir, ele também, o indeciso passaporte, a dupla ambiguidade.

Por sua vez a fazenda — como uma pessoa que, mal a gente conhece, ou julga conhecer, passa a se alterar, a se revelar outra, a mudar de cara — não parecia mais, como de início, assustadora, sim, mas ao mesmo tempo inofensiva, uma espécie de casa de meter medo a criança, interiormente decorada por um nostálgico ex-tira tentando recriar pelo menos os muros e trastes entre os quais viveu o sacerdócio de infligir pena e sofrimento, de ver de joelhos, mãos postas e calças cagadas, os que se julgavam altivos, os que começavam insolentes. A verdade é que a um segundo olhar as salas de delegacia — que entrevia ao longe, afastado delas pelo guia, pelo acompanhante e às vezes impedido de olhar na direção delas pelo pescoço enrijecido por uma câimbra nervosa, resistente à discreta massagem da mão espalmada — lhe davam a impressão de animação e movimento, patente absurdo, é claro, temores vãos, que sequer se apresentariam, se ele ainda tivesse no bolso miniaturas de uísque: quem imaginaria aqueles claudemiros boçais a brincar, em falsas delegacias, de soldado e ladrão, a matar saudades do distrito numa espécie de teatrinho de facínoras, ou de festa de fim de ano num conservatório de torcionários?

Vamos tocar para a frente, se dizia Quinho, que, por não ser herói de guerra e voluntário da pátria, um homem também não precisa exagerar, deixando-se conduzir, diante da missão que o espera, pelo estúpido e insensato alarma de um latejo quimérico de dor a passar pelo leito seco de uma velha cicatriz na mão esquerda. O que tinha a fazer ali, de imediato, não apresentava nenhuma periculosidade capaz de deter, ou sequer perturbar, qualquer pessoa de medianíssima coragem, bravura parca e intrepidez vasqueira, inferior à normal. Quase podia dizer, muito ao contrário, que se achava, ele sim, em posição de vantagem, pois trazia na memória, depois de bem estudadas as fotografias, a cara do punhado de criminosos que, além de Claudemiro-Antero e Knut-Melquisedeque, compunham — do ponto de vista da Anistia e agora também da Wildlife Foudation — o grupo do homem novo, doença da espécie, cujo veneno será fatal se contra ele não convocarmos a cólera velho-testamenteira e wiesentálica.

Além de Dianuel, que se anunciava, de longe, pelo rincho, assim como os quero-quero pernaltas, entre as árvores, pelo pio, Quinho já conhecia bem mais uns três. O Paraguaio, também encourado, encadernado mas em couro servido e velho, macio, e que mais se anunciava, quando pisava pedra ou terra bem batida, pelo tinir das esporas; o curtidor de peles, que tinha um nome engraçado, ou apelido, de Edmundo Sem Fundo, ou coisa semelhante, só admitido ao contato com os demais depois do Ângelus, hora em que tomava banho, à vista e sob a fiscalização de todos, em chuveiro sem porta, com sabão de coco, passando depois por uma severa lixívia e enxágua geral com sabonete de benjoim; de Lino Mano, finalmente, que merecia investigação mais especial — merecia até um pôster, segundo uma irônica Jupira — pois parecia pouco afeito e achava bacana calçar botas, as quais trazia engraxadas, luzidias, pelo dono miradas com frequência, como se fossem distantes espelhos, enquanto balançava, pela corrente que o prendia ao pulso, um chicote de cabo de prata, usado mais como pulseira do que como rebenque. Acresce que, na hora de preparar o churrasco, todos abriam alas respeitosas a Lino Mano, cujo cuchilho corria entre músculos, tendões, cartilagens com aquela perícia que só vem do amor ao ofício. Lino punha em ordeiras postas, de acordo com o peso, um búfalo, como um bibliotecário arruma livros na estante, de acordo com o assunto. Seria quem, esse requintado magarefe? Vergueiro dos estudantes? O legendário Gaúcho?

Em relação ao Edmundo Sem Fundo, ou como se chamasse, Quinho adquirira quase que a atitude dos outros, a do higiênico horror e salutar repulsa, como se o pobre, por mais que se esfregasse e detergisse, jamais pudesse chegar à limpeza padrão de alguém antes do banho mas empenhado em ofício que não fosse o de viver entre lívidas carcaças de gado e fera.

A pretexto de flagrantes e cenas para o livro, Quinho, na segunda visita, passou a usar a Leica com seu medo habitual disfarçado em naturalidade, e, entre todos, quem mais ele fotografava era Dianuel, que o fascinava pelo carão, a um só tempo, de campino do Ribatejo e tuxaua bororo, e pelos rangentes e rinchantes movimentos rituais com que armava ao cair da noite uma fogueirinha ao pé da qual se assentava, pitando um pito de barro. Antes de sair da fazenda nessa noite do sacrifício do bezerro, Quinho viu Dianuel que acabava de acender sua fogueira, e de se sentar, com uma espécie de suspiro coriáceo, de rincho definitivo, final. Nesse instante a matilha, perto dali, disparou em uivos e latidos, de repente, sem qualquer aviso, fazendo Quinho imaginar que Dianuel fosse explicar a razão do alarido, ou denotar espanto também, encolhendo os ombros, arqueando, talvez, a sobrancelha. A bem da verdade teria sido mais fácil obter uma reação do fogo que Dianuel acendera do que do próprio Dianuel, que as chamas faziam reluzir.

Quinho deu alguns passos em direção ao pátio, que era um quadrado formado respectivamente pela antiga senzala; pelo galpão de ferramentas, com seu longo alpendre de dependurar redes; pelo arco de pedra que dava para os corredores de tanques e casas de curtição, e, afinal, pelo canil, onde ladravam naquele instante, esfomeados com ciência, Molambo, Arambaré, Tigre, Rói-Osso e mais uma manada de mastins. Pendurada pelas patas traseiras, uma onça, picada de faca no pescoço, pingava ainda, numa cuba de cobre, sangue que Lino Mano carregava numa cuia até um bezerro atado a uma estaca no meio do terreiro, como se o preparasse, ainda vivo, ao molho pardo: irrigava o novilho — que o mirava terno, talvez perplexo — com o sangue morno da onça, ainda fumegante, indo e vindo com a cuia.

Excitados pelo odor, que recriava imagens de entranhas suculentas e quentes, de fera rendida, se esvaindo em sangue, os cães saltavam alto, arranhando a paliçada do canil, uivavam e depois ganiam, olhos revirados, em batidas metálicas de ferreiro e araponga, enquanto Lino arrepiava ainda mais o pelo deles, fazia tremer mais ainda, descerrando dentes afiados, os beiços deles, de um negro violáceo, açulando:

— Quiss, quiss-quiss, Molambo! Pega, Arambaré! Eia, Tigre! Avança, putos!

Molhando as pontas dos dedos na cuia de sangue, Lino, rindo mas gemendo, quase uivando também, excitante e excitado, borrifou a matilha no canil ainda trancado, feito um padre aspergindo de água benta os fiéis, e depois soltou os cães que, pesados como eram, vararam o terreno feito galgos ou dálmatas, se atropelando na carreira, saltando um por cima do outro, ao mesmo tempo, e afinal, de cambulhada, derrubaram estaca e bicho amarrado, cravaram os dentes no bezerro untado de onça, afogaram as bocarras nele, no peito, no pescoço, na cara e no ventre.

Enquanto ainda se ouviam os rosnados e os ladridos curtos, extáticos da matilha, Quinho, sem pensar, por um momento que fosse, em usar um *flash*, temendo, isto sim, ser visto, dos cães e também de Lino, foi retornando mansamente em direção a Dianuel e seu fogo, enchendo os pulmões mas esvaziando-os, contra seu costume, com rapidez, para não guardar neles o cheiro de sangue. Então, sentando-se ao lado do impassível Dianuel que olhava o fogo, sentiu a secreta tentação de se incorporar àquele outro modo de existir, maciço, dotado talvez de breves períodos de respiração do espírito a cada tremor milenar da crosta: feito um turista que, encostando-se por um momento, para alguém lhe tirar o retrato, a um dos titãs da Ilha da Páscoa, começasse a sentir aos poucos a pausada fusão, o endurecimento de membros e juntas, a petrificação vagarosa, paulatina, e assumisse, não sem uma consoladora acalmia de progressivo torpor, a religiosa mineralidade de contemplador eterno dos séculos.

12

Como um viajante que tivesse desligado motor e faróis do carro e adormecido ao volante, para não dirigir no escuro da noite, e que agora, à luz da madrugada, divisasse em cinza e prata fosca, além do para-brisa orvalhado, o perfil do dia a vir, Quinho, acordando no leito do hotel, ao lado de Jupira, via, na manhã que raiava pela vidraça da bandeira da janela, a imagem do dia, próximo, quase a despontar, em que iria embora do Brasil. Passou a mão nos olhos pesados de sono, como se aquele motorista que acabava de imaginar ligasse o limpador de para-brisa e esclarecesse em definitivo, através do cristal cintilante, a rota, os albergues, os cafés do caminho, as casas amigas, e, no alto do morro, com seus monumentos de pedra cor de mel e seus arcos de triunfo minuciosamente entalhados com a saga do homem, o fim da jornada, a Europa.

Modo de dizer — pensou Quinho, aborrecido consigo mesmo, zangado de se pegar distraído —, modo embrulhado de pensar, quando mal abrira os olhos, pois o fim da jornada só podia ser o repatriamento, o novo retorno — já então franco, triunfal, com fanfarras — ao Brasil.

Lucinda dera um curioso sinal de apaziguamento durante a noite: ou bem fizera Quinho esquecer (ou lembrar com menor clareza de textura e tom) seus seios, ou bem, o que era mais provável, fizera os ditos transmigrarem para o peito de Jupira. A verdade é que quando, para esquecer sua confusão matinal de retornos, Quinho se voltara para Jupira, viu, descobertos, os seios de Lucinda, e ao beijá-los comprovou que eram de fato os seios da outra, como se Lucinda, pressentindo o dia da libertação, permitisse que voassem de si para pousarem como pombos de paz em Jupira.

— Não acorde eles — disse Jupira, olhando Quinho pela fresta das pálpebras pesadas —, senão eles acordam a casa inteira.

— Eu estava pensando — disse Quinho, que tornou a beijá-los, para assistir, como nos filmes de botânica, ao instantâneo crescer de botões de flor e para contemplar desabrochados, em sua nova locação, os seios de Lucinda —, que fiz quase tudo que havia por fazer, acrescendo que o sábio Dianuel me garante, rangendo e rinchando, que já quase passa da época da grande caçada e que portanto...

— Fez quase tudo? É hoje que você vai estabelecer contato com Melquisedeque, Quinho, não é hoje? Que vai vê-lo pela primeira vez, afinal?

Mas Quinho, ao som dos nomes de Dianuel e de Melquisedeque tinha voltado, testa franzida, ao seu despertar de um minuto antes, à sua procura do calor, nos seios de Jupira, dos seios de Lucinda, porque cada vez mais tudo na vida estava lhe acontecendo feito uma representação, uma imagem de outra coisa. Ele bem que reagia, dava de ombros, virava a cara e prendia a respiração, mas o que não podia era negar a dificuldade cada vez maior que sentia de saber o que era voz e o que era eco, o que de fato acontecia ou apenas repetia o que acontecera (isso naturalmente tornava o acontecido antes um mero ensaio e rascunho e não o fato real) ou que relação estabelecer entre cacos de vidro encontrados no chão e o copo, aquele copo retido no ar. Por exemplo: ele sabia, agora, que buscara calor tanto nos seios ao seu lado como, antes, na fogueira de Dianuel, instantes depois de ver o novilho, como uma criança abandonada à beira do mar, despedaçado pela furiosa onda de cães. Mas não tinha conseguido permanecer, como era sua intenção, ao pé do braseiro alegre e de Dianuel taciturno, pois das trevas surgira a cara lívida e súplice do curtidor de peles, que o chamava insistente, de longe.

— Eu sou Edmundo, o das peles e couros, para servi-lo, barbeado e lavado — acrescentou logo —, leal como quem previne que porta moléstia, incurável e contagiosa, mas não transmissível, no momento.

— Eu sei, claro, Edmundo, que eles chamam, de troça e brincadeira, creio eu, Bem Fundo, ou Sem Fundo, não?

— O nome correto é Edmundo Errázuriz, bombeiro-eletricista de profissão, entendido em pias, aquecedores e refrigeradores, águas, descargas, luz, fiação, tudo de que depende uma casa moderna e seus eletrodomésticos, mas cometi um pecado na juventude, um erro. Dei, no interior do país, onde nasci, o mau passo de curtir peles, couro de boi, compreende, chegando a fazer umas bolsas e cinturões, e até umas sandálias simples, estilo franciscano extremamente rústico.

— Boliviano? — perguntou Quinho, guiado pelo sotaque.

— Quem, eu? Seguro que não. Seguríssimo.

— Paraguaio?

— Por favor, já basta que estou como estou, na situação em que me encontro, e o Senhor Deus ordena que não aumentemos a aflição dos aflitos: argentino, por favor, argentino. Para Buenos Aires vou voltar, meu Buenos Aires querido, logo que mudar o governo, o regime, a ideologia ou como se diga, vou, em suma, ser resgatado, não há dúvida nenhuma. Me chamam aqui de cheque sem fundo mas não é verdade, vou ser resgatado, trocado em moeda-corrente, para voltar às ruas de Buenos Aires, ainda não fui mas vou. Pode passar no sindicato, um dia, quando quiser, e checar meu nome, Edmundo Errázuriz, é este o nome e a profissão, como falei, bombeiro-eletricista, confiscado na fronteira, depositado no banco de presos da agência internacional La Pantanera, e os tiras portenhos felizmente não vieram, ou melhor, vieram para me trocar no guichê mas o pessoal aqui da Pantanera descobriu que eu era bom de curtir couro e fazer napa de vaca e então Seu Melquisedeque firmou lá um trato com eles, meus patrícios, pois ninguém no Brasil gosta de curtir couro, não é mesmo, e fiquei parado, carente de categoria profissional expressa e clara, sem prazo fixo para render juro, sem opção de ser compensado, rejeitado como ordem de pagamento ou cheque de viajante, sem realidade bancária imediata quer no país de origem quer nos demais membros da rede, à espera, em suma, de um fechamento compulsório e impessoal de conta, ou do paletó, pois a hora e saque de cada um acaba por chegar, sem dúvida, conforme Deus é servido. Agora o senhor me diga, o senhor é fiscal, é importante, é figurão? Porque eu até que quero continuar cheque sem fundo, por enquanto, quero ficar por aqui mesmo, em sossego, que não sou doido de voltar já, mas gostava muito de largar a curtição, de deixar o curtume por algum tempo para matar a saudade das bicas, dos registros, das tomadas e benjamins, caixas-d'água e fusíveis e o senhor sendo troço, sendo patrão, não é mesmo, chefe, mandachuva e figurão, podia me ajudar no meu modesto ideal, nesse retorno ao mundo dourado dos ralos e bueiros, à alvura da louça de mictórios e latrinas.

— Eu escrevo livros, estou escrevendo um livro sobre o Pantanal, mas olhe, casos como o seu me interessam muito, até demais, fazem parte do meu trabalho, do meu livro, como partes que são do Pantanal, dessa Pantanera que eu ainda não conheço bem. Vamos combinar isso que eu falo com as autoridades, com o próprio Melquisedeque, com quem for necessário.

Mas sobre a cara de Edmundo Sem Fundo baixara um véu de desânimo, desalento, enquanto ele engrolava, mais do que cantarolava, umas palavras plangentes: "...quando yo te vuelva a ver no habrá más pena ni olvido", e depois, sem transição, com ar quase inamistoso, interpelou Quinho.

— Livro? Você tem certeza de que não é patrão, não é fiscal de nada, não é nada, nem do governo nem da Pantanera, não é chapa de Seu Antero, faixa de Seu Melquisedeque e vai ver que nem cupincha de Seu Trancoso, o secretário de Segurança, que recebe ordem de Seu Antero, naturalmente, e de Seu Melquisedeque, e até acata pedido de Seu Lino, mas que, como muito ajuda eles, tem também seu cartaz, seu prestígio?

— Estou lhe dizendo que cuido do seu caso, faço minha a sua reclamação, encampo as suas queixas, como cidadão brasileiro que sou, escritor, homem de certa influência.

— Reclamação? Queixas? Quem é que falou nisso? E logo com quem nem é fiscal de nada, de imposto, de contrabando, de cocaína, de mulher da vida, de nada? Diga que não me conhece, obrigado, graças, passar bem, e olhe, não venha me atribuir coisas que o senhor é que está falando, eu não, que sou cheque sem fundo, com muita honra.

— Você tem medo de que, Edmundo Errázuriz, Sem Fundo?

E Errázuriz, colérico, olhando ao redor, numa espécie de roufenho sussurro alto, confidência rouca mas forte:

— Não sabe de que não? Pois de morrer feito Corina Hernández, por exemplo, cheque visado que ela era e tudo, cheque especial, de marco alemão, de franco suíço, mas ficou sem fundo feito eu, ficou depositada aqui, a pobre, depositada como puta. E o pior é que não aceitou esse tipo de operação bancária e sistema de depósito. Ela reclamou, não foi, queixou-se, protestou, a berro e a unhada nos que queriam estuprar ela, violentar ela, e veja só o que aconteceu. Preste atenção ao que estou dizendo, ninguém se mete não, ninguém quer saber o que é que houve quando uma mulher bacana como aquela, cheque-ouro em qualquer lugar, moeda conversível, liquidez pura, acaba nua, cavando o próprio túmulo lá dela, chorando em cima da enxada, nua e cavando a cova dela, pode?

— Você viu?

— Viu o quê?

— O enterro? A cova?

— Ora, cova tem é no cemitério, doutor escritor, e o cemitério de La Pantanera está aí a dois passos, na senzala, não é isso, todo o mundo sabe, até quem não é fiscal de porra nenhuma, amigo de ninguém, chefe de nada. O cemitério é aí mesmo, só que nele os mortos se enterram, cada um se serve, cemitério-bandejão, é a diferença, seu livreiro, se enterram feito Corina Hernández, e me garantem que a tal

Violeta Linares também, mas essa não vi, não conheci, ou foi morta diretamente, a pedido de várias famílias, vai ver que logo que passou a fronteira, e só depois trouxeram ela pra cá, pras exéquias e ritos fúnebres. Corina Hernández eu sei onde é que está porque me fizeram jogar terra em cima dela. O Onceiro mandou a coitada abrir a cova dela mesma e ela obedeceu, como eu lhe disse, mas quererem que ela se cobrisse de terra depois de morta era demais, não?

Dito esse gracejo Edmundo Sem Fundo riu, fez depois o sinal da cruz, como quem se arrepende, como quem cancela e expia logo o que acabou de falar, e se despediu com um gesto vago, olhando para os lados, para a escuridão onde não chegavam os clarões da fogueira de Dianuel.

Quinho voltou de novo os olhos para Jupira estendida ao seu lado, na cama, com uma multidão de perguntas, ou consultas, a lhe fazer, sobre o calor da fogueira e o calor dos seios, sobre o aviso que estaria contido no primeiro calor, quanto ao segundo, ou vice-versa, sobre as possíveis consequências de ficar ele mais tempo em Corumbá, para bem documentar o cemitério de La Pantanera em relação à certeza que parecia ter Lucinda — que dos seios se despira como quem tira um colar — de um desfecho feliz, e muito próximo.

Mas Quinho viu, ao se virar na cama, que Jupira tinha pegado no sono de novo, e que agora só havia, no peito dela, como antes, como sempre, seios de bicos róseos, o colorido moreno, tendente ao claro, os seios, em suma, de costume, de Jupira Iriarte.

13

Ao voltar do banho no fundo do corredor e ao sacudir diante do espelho do quarto, em cima da pia, os cabelos molhados, encaracolados, Quinho imaginou que assim David sem dúvida contemplara os próprios cachos enquanto, depois de uma chuveirada na manhã da luta, punha-se a inspecionar, sem sequer pensar em Golias, a funda com que o mataria.

A seguir, mais especulativo, e com certa ansiedade, matutou que David teria talvez sacudido assim a juba, respingando a bandeja do seu desjejum de guerreiro — mas que haveria na bandeja? Gafanhoto e mel de pau, do mato, quem comia era o precursor, séculos mais tarde. Leite de cabra? Requeijão de idem? Pão ázimo, sem manteiga, sem geleia? E aqui, franzindo o cenho diante dos seus pãezinhos frescos, de casca friável e dourada, do aipim e do inhame suando manteiga, dos dois ovos quentes perfilados cada um em seu oveiro de louça, Quinho se perguntou se o jovem David tinha, como ele, ou tanto quanto ele, a capacidade de se fazer mimado, estragado, já que dona Firmina, mulher de seu Afonso, dono do hotel, se inquietava, indagava de Quinho se não se sentia bem, quando o via respirando fundo, ou esfregando a garganta, se não estava trabalhando demais no livro. "Não há Pantanal que valha a saúde da gente!" — e, resmungando Quinho qualquer coisa como insônia, estafa, preocupação com o cumprimento dos prazos do seu trabalho, Firmina tinha sentenciado:

— Esse menino está se matando, Afonso, se sacrificando pelas nossas coisas, escrevendo sobre fazendas e fazendeiros, visitando, durante o dia, as minas de Urucum, os garimpos do rio, e, aqui entre nós, passando as noites em claro, com gente que, diga-se de passagem, devia se prover de mais juízo, mais miolo e mais siso — pois a moça tem uma filha, e nunca teve, que eu saiba, marido — e ainda por cima o pobre, de manhã, se levanta para não perder a hora do café: isso, Afonso, escuta, isso vai acabar. Eu sei que você em princípio se opõe, e com muita razão, pois se a moda pega não teremos mãos a medir, mas eu prometo que ninguém vai ver, ou saber, nenhum desses hóspedes morrinhentos que não fazem nada pelo Pantanal nem pelo ferro de Urucum, pode deixar isso comigo. Cubro com um guardanapo a bandeja em que o café da manhã do Seu Quinho vai ser levado ao quarto dele, lá isso vai, e café reforçado, que ele pode tomar na cama e dormir um pouco mais, de manhã, como já percebi que ele gosta de fazer.

Enquanto, metódico, tirava o tampo dos ovos quentes e os polvilhava de sal, antes de neles mergulhar os bastonetes de casca de pão que preparava de antemão e que iam absorver a gema — na qual, caso contrário, a colher introduzida provocaria um princípio de Arquimedes —, Quinho invocava David e o trisavô lanceiro e desdenhava pensar em Melquisedeque-Knut. Não é que de todo não pensasse nele, esta não seria a pura verdade, mas tratando de nele pensar com frieza e objetividade como quem vai ao encontro de, digamos, alguém que há muito nos deve, não paga e — esta a sua imensa vantagem — não sabe, não desconfia que somos o credor: a qualquer momento, em qualquer instante do encontro, não importa em que esquina da conversa, ele, Quinho, podia meter o duro indicador no peito do interlocutor estupefato e bradar "Knut"! Assim, até certo ponto sem em Knut pensar, ou sem pensar no puro choque de estar indo ao encontro de quem assinara o óbito, que ajudara a ocorrer, de Lucinda, Quinho foi andando rumo ao prédio do escritório da Pantanera procurando rememorar, isto sim, as fotos que estudara, a cara que invariavelmente se destacava mal, como se Ari Knut só se imprimisse no que fazia em traços leves e vagos, riscos de lápis Faber n° 2 sobre os quais ele próprio, pouco depois, se esfregava feito uma borracha enérgica.

Dentro do edifício do escritório, sentado na sala de espera de Melquisedeque-Knut, aguardando, com vagas lembranças de dentista, sua vez de entrar, deixou o pensamento boiar — sem qualquer intencionalidade, feito canoa desatracada dum ancoradouro e empurrada com o pé — dentro do rio Paraguai, que se avistava, castanho, do janelão, assuntando que seres, por exemplo, seriam aqueles, tão bizarros, de busto feminino, mas sovando as barrentas águas com vastas asas alvas? Um encalhe de iaras, foragidas de arpão, arrastão, e que, acuadas, ali deliberavam, ou desesperavam, flagelando o rio, temerosas, se emergissem de todo, de semear confusão entre os homens ávidos de fêmea e tolhidos pelo peixe, sempre buscando, depois dos seios molhados, nádegas macias, e encontrando com assombro, dentro d'água, ilhargas com chapas de escamas, traseiros ictiológicos?...

— Bom dia.
— Ah!
— Dr. Soares? Vasco Soares? O senhor quer falar comigo?

— Sim, claro, perdão, Seu Melquisedeque, claro, quero, quero sim, mas eu estava tão distraído, ou, melhor, perplexo, intrigado. Olhe lá, lá no rio, o que é que pode ser aquilo, o que é que estão fazendo?

— Lavando roupa — disse Melquisedeque, depois de um brevíssimo olhar ao rio.

— Será?... Curioso... Daqui parece outra coisa, não sei, talvez...

— Mas é o que eu estou lhe dizendo. Lavadeiras. Entram n'água para ensaboar, esfregar, bater a roupa delas, ou que lavam para fora, para fregueses. Lavadeiras. Assim não sentem calor. Ou sentem menos. E sem dúvida desfrutam ainda da vantagem de mijar dentro d'água, quando têm ganas, sem precisarem sequer se agachar, se esconder, buscar uma moita.

Quinho se deteve na beirinha, feito quem, em noite escura, quase botou o primeiro pé no precipício: ia falar em molhadas mães d'água com aquele homem de pedra e pó, soturno, alto.

— Claro — disse Quinho —, agora estou vendo. Quase uma ilusão de ótica — continuou, afetando tranquilidade, mas sentindo, aflito, que tinha perdido pelo menos parte da obscura vantagem que, ao entrar, era sem contestação sua.

Cordato, apesar de desdenhoso, tentando ser amável, Melquisedeque semicerrou os olhos, movimentou a cabeça para um lado e para o outro, mas depois deu de ombros, como quem fez o que pôde e não vai, só para consolar um tolo, dizer alguma barbaridade.

— Lavadeiras. Não consigo imaginar outra coisa. Mulheres lavando roupa com água pela cintura. Por mais que fizesse eu sempre concluiria que são mulheres, mulheres pobres, caboclas, batendo com panos na água dum rio...

— Em geral as lavadeiras se agacham *à margem* de um rio, na beira d'água, a parte dianteira da saia, com muito decoro e decência, prendendo entre as pernas a parte traseira da saia, e esfregam então a roupa suja numa pedra da beira do rio, numa tábua —, foi falando Quinho, agastado consigo mesmo por ter feito a pergunta inicial, por ter aceito tal diálogo, irritado com a calma, que já lhe parecia uma forma de apenas contida brutalidade, um estilo de quem, pouco tempo atrás, ajudava, pela tortura, a matar aqueles cujo óbito ia atestar em seguida.

— Exatamente como o senhor descreve — disse Melquisedeque-Knut. — Assim lavam a roupa suja as lavadeiras, a menos que, naturalmente, entrem no rio como aqui, não é mesmo, na tina do rio, por assim dizer. Mas em que é que eu posso lhe ser útil?

— Estou implementando, ou melhor completando, ou complementando, simplesmente, com esta visita que lhe faço, as visitas que tenho feito à fazenda do seu chefe, Sr. Antero Varjão — disse Quinho, controlado, recomposto por fora. — O Varjão é que me falou neste escritório, no embarque de couros de boi e principalmente de peles de animais selvagens para S. Paulo, pela Noroeste do Brasil, para Buenos Aires, pelo rio, e as consignações menores, de avião...

Melquisedeque-Knut mostrou a Quinho uma coleção da faturas, de licenças de exportação, enquanto Quinho lhe estudava as mãos, fortes, sem dúvida, capazes mas não muito grandes. Comparadas às de Claudemiro-Antero podiam passar por não mais que rudes mãos de mulher,

mulher sem trato, bem entendido, do povo, mãos femininas mas condenadas a serviço pesado, mãos, pensou Quinho, de lavadeiras, digamos, de beira de rio ou de dentro do dito.

Primeiro foi apenas cabisbaixo que Quinho saiu à rua, ruminando as magras, esparsas, talvez devesse mesmo dizer nenhumas informações biográficas, ou certezas de qualquer tipo, que colhera nas entrelinhas e nos entretons de uma conversa que o Knut dominava de tal forma — tanto no que se referia ao despacho aéreo e ferroviário de inocentes produtos agropecuários semi-industrializados da Onça Sem Roupa como no concernente a sistemas fluviais da lavagem de roupa — que ele, como um importuno corretor de seguros de vida, ou vendedor domiciliar de enciclopédias, já pensava, macambúzio, em como fazer para marcar novo encontro, com novos argumentos e convencimentos, com planos mais atraentes, de prestações mais dilatadas.

De repente, como se lhe aplicassem um escalda-pés fervente, sentiu o pejo que parecia subir da planta dos seus pés, dos calcanhares, da raiz do corpo humilhado: ocorrera a Quinho a lembrança de que devia relatar encontro tão magro, tão pobre, tão ermo de resultados a Jupira que talvez lhe perguntasse, irônica, se não ia fazer um cartaz de mães d'água lavando roupa no rio. O escalda-pés, somado a uma dor lancinante, excruciante na mão esquerda — como se tivesse apertado nela com toda a força uma lâmina de barbear — fizeram Quinho entender e aceitar a punição, sofrida agora, pela matinal blasfêmia de confundir, ou equiparar, sua velha atiradeira à nobre e antiga funda de David.

E foi andando, abúlico, desinteressado de si mesmo, sem sequer notar a camioneta que, freando estridente, estacionou por assim dizer ao seu lado, à beira da calçada do prédio, a qual tinha ao volante Claudemiro Marques, vulgo Antero Varjão, também conhecido como o Onceiro.

14

Claudemiro Marques cada vez gostava menos de sair da sua fazenda de Antero Varjão, principalmente agora que, graças aos depósitos vivos que nela eram feitos por países vizinhos, crescia o prestígio da Onça como La Pantanera, entre bolivianos, argentinos, uruguaios e chilenos, e Pantanera era nome tão da caceta que, se fosse possível dar uma cravada naquela mãe jaguatirica-maracajá e ter dela um herdeiro era até bom pensar em deixar para esse puto de filho duma puta jaguatirica uma porra de fazenda com esse nome de puta da caceta, La Pantanera, olé! Mas não, a porra do caralho de ter gente no mundo é que se ele tivesse um puto dum filho de pele mosqueada e já parido com bigode de gato — ai que ideia do caralho! é da gente se desbucetear de rir! — aí mesmo é que não parava mais de aparecer na fazenda veados do jornal e da tevê, e iam querer saber de novo, eternamente, se o frei tinha se enforcado de tanto que enrabavam ele ou se ele, Claudemiro, tinha mesmo testado com um cabo de vassoura a virgindade da babaca, um tanto engelhada, diga-se de passagem, da madre. Ele estava cagando pra porra do troço de descobrirem que ele era Claudemiro Marques — o Knut é que se emputecia com a ideia de saberem mas o Knut é um babaca — porque tudo quanto era secretário de Segurança era da corriola do pó, das putas, das peles, tudo sócio e amigo do peito, porra, tudo se cagando de medo de se foder caso ele, Claudemiro, se fodesse. O caralho, a porra da situação, é que se a corja descobrisse ia ter sempre e sempre aqueles veados querendo entrevista pra saber do cabaço da madre — tinha, porra — e do cu do frei, ou mesmo porra mais recente e mais fodida sobre a tal da Corina, que morreu de teimosa, foda-se, quem mandou. Nem o Gaúcho interrogando ela num espanhol que era o fino da caceta que até parecia o finado Gardel quando falava pedaço de tango sem música, nem assim a puta da Corina Hernández contou o que os companheiros argentinos queriam porque queriam saber dela e no fim a própria vaca, de tanto não querer abrir a boca nem a cona teve que abrir a cova lá dela, o que afinal é feito fazer a própria cama, porra, o que é que tem, qual é o pó, só que fazer a cama pra dormir um sono da pesada — ai, até que rir demais é uma porra de viadagem mas só a gente se desbuceteando de novo de pensar na Corina cavando lá a cama dela e chorando, nua em pelo, bem boa ainda apesar da gente ter tosquiado o cabelo dela nem sei mais por que, sacanagem, a Corina feito uma oncinha esfolada, de pelo só tinha mesmo pentelho e se ela não estivesse tão cagada de terra eu tinha dado uma cravada nela ali na cara do Gaúcho, que tinha comido ela à força e andava com uns ares de marido ciumento, mas o Gaúcho que tocasse uma punheta olhando, se quisesse, que eu ia comer a Corina, o pau chega me doía na pele de tão arretado mas a Corina estava tão emporcalhada de terra que eu mandei ela só chupar e quando ela disse que não eu fiz ela meter o cacete na boca, porra, e foi aí que ela cuspiu pro lado e eu enfiei o caralho na boca dela de novo e não é que a vaca me mordeu, porra?! Aí, porra, santo é a puta que o pariu e caralho meu não foi feito dentro da barriga de minha mãe pra puta nenhuma meter o dente feito linguiça não, foi o que eu disse a ela logo que senti os dentes dela e tirei correndo a cabeça do caralho daquela boca de puta e quebrei o nariz dela e a boca dela com a coronha do revólver e descarreguei chumbo nas fuças dela, pã! E era uma vez uma Corina Hernández que deve estar virando negra escrava lá na porra da senzala dela, morta e bem morta que o que eu não posso mais é aguentar tanta porra de gente viva, gente cuspindo, peidando, fazendo cocô todo o santo dia e até uma merdinha do tamanho de Corumbá tem tanta gente que a gente já devia chegar com uma Ina na mão, pra metralhar os putos e fazer de gente viva morto sério, que não caga merda, não escarra catarro e não fica perguntando sacanagem e putaria.

Ai, até que se o mundo fosse só de bicho era melhor — pensou Claudemiro, lembrando a mãe jaguatirica — que com bicho a gente sabe a quantas anda e no pouquinho, no quase nada que bicho parece com gente era gente sem merda na cabeça, gente antes de aveadar. É por isso que a gente só era boa mesmo pra morrer mas bicho até que ensina coisas à gente, como a mãe jaguatirica tinha ensinado, mesmo sangrando, sem rabo, mesmo depois dele — fiu! — cortar o rabo dela no meio do mato e na frente da ninhada de jaguatirica-maracajá! Só de lembrar a mãe jaguatirica-maracajá Claudemiro quase caiu numa porra duma ausência daquelas que tinha pegado ele no meio do mato na frente da ninhada de maracajazinhos, e só acordou a tempo de endireitar o volante e bater numa porra duma casa de cupim em vez de bater num pau de piúva.

Deu marcha a ré e lá se foi, caminho de Corumbá, agora atento, sem porra de jaguatirica na memória pra não se abobar de novo, o carro entrando rápido na estrada em frente feito uma faca em barriga, pé na tábua, o coração batendo nos trechos estreitos, nas curvas fechadas, com a esperança, nem sempre frustrada, de que algum outro carro viesse em sentido contrário pra levar aquele puta susto, meter o pisante no freio, ou, o que já tinha acontecido, bater no barranco, de puro susto do motorista, quando então Claudemiro ria mesmo, feito quando era menino, dando aquela risada que era a alegria de sua mãe. O outro carro não precisava nem se estraçalhar e morrer ninguém não que só o susto já valia a viagem, mas porra, é claro que um troço incrementado, com derrapagem, vidro partido, sangue na estrada, olho pendurado da órbita, ora porra, quem é que não preferia? Tanto melhor, porra, que isso de só matar caça, bicho, deixando a porra do mundo cada vez mais cheio de gente, gente, gente era uma puta besteira, e um desbuceteio.

Quando Claudemiro, do volante da Veraneio, avistou o prédio do escritório da fazenda, avistou também, saindo dele, aquele Vasco, Vasquinho, ou que porra que fosse o nome do sociólogo, putólogo, merdólogo, distraidão, olhando pras bandas do rião barrento, sem nem ver a camioneta.

Parou o carro sem ruído, puxou o freio, abriu a porta e ia saltar — mas logo mudou de ideia, encolheu a perna de volta e ficou observando o Quinho pelo espelho do carro, Quinho que parecia ter avistado alguém, fazia um gesto com a mão... Aí Claudemiro viu saltar no ombro do Quinho...

Pois não era o puto do macaco?... Outra coisa não era, com sua mochila de milhos, ou feijões, pedras ou que porra de caralhos fosse, o veado do macaco Putuna ou Babacuna ou Olhodocuna que o pariu, e atrás do macaco da mochila a menina da Jupira, a Herinha, é claro, eu hem, que intimidade, como se abraçam, Herinha, macaquinho, putinho, a surubinha na via pública. Intimidade? Intimidade? Que puta suspeita é essa, saindo do meu peito feito uma golfada de sangue preto jorrando da boca dum puto que acabou de levantar da água com merda a merda da cabeça dele que a gente enfiou lá dentro até o puto engasgar e desmaiar? E olha que é isso mesmo que ainda vou fazer com esse puto deste Vasquinho que começou a me torrar o saco e palavra que se eu tivesse aqui a Ina não sobrava chifre desse puto nem rabo de macaco nem bucetinha de menininha de olho bobo que eu estraçalhava eles e mais gente que pintasse na porra da calçada, da rua, da praça e da puta que pariu este mundo cheio de gente, gente e mais gente. Intimidade, intimidade.

15

— Está vindo do colégio? — perguntou Quinho, grato como sempre de ver Herinha, mas além disto sentindo agora, ao deparar com ela quando mal se retirava da presença de Melquisedeque-Knut, como se, resgatado do fundo de uma mina aluída por dentro, fosse colocado, sem transição, no meio dum campo de capim florido, em pleno sol.

— Eu não vou ao colégio, o colégio é que vai na minha casa, quer dizer, a professora, três vezes por semana, porque ela disse, a minha professora, que tapada eu não sou não e que aprender eu aprendo, e depois não esqueço mais, mas disse pra mamãe que eu vivia demais no mundo da lua pra acompanhar a classe. Então a mamãe tratou com ela pra vir lá em casa e é muito melhor dar aula no quintal, no canto do pai, sabe, quando não está chovendo — você precisa ver como a Joselina escuta a professora e não bota a língua de fora nem uma vez — ou até na loja do vovô, no meio daqueles cachimbos todos que ele tem. E olha — continuou segurando Jurupixuna inquieto, que saltava de Herinha para Quinho, sem sossego — se você disser qualquer palavra aí eu soletro e escrevo ela direitinho, sem nenhuma...

— Hesitação.

— Hesitação? Você tem um papel aí e uma esferográfica eu escrevo, só não sei se é com *h* ou sem, e se depois vem *s* ou vem *z*, mas escrever eu escrevo, quer apostar?

— Aqui? Escrever aqui no meio da rua? — riu Quinho.
— Você não acha melhor a gente esperar até que apareça, num passe de mágica, ou de bruxaria, ou que a gente chegue a ela, a uma mesa, quero dizer, por exemplo?

Havia, pensava ele — enquanto o macaco escapava aos gritos da mão de Herinha —, a doçura da menina em si mesma, ela própria, e, além disso, havia, para ele, a qualidade da menina, menina brasileira, a primeira que via de perto, e no seu *habitat*, ao cabo de dez anos de crianças vagamente ocas, pois não eram habitadas pelas palavras da língua, pelo som dos objetos e dos desejos em português. Depois dos pomares nítidos da Europa, com seus vernizes vermelhos de cereja, maçã, romã, o mistério dos jambeiros escuros, com suas pequenas lanternas rosa-pálido, e dos sapotis de casca de barro e polpa de olhos de Herinha.

— Ainda hoje de manhã mamãe estava assim meio perdida na cadeira dela, com um jornal dobrado na mão, olhando pra ontem — quieto, Jurupixuna, parece maluco! —, pensando na morte da bezerra, como diz o vovô, e eu pedi a ela pra me dizer um nome que eu escrevia e ela só me olhou assim sem entender muito bem, feito quando a gente acorda, enquanto eu pedia diz o nome, diz o nome, e ela falou um nome de gente, de moça, que eu nunca tinha ouvido, Lucinda, mas mesmo assim eu escrevi direitinho, Lu-ci...

— Bom dia, professor, olá, Herinha.

Depois de deslizar pela Veraneio abaixo, feito uma cobra escorrendo pelo tronco roliço e liso dum pau-mulato, Claudemiro, colérico mas de cabeça fria, passou a exercer com orgulho de craque, pelas ruas desertas da hora do calor e da sesta, o velho ofício de acampanar, olho fisgado no puto do Quinho e na boboca da menina, leve, escuro, ágil, sem corpo. Sólido, um minuto antes, como a camioneta, agora atravessava até manchas de sol, na rua, como se fosse transparente, entrando na sombra feito um ruço, movido pela raiva do puto em frente mas ainda mais pelo puta orgulho de saber que naquilo ninguém, nenhum puto era melhor do que ele e que dava um puta orgulho o cara se desembucetar e sumir diante do ofício que conhecia e que era o de dar sumiço a si mesmo. Isso aí, a picardia era desaparecer, virar vento, virar peido, com perdão da má palavra, peido sem barulho, sem fedor, só ar e muita atenção pra de repente, feito um raio e um castigo, flagrar o puto Quinho, o mico xuna, a babaquinha.

Se Claudemiro Marques, vulgo Antero Varjão, aliás o Onceiro tivesse literalmente caído de uma das nuvens que naquele momento encarneiravam o céu de Corumbá não teria causado maior espanto, tanto espanto que Quinho, antes do medo, antes do perceber que uma nova relação se estabelecia entre ele e Claudemiro, viveu um instante de quase maravilhado assombro e admiração diante da simples inverossimilhança de tal materialização de um corpo que, um segundo antes, na rua tão vazia, não se encontrava em nenhum lugar próximo.

— Entrevistando a menina sobre o Pantanal, para escrever seu livro?

Antes que Quinho pudesse responder, Claudemiro perguntou, não em tom de ofensa, mas apenas de distante zombaria, com, no entanto, os olhos duros de inimizade, pensou Quinho, como se fossem olhos novos, outros globos, meio vidrados de fúria e não mais de desdém e tédio:

— Ou estava entrevistando o macaco?

E ainda sem ouvir o que Quinho tivesse a dizer:

— Olhe, desculpe alguma coisa que eu só parei aqui para lhe desejar um bom dia mais comprido, mais de perto, não é mesmo. Eu sei que o professor tem ido à fazenda, bom proveito, bem-vindo seja, sempre, a casa é sua, como já lhe disse, mas venha almoçar um dia, com a menina, o tio dela, o avô dela, e, naturalmente, a mãe dela, Jupira, Juju. A fazenda não faz questão de aparecer em livro não mas o dono dela, da fazenda, gosta muito de deixar contentes os amigos dos amigos que tem, não é verdade, e eu há muito tempo que sou amigo dos Iriartes, dos dois lados da porteira com a Bolívia. Eu estava mesmo pra ir até sua casa, Herinha, dar bom dia à sua mãe, tomar um copo de vinho com seu avô, mas hoje não sei se vai dar, talvez só mais tarde, ou mais certo amanhã, ou depois, por aí, quando Deus for servido e a sorte me ajudar eu apareço, vou lá filar o cafezinho, o gole de vinho.

Claudemiro se afastou, tocando a cabeça com os dedos, em despedida, acenando, tapando o sol com a mão descomunal, depois, e pondo-se a refazer, agora em sua plena solidez e opacidade, o caminho que tinha percorrido invisível, pela rua deserta. Herinha, os olhos muito abertos, pensativa, afagava Jurupixuna, agora quieto, tranquilo, olhando também Claudemiro que se distanciava na rua vazia:

— Só você, hem Pixuna, é que sentiu que ele vinha, não foi?

16

Quinho despertou com a impressão de que gritava o nome de Lucinda, Lucinda, mesmo quando já estabelecera contato com a realidade — contato, aliás, defeituoso, pois enquanto refletia que há muito Lucinda não compartilhava seu leito com ímpeto tão grande, era ele quem, ao mesmo tempo, se agarrava a ela, inclinada a se esvair mas retida em sua carnalidade pela carnalidade dele e sorrindo, um tanto maliciosa, por ver que Quinho a considerava, embora se agarrando a ela, irreal —, e procurava anotar, esclarecer os diferentes aspectos da visita, com aquele empenho matinal que sentimos de reter, no plano diurno da memória, habitantes e cenas de outros planos, tão obscuros que talvez nem tenham, a rigor, nada a ver com a gente, usando-nos como se pode usar por uma noite, à beira do caminho, uma choça abandonada.

Precisava pegar papel e lápis, tomar notas, desenhar aqueles cubos de armar sonhos, tão significativos quando os colocamos no papel, tão faltos de sentido quando, depois do café, tentamos decifrá-los para preencher os ocos, os rombos, até o dia de concluirmos, dando de ombros, que a matéria que buscávamos não está nos sólidos de construção que preservamos e sim, exatamente, nos vazios que deixarão depois de articulados.

No entanto, visto que viver não constitui atividade sábia, o essencial era não desanimar, era insistir até descobrir a razão, ou inventá-la, da visitação de novo quase maligna em sua lubricidade. E Quinho iniciou a pesquisa tranquilo, pois tranquila também parecia estar, a princípio, Lucinda, ele meio acordado, ela meio ida embora, uma pendente perna imponderável fora da cama. A primeira hipótese de Quinho, de uma simplicidade atraente, lisonjeira, mas superficial, é que Lucinda viera, tal como tinha feito, digamos, anteontem, ou trasanteontem, feito uma irmã, apenas trazendo um recado, um aviso proveniente de área neutra de afeto: ao encontrá-lo, porém, ao beijá-lo com a naturalidade de pessoas que se cumprimentam, tinha deixado resvalar o desgovernado beijo, originando uma recaída, um retorno a práticas que Quinho procurava transferir, com pelo menos a implícita — talvez apenas condicional, diria ele agora — anuência de Lucinda, que enobrecera a outra, em sinal de paz, com régios mimos, como os próprios seios, e noções da sua gaia ciência, que a outra talvez atribuísse a si mesma, ou ao seu desejo de livrar Quinho de amores anteriores — e eternos, por definição.

Acontece que a evidência total do sonho — e neste ponto da avaliação começou a medrar em Quinho uma surda inquietação — era que, desde sua chegada, Lucinda tornara patente que tinha uma comunicação a fazer, que não viera como súcuba e sim como sibila e que ele (para contê-la? demovê-la? não ouvi-la?) é que a levara à soberba demonstração de que Quinho jamais experimentaria com outra a mesma vertiginosa sucção de mil bocas a atraí-lo ao centro claro pelo membro duro.

O que é que Lucinda tinha vindo dizer, e sem dúvida dissera, e que ele escondera logo de si mesmo como um cão esconde, para roê-lo em paz, um osso que depois não acha em canto nenhum? Saciado na carne, amando, com plenos poderes a ele outorgados por Lucinda, outra mulher, por que teatralizava tanto a parte lasciva que (com a mão Quinho comprovou que estava molhado na virilha, e perna abaixo, o pijama) fora consumada? Claro que sim, disse Quinho exaltado, não precisava nem se apalpar quando ainda lhe zuniam os ouvidos com o canto daquele enxame de crianças seráficas fugidas da cantoria florentina para nele mamarem, para nele soprarem e dedilharem flauta e fagote e para afinal, a longos sorvos de bochechas róseas, nele matarem a sede. Apesar da sua tentativa de tapar-lhe a boca com a língua do beijo incessante e de ocupar-lhe o firmamento interior, onde se gerava o mistério de sua força de mulher, com o incansável *sostenuto* da vara que ela treinara, pelo menos para seu uso, dela, como vera vara de varão, Lucinda tinha dito, ainda que entre gemidos, aquilo que ele precisava saber, ou que devia, quem sabe, esconder, ou fingir que não sabia, por estar ainda exposto às contingências da carne.

Era isso, então? Dessas contingências queria Lucinda libertá-lo? Levá-lo embora? De repente, ainda que não lembrasse palavras, Quinho relembrou o interdito, em meio à renovada paixão, ou significando a paixão renovada. A vida que tinha, exclamara Lucinda, a única, era também mutável e se regia pelas palavras e pensamentos que compunham a mente dele, Quinho. Ela jazeria em sossego, e não em falso sossego de tocaia e espera, ela se afeiçoaria à gradual extinção, como qualquer estrela tombada em anemia e entropia, desde que o conjunto de informações e sensações que lhe davam forma na cabeça e glande de Quinho não sofressem abalos e colisões decisivos. Nesse caso, o instinto de conservação dos de sua espécie lhe daria as forças ancestrais de erguer tampos de mármore, grudar a cara lívida em vidraças e infiltrar murmúrios nos interstícios das conversações.

Quinho queria, afinal, o quê? Feito um deusinho bisonho queria acaso embaralhar a vida e a morte, minando e contaminando a vida dela, a única? Porque se ele se deixasse estragar, a consequente decomposição, não encontrando nela matéria, se alastraria, por assim dizer, aos elementos incorruptíveis.

Nesse instante, achando, ou percebendo, que ele tenteava, negaceava, alterava o que ela dizia, reduzindo golpes e vergastadas a conceitos e metáforas, Lucinda se ergueu na cama, mãos frias mas as faces afogueadas, soprou na boca dele como quem, por inadvertência, sopra sopro demais para dentro de um afogado, mais calor e vida do que nele coubessem normalmente.

Quinho se debateu, tentando escapar ao sufoco, mas Lucinda, segurando-lhe amorosa e firmemente os cabelos, como o anjo ao poeta em estado de descrença e danação, disse-lhe que o trato, o acordo, era que ele, na clandestinidade da vida em terra firme, tinha um objetivo claro de luta, tinha — ele que amava as imagens cediças e sovadas, o bolor das alcovas do passado — uma rainha a servir. Continuar a luta por outras razões, ou mesmo por mais de uma pessoa, ou, vá lá, mais de uma rainha — sobretudo quando o valor dele mal chegava para uma — era, do ponto de vista dela, como se ele simplesmente fugisse à luta, ou à liça, como sem dúvida preferiria ele dizer. Não tinha importância que ele fosse, nos combates, como frequentemente era, o cavaleiro da irresolução, o involuntário da pátria, bastando que, com coragem de fabrico caseiro ou adquirida em loja importadora, continuasse cumprindo seu antigo juramento de trevas sob a mesma bandeira — ou, devia explicitar, com uma pitada de sarcasmo, a mesma saia? — e não se bandeando aos poucos para as flâmulas e paveses de outras coortes e cortes, por mais aliadas e dignas de apoio que fossem e até merecedoras de ostentarem, como condecorações, no peito, as transplantadas rosas de uma ordem permanente.

E agora — terminara Lucinda, de súbito vulgar, viva de novo, desbocada, como ao tempo dos comícios, dos debates crus —, agora quero dizer, pô, sem as firulas e os frisos de ouro tão do seu agrado, qual é, que quem escalavra os dedos em avesso de lápide sou eu, que pretendo, portanto, ir à medula se...

Quinho se debateu, agora em desespero, para não morrer daquela sufocação que, em estado de vigília, o levava a afrouxar o colarinho, a esfregar a garganta, se debateu estrangulado e, abrindo os braços contra a dispneia, sentiu ao seu lado um corpo sossegado de mulher, adormecido, ou pelo menos mergulhado numa serenidade senão verdadeira muito bem aparentada. A ela nada valia perguntar, pois que poderia ela saber? Talvez, era mesmo muito provável, ela o ouvira exclamar Lucinda, Lucinda, e nada respondera, nem tinha que. Será que ele tinha mesmo, era quase certo que sim, exclamado Lucinda, Lucinda em voz alta? Ao certo, certo mesmo não sabia, e é claro que não ia perguntar tal coisa a Jupira.

17

Depois da tormentosa noite fez bem a Quinho a repetição do cerimonial, o ritual de novo encenado, o protocolar aparecimento de Malvina e Cravina a desembocarem na varanda, com, respectivamente, bandeja de café e jarro de refresco, ambas de torso branco na cabeça.

No silêncio que nem ele nem Juvenal Palhano tinham rompido, Malvina, também em silêncio, servira o café e se retirara, deixando, sobre um consolo de tampo de mármore, a bandeja, e agora Cravina, que continuara fitando, absorta, os dois homens, pousara na bandeja seu jarro de refresco de maracujá, apoiando as duas mãozinhas no tampo do consolo, como se depositasse duas cocadas pretas, lado a lado, em cima do mármore branco.

Até então Juvenal Palhano, como quem espera ouvir alguma coisa, por parte de quem à porta lhe bateu, se limitara a pôr e repor o pincenê, mas ao ver que Quinho, respiração presa, mirava o côncavo da mão esquerda, como se tivesse ali um cronômetro e medisse por quanto tempo conseguia prender o fôlego, pigarreou, levantou-se discreto, e pousou a mão na cabeça de Cravina, como se fosse embora e a levasse consigo, para deixar Quinho só.

Envergonhado, garganta seca, incapaz de falar em Lucinda, e, muito menos, a um só tempo, em Lucinda e Jupira, Quinho, atormentado por saber que se comportava mal, procurou alguma trivialidade social a dizer, alguma banalidade. Viu na parede da sala, pela porta aberta, retratos seus conhecidos, e, embora quase chegasse até suas narinas um adocicado cheiro de magnólia, e quase visse, na casa de Tio Lulu, buganvílias que pareciam, na sua pujança apoplética, violácea, mais manterem de pé o velho e derreado muro do quintal do que nele se enroscarem, não lembrou nem do nome de Magnol nem do nome correto do outro francês, o da trepadeira. Só conseguiu balbuciar, meio atoleimado, segundo a lembrança que lhe ficou do momento, apontando a única efígie à qual sua memória prendeu, feito uma ficha, um nome:

— O grande Darwin.

— Extraordinária comunicação de ideias — disse Juvenal Palhano —, pois eu me levantava para pedir a Cravina que trouxesse, para sua contemplação, já que o pressinto em dia meditativo, uma doneia, que é formosa papa-mosca. Vamos, Cravina, que lugar de dormir é na cama. Sai de perto do refresco que ele não foge não, e pega lá fora, na beira do canteiro, o pote da papa-mosca, a quem eu dava de comer quando entrou nosso amigo.

Juvenal Palhano se levantou para orientar Cravina que passara, ligeira, para o canteiro disposto ao longo da varanda, e em seguida receber, das mãos da menina, o pote, enquanto acrescentava:

— E agora, diga a sua mãe para nos trazer o beiju, logo que estiver pronto, e também aquelas mães-bentas que vi na cozinha, e ah, carrega a bandeja que ficou na sala senão o gelo do refresco vira uma poça e acaba de enregelar no bule o café, quando beiju só é bom com café quente, verdade tão verdadeira quanto a de que lugar de dormir, Cravina, é na cama.

Quinho preferiu não achar que, ao lembrar e relembrar à menina onde é que as pessoas devem dormir, Juvenal Palhano estivesse lhe dizendo que ninguém devia bater a uma porta para se dedicar depois, sem dar um pio, à ruminação de íntimos desgostos. Pelo sim, pelo não, levantou-se também, como fizera Cravina, e procurou demonstrar o maior interesse pela papa-mosca.

— Obsessivo, muito obsessivo — disse Juvenal Palhano.

— Obsessivo? — ecoou, interrogativo, Quinho, angustiado, pronto a se defender às claras, a contar um pouco da noite que passara.

— Bem, a gente às vezes calca demais nas palavras, carrega nelas, como se diz que um músico faz com uma nota, não é verdade, ou um leitmotiv, mas o que eu quis dizer é que... Fica mais fácil, talvez, dando um exemplo: você já reparou como as coisas que nos obcecam, que não nos saem da cabeça, que quase constituem, por assim dizer, o forro, o avesso da nossa cabeça, são comumente aquelas de que menos conseguimos falar, pelo menos falar com naturalidade, já reparou? São o motivo, o tema, o acorde da gente, mas nos entalam, fazem um buraco em nosso miolo, como num queijo, e se enterram, não querem ser postas no quaradouro, ao sol, não é mesmo?

Era isso, sem sombra de dúvida, pensou Quinho: por delicadeza, por tato, Juvenal Palhano falava nele, no seu silêncio, na sua injustificável visita, dando-lhe a entender que entendia, fazendo-lhe saber que sabia como eram, por dentro, aqueles que, quando lépidos e despertos se esquivam às batalhas diurnas, mas que, impedidos de andar, de fugir, porque adormecidos, sofrem todas as derrotas noturnas.

— Espia só, espia aqui, olha a drósera rotundifólia, a primeira carnívora que o Darwin viu, num campo da Inglaterra, durante o verão de 1860, como ele declara, dando ao encontro um ar ligeiro, quase frívolo, como se não achasse a droserácea nada demais, mas na realidade temeroso de agravar, de duplicar a encapelada onda de furiosa reação ao livro em que irmanara o homem aos jurupixunas. A verdade é que foi um caso de paixão à primeira vista, Charles e Aldrovanda, como se diria Tristão e Isolda. A partir daquele verão, febril, amoroso, passou a se corresponder com todos aqueles que, no mundo científico, soubessem dar alguma informação, deixa ou dica sobre seus novos, nunca inteiramente confessos amores. Escreveu sobre elas, as plantinhas, é claro, escreveu um livro inteiro, de quatro e meia centenas de páginas, enquanto plantava ele próprio, cultivava, mimava em hortos fechados suas Sulamitas, em alfobres, em berçários, como se ordenasse, divino, o surgimento de uma florestinha bonsai de carnívoras, e isto sempre a escrever monótono, científico, cauteloso, feito um pianista a atacar o segundo movimento da Sonata 14, opus 27, que algum palerma chamou *Ao Luar*, apertando até o fundo o pedal da surdina... Mas a rima me faz lembrar: Malvina!

Malvina veio às carreiras, trazendo café na bandeja, seguida de Cravina que, por sua vez, carregava, em cada mão, um prato de beijus e outro de mães-bentas e pães de minuto:

— Só me resta — disse Quinho, grato, forçando-se a sorrir, agradecer a lição darwiniana, que envolveu, em verdade, uma lição de paciência, de polidez, como essa doneia envolve, silenciosa, seu mosquito.

Juvenal Palhano sorriu por sua vez, aprovando, com um balançar de cabeça e um floreio do pincenê, a comparação.

— Tio Lulu — prosseguiu Quinho — deitava pela porta afora quem, por distração, ou mesmo por miopia, fizesse algum dano às avencas que quase lhe sufocavam a varanda, ou quem, ainda que por surdez, deixasse de lhe elogiar o canto dos canários. É verdade que ao pobre faltavam os motivos, temas e acordes da geral cultura, pois só entendia de canaricultura, e sequer acreditaria se alguém lhe dissesse que, em terra brasileira, havia plantas comendo mosquitos, aves e ovos.

— Pois Darwin — suspirou Juvenal Palhano — não só encerra seu livro com três genlíseas brasileiras — filiforme, áurea, ornata — como ainda as chama "notáveis", adjetivo que, para o tom geral e insosso do livro, tão descritivo e nada conclusivo, é um qualificativo veemente.

— Olhe, há quem nunca chegue sequer ao descritivo, mas eu chego, eu vou além, eu hei de alcançar o conclusivo, pois só o que tem me amarrado e impedido é o fato de que, ao sair um dia do cinema e entrar quase sem transição num noturno da Central, fui mutilado, mutilado mesmo de uma parte que...

— *Taci, il piangere no val...*

— Como?

— Isto é o Rigoletto falando a Gilda, enquanto o duque canta, literalmente, Madalena, no quarteto divino, os fios de melodia se tecendo e se entretecendo uns aos outros, tudo a provar que o amor profano, nos seus grandes momentos, transcreve o outro, o divino, para o papel de música — a menos que, é claro, não ocorra exatamente o oposto. Cala, planger-se, queixar-se de nada vale, volte mais tarde, volte amanhã, depois de amanhã, quando quiser, sem pressa, que eu adoro falar e portanto adoro as pessoas que, por algum motivo, não falam, escutam. Ou, simplesmente, ouvem e esquecem aquilo que...

— Por falar em esquecer — disse Quinho, não sem bater na testa, lamentando, no íntimo, não haver lembrado antes o recado de Hofmeyer, que lhe teria dado o perfeito pretexto para a visita a Juvenal Palhano, o assunto ideal, a introdução que faltara —, o Hofmeyer esqueceu de lhe perguntar na carta, e me pediu que o fizesse de viva voz, como vai de saúde, e de trabalho, Wolfgang Schwarz, que creio que é outro grande amigo de passarinhos.

— Grande amigo de passarinhos eu sou — suspirou Juvenal Palhano —, enquanto que Negro Schwarz, como o conhecem no Paraguai, é um musicólogo de gênio. Se quiser lhe mostro a monografia e o disco que dele acabo de receber, nos quais, para repousar da grande obra a que se dedica, rastreia a invenção dos primeiros instrumentos de percussão ao canto da araponga. Eu, que te falo, conheço um pouco de ópera, de ouvido, e tenho, ou tive, uma voz abaritonada, tolerável. Com o passar do tempo a pobre, como uma beldade que engorda e se matroniza, baixou um registro, e agora canto, de preferência quando estou numa saleta fechada, ou entre os azulejos do banheiro, a "La Calunnia", do *Barbeiro de Sevilha*, alegria de qualquer baixo, glória de Boris Chaliapin. O Negro, meu caro, o Negro é vinho de outra pipa, farinha de outro moinho, homem feito de sulcos, de ranhuras, como um disco fadado a absorver, armazenar música para dispensá-la depois aos carentes, aos necessitados, aos miseráveis. Se você lhe der a madeira, os martelos, as cordas, o Negro constrói uma espineta, um clavicórdio como um carpinteiro faz uma mesa, e, em seguida, com a mesma naturalidade com que o carpinteiro se sentaria à mesa que mal acabara de fazer para almoçar, por exemplo, o Negro se sentaria à banqueta e tocaria, no cravo ainda mal acabado, oito prelúdios e fugas do Cravo Bem Temperado. Hofmeyer está encantado com o presente que lhe mandou o Negro, os cassetes em que gravou e comentou 79 pássaros sul-americanos absolutamente melódicos e distintos entre si, parte do monumental estudo que faz sobre as origens passeriformes da música, ela no ninho, no ovo, bicando a casca por dentro, pipilando: o que Hofmeyer não sabe, ou de que apenas suspeita, é que, graças a um sabiá daqui, ainda não ouvido pelo Negro em recital direto, mas cujo cântico lhe enviei, em fita, a pesquisa do Negro tomou um rumo perturbador: os pássaros antigamente *improvisavam*, não tinham canto fixo, uma estria só, uma única trilha nas cordas vocais, fato que, uma vez documentado, estabelecido, nos dará condições de agir, para subirmos de volta a corrente, por assim dizer, e restaurar a livre invenção melódica da natureza, percebeu, amigo Quinho, ouviu a música desta pesquisa, da Nona Sinfonia, a Coral, e da Nona Elegia, a de Duíno?

E Quinho, assentindo com a cabeça, evocando comovido, confuso, sem dúvida, mas plenamente consolado, a impressão que tivera, de uma canção do exílio que já se escuta à sombra das palmeiras da terra da gente:

— Percebi, Verdurino.

18

O fundo do quintal da casa — que tinha, como teto folhudo e sonoro, gaiolas e mais gaiolas de passarinhos penduradas de galhos de mangueiras, a cobrir um chão onde, entre caixotes e engradados de cobras, galinhas ciscavam o chão e dele, com a ponta do bico, extraíam, segundo Herinha para zombar das cobras, coleantes minhocas — era chamado pai por Herinha, ou paizinho. A menina tinha reparado que, de início — menos, agora — sua mãe ficava aflita quando ela chamava o quintal de pai, e, como toda mãe faz com filho, insistia — assim como quem não quer, assim como quem só pergunta por perguntar — em saber por que é que ela dava esse nome ao fundo do quintal e Herinha bem que gostaria de dizer, para ver a mãe de novo feliz e sossegada, mas como é que ia saber explicar uma coisa dessas, tão boba, a vontade que lhe dava de dizer pai, paizinho, ao fundo do quintal da casa?

A mãe tinha lhe contado, uma atrás da outra, histórias do pai dela, Herinha, histórias que, sem dizer nada, com a maior delicadeza, a menina deixava entrar por um ouvido e sair pelo outro, apesar da mãe repetir que era tudo verdade, que o pai tinha sido muito corajoso e mais isso e mais aquilo, que um dia ela ia saber muito mais sobre o pai e compreender tudo.

Pai, paizinho, era o fundo do quintal a todas as horas do dia, com sol ou com chuva, e de noite também, com lua ou com vento, quando acontecia ela acordar e ouvir as árvores discutindo não sei o que e balançando a cabeça, nenhuma acreditando muito no que as outras diziam, ou pelo menos desconfiando, e era mais paizinho ainda de manhã cedo, com Joselina tocando o chocalho da cauda e Verdurino, com aquele bico mágico que só ele mesmo tinha, catando o sol lá do fundo do horizonte, enquanto o convencido do galo, todo ancho, catava minhocas da terra.

Hoje até que já fazia bastante tempo depois do dia raiar mas como ela estava sozinha — só tinha lá dentro a cozinheira, surda feito uma porta, que não prestava atenção a nada, não escutava coisa nenhuma nem ninguém — podia continuar falando alto, gritando paizinho e o que bem entendesse, porque falando alto tinha resposta de tudo e de todos, as galinhas cacarejando, as árvores ciciando, as abelhas zunindo e as cigarras chiando. Só que hoje, logo hoje, faltava, que pena, que azar, no seu ombro — arranhando, pra botar as cobras danadas da vida, a tela dos engradados; se atirando do alto das árvores para se dependurar numa gaiola, feito um badalo, criando uma tempestade e espalhando pelos ares água e alpiste; correndo atrás da criação e alegrando o pai inteiro — Jurupixuna. Quedê o macaquinho, aonde é que andava que não vinha, não respondia, não atendia quando ela chamava o nome dele nem quando ela assobiava e que não dava um ar de sua graça por mais que ela insistisse? Mas como a peste do Pixuna, desalmado e travesso, gostava de se esconder, Herinha tinha certeza de que de repente, moleque, ele ia desabar de algum galho no ombro dela, chocalhando, feito Joselina os guizos, os grãos de milho da sacola a tiracolo, igual àquele dia em que ele tinha se emboscado na jaqueira, tinha furado uma das frutonas mais maduras para comer os bagos e atirar os caroços no telheiro de zinco do vizinho, e afinal descer da árvore, choramingando, com dor de barriga de tanta jaca, picado de abelha, os dedos grudados de visgo.

Na cabeça de Herinha o desabado chapéu de palha de carnaúba — a copa, feito uma cintura de índio, cingida por um colar de miçangas — filtra e coa grãos de luz para salpicar o castanho-mel dos seus olhos, que interrogam os olhinhos das serpentes, mínimos, incapazes de retribuir a claridade dos olhos dela e de dizer se viram o macaquinho. Mira e interroga depois a crepitante lingueta que sai feito um estilete da bainha de marroquim vermelho da cabeça da cobra coral, e finalmente interroga a sério a favorita, a predileta:

— E você, feito um diabo, com essa agulha fininha de duas pontas furando de dentro pra fora a casca da fruta que ninguém vê, como ninguém via a maçã entalada na garganta da princesa que dormia e dormia que não acabava mais, diga você: onde é que está o macaco mais lindo deste reino? Fura a fruta e espia pra me contar, ou cantar, que proezas faz Jurupixuna neste instantinho, canta que já é tempo de você aprender com Verdurino a cantar, logo você, que não tem penas nem patas pra atrapalhar. Você é feita duma garganta só e se arrasta com a garganta, mas em vez de cantar com ela você não aprende, por mais que o Verdurino se esgoele. Se você me disser onde é que está, onde é que se escondeu esse sem-vergonha e levado do Jurupixuna, eu te levo pra passear também, mesmo que você não aprenda a cantar, eu te levo pra passear na caixa do Verdurino e assim você fica escondida três vezes, dentro da sua fruta, dentro da caixa de Verdurino, dentro da princesa que não acorda nunca, nunca mais se você não contar onde é que está Jurupixuna, pra fazer a maçã saltar da minha boca e não me engasgar mais.

19

Jupira desfila diante das doneias, flanqueia, abaixando a cabeça para não ser vista, a varanda e a sala de Juvenal Palhano, pois já percebeu, pelo murmúrio de vozes, que tem visita, e a si mesma diz bem feito porque na realidade não tinha nenhum motivo para estar ali, egoísta, em busca de socorro, quando podia, sem querer, aparecendo assim de supetão, alimentar alguma esperança vã de Juvenal Palhano, que parecia às vezes comunicativo, ruidoso — quando falava em nepentáceas e droseráceas ou quando contava como tinha comprado, num leilão de antiquário, o pincenê que pertencera a Olavo Bilac — mas era extremamente retraído, delicado, uma dama, como se dizia antigamente. Desde que se conheciam, Juvenal Palhano lhe fazia aquilo que se podia chamar uma muda corte, ele com seu jeito esquisito, polido e cheio de mesuras, como se tivesse sobrado da geração anterior, aparentemente tranquilo, mas se revelando, se imitando e retratando na vida alada e fagulhante que comunicava ao pincenê: quando a cercava de um carinho e uma atenção também serenos à superfície, emitia chispas, feito uma lente ao sol, na ponta de um cadarço. Tanto assim que um dia — só um dia — ao se despedirem, em lugar de se curvar ligeiramente sobre a sua mão, galante, retirando do nariz e erguendo no ar o pincenê, se adiantou, pincenê no lugar, isto é, no nariz, e avançou para sua boca sôfrego, sedento.

Jupira bem podia, como se disse várias vezes, ralhando consigo mesma, ter deixado ele dar aquele beijo, em lugar de recuar, toda espantada, mas se consolava argumentando, em resposta ao próprio pito, que como jamais poderia transformar o carinho sentido por Juvenal Palhano em relação, por passageira que fosse, que incluísse uma cama entre as alfaias, um beijo como aquele que ele armara, feito um bote, só podia separá-los depois, caso tivesse sido outorgado.

Separá-los e — consideração em grande parte interesseira — privá-la do bom amigo e conselheiro, do "curandeiro e charlatão", como dizia ele próprio, "farmacêutico da roça, consultor sentimental", completava, descrevendo-se e batendo marcialmente com a cabeça.

Sua razão principal para procurar, naquele dia, depois daquela noite, Juvenal Palhano, se chamava, ostensivamente, Herinha, mas o pano de fundo da crise era exatamente a constatação de que cuidava pouco, ou mal, da filha nos últimos dias porque passara a permitir uma injustificável confusão de planos em sua vida, como se estivesse dividida em dois quadros, em duas molduras, e fosse duas Jupiras: não, como gostaria o velho Iriarte que fizessem todos, mantendo separados os dois quadros, os dois planos, o da confusa vida pessoal, e o da vida ideal, e sim a viver correndo, feito uma barata tonta, para atender, a um tempo só, a dois planos de vida informe.

Não podia mais sair sem ser vista e não adiantava pretender que não entrara no jardim, porque do extremo do oitão da casa tinha sido avistada por Cravina, que, enquanto chamava a mãe, se aproximava, chegava perto dela com seu cheiro bom de crioulinha em flor, carapinha rescendendo a sabonete, vestido engomado, cujas estampadas violetas pareciam ter macerado, entranhado na fazenda o cheiro que exalavam quando ainda floriam no canto sombrio de algum jardim.

— Quem está lá dentro? Ora — disse Malvina —, a senhora pode entrar até sem bater, que é aquele moço seu amigo que chegou tem dias aqui na cidade, Seu Quinho, ele mesmo, que quase não pia, não abre o bico, mas gosta muito de ouvir Seu Juvenal.

Quando Jupira disse que não ia entrar não, imagine, e também não ia esperar, porque Juvenal Palhano devia estar cansado de aguentar amigos recentes, como Seu Quinho, para aturar em seguida velhas clientes insistentes, importunas, contadoras de casos, Malvina protestou, arregalando os olhos e dizendo que até, cruz-credo! podia perder o emprego se Seu Juvenal soubesse que Dona Jupira tinha batido e ela não tinha aberto a porta ou mandado servir café e refresco, logo hoje que o refresco era capilé.

— A senhora pelo menos há de provar do beiju que eu acabo de enrolar, porque assim eu posso dizer a Seu Juvenal que a senhora não saiu daqui em jejum, que não quis entrar na sala mas honrou a cozinha. Por essa luz que me alumia, o que eu vou lhe dizer, e se não for verdade que Deus Nosso Senhor me castigue, é que nesse negócio de gente o patrão não tem ninguém que ele fica sempre desmanchado de prazer de ver feito a senhora não, e visita sua é até mais do que visita do Verdurino, quando a Herinha traz ele aqui, palavra.

Sorrindo um meio sorriso, prestando meio ouvido à doce tagarelice de Malvina, Jupira, com um beijo no rosto dela e dois beijos estalados em Cravina, um em cada bochecha, foi saindo e pedindo silêncio às duas, o dedo sobre os lábios.

Suspira, Jupira, disse a si mesma, no rumo de casa, irritada, inquieta por terem tido os dois, ela e Quinho, a mesma ideia de ir ao pajé depois de dormirem, embora a milhas um do outro, na mesma cama do mesmo hotel, as milhas, ai dela — suspira, Jupira, de novo —, providenciadas por ele, Quinho. Mas fique cada noite com o mal que nela se contém, pensou, conformada, e valha o fato de que a visita a Juvenal Palhano se relacionava à moldura básica da sua vida pessoal, à figura de Herinha e, à medida que se aproximava da casa e da filha, Jupira sentiu, com alívio, que suas dispersas forças de amor e dedicação acorriam a ela, a fortificavam e guarneciam como soldados ouvindo um clarim, fiéis ouvindo um sino, e que ela toda se mobilizava, com amor, para guiar Herinha como se guia, numa latada, uma parreira, que não nasceu para dar uvas no chão, e aguardar o vinho límpido e suave que se preparava, fermentando no fundo da insondável ternura da menina pelas coisas, as pessoas, os bichos, uma ternura...

Ternura? Ou sentimento muito mais difícil de receber nome, mais elementar, tão intenso e copioso que se nutria da capacidade de concentração de Herinha, e a enfraquecia, levando Herinha a se fixar num aspecto isolado, um só, talvez o primeiro que percebia, amorosa, de qualquer conjunto: por exemplo, das quatro operações tinha aprendido, sem quase lhe ensinarem, a conta de subtrair, com total incompreensão da soma e positiva irritação de transformar adições, já de si inqualificáveis, na vertigem da multiplicação. Fenômenos assim, que eram a princípio o divertimento, quase a alegria de Jupira e do velho Iriarte, por prenunciarem um toque incomum, uma originalidade na formação mental da menina, nas ojerizas e afetos da sua exploração do mundo racionalizado, passaram, devido à sua cristalização e endurecimento, a preocupar. A recusa frequentemente categórica, a impossibilidade da apreensão de quase toda a totalidade — como se Herinha, tomando partido entre noções abstratas, se empenhasse em construir e frequentar um mundo de caprichosas simplificações e reduções apaixonadas — auguravam uma futura dificuldade de viver.

Quase insensivelmente, entre os vizinhos, um pouco pela cidade em geral, Herinha se transformava numa criança que, sem deixar de ser amada, suscitava nas pessoas aquele fácil orgulho de achar que protegem alguém, que usam, em relação a alguém, o tolerante amor que dedicamos, quando nos consideramos bons e sensíveis, aos que dele, segundo nossas luzes, carecem. Herinha estava criando — com o macaquinho empoleirado no ombro, os passeios com Verdurino na caixa de chapéu, a intimidade com Joselina — uma fama, um perfil que talvez não anunciassem nada de bom para os dias a vir, pensava Jupira, já em casa, abrindo a porta de trás, do quintal.

Viu Herinha perdida naquilo que chamava de pai — num devaneio entre a gaiola de Verdurino e a de Joselina, fitando, como tão frequentemente fazia, as serpentes, à sombra das mangueiras que pareciam estar dando, em vez de mangas, sabiás e bicudos — e teve, com um arrepio, a impressão vigorosa, tônica, de que à medida que andava entre as gaiolas, na terra, a menina ia transformando serpentes em pássaros, no bojo das árvores.

Logo que Herinha a pressentiu, veio correndo ao seu encontro, despojando-se do chapéu de palha de carnaúba, e Jupira se abaixou, abriu os braços para receber, como uma alegre mártir, aquela flecha de amor, e, de pé, Herinha já nos braços, rodopiou com ela, as duas no centro do pai, pensou, o que quer que tal pai significasse, e só quando, finalmente, se viu cara a cara com a filha é que notou nos olhos dela um giro meio desamparado, uma dilatação de zelo e preocupação.

— Você viu meu Jurupixuna, mãe, em algum canto, sabe onde é que se meteu meu macaquinho? O trilho de milho, que ele deixou por aí, não vai muito longe, e não sei o que foi que aconteceu com o Pixuna, que ainda não voltou.

20

Claudemiro Marques estacionou a camioneta de modo a poder espreitar a casa dos seus cuidados, dos seus amores, mas com medo da espera, que podia ser longa, que podia, como tinha acontecido na buceta de onça preta da mata preta, rachar ele em dois, naquela pasmaceira e bobeira. Ultimamente Claudemiro cagava às vezes uma espera, uma paquera quando tinha que ficar quieto e só na espreita porque aí pensava e pensava na bobeira que tinha dado nele quando rastreava a jaguatirica-maracajá, assim como acampanava agora o Quinho, que sonhava, que só pensava, que queria — e quem não quer? — quirica de jaguatirica guaicuru, e aí Claudemiro tinha medo.

Medo é modo de dizer, medo os culhões, que não tinha medo de porra nenhuma, mas preferia não levar a paquera e o campaneamento ao ponto de virar dois caras, um vigiando o outro sem ser visto do outro, Claudemiro investigando Antero, Marques averiguando Varjão, ninguém vendo ninguém, porra qual é? Medo não tinha de puto nenhum, nem dele mesmo, e de coisa nenhuma, mas é que quando tinha caído, no meio do mato, naquela ausência, tinha virado mesmo dois homens, dois caralhos e quatro culhões, besteirão, perdido dele mesmo e do mundo, se esquecendo que puto que era, onde é que estava e porras assim que não queria mais que acontecessem, porra.

Claudemiro tinha parado a camioneta na sombra do mamoeiro, por trás do caminhão estacionado na frente do posto de gasolina. Via dali a casa, ou pelo menos a loja importadora que ocupava toda a frente da casa, e até, no meio da loja, debruçado na mesa dos livros de caixa, cachimbão na boca, o pai, que não dava a Claudemiro vontade de matar por causa da vara que ele tinha e que Claudemiro quase que enxergava também do volante, dormida e quente por trás da braguilha e cuja cabeça tinha esguichado pra dentro duma cona guaicuru forrada de goiaba uma nuvem de porra que tinha virado ela, olha lá ela, a própria! beijando o velho varudo na testa, saindo da loja sem desconfiar que Claudemiro já tinha varado a solidão dela até as profundas, o que não era mais acampanar porra nenhuma, era a sombra do macho entrando na sombra fêmea, o caçador nos miúdos quentes da caça, ainda meio viva, estrebuchando, ai.

De primeiro, na floresta, tinha sido aquele puto orgulho, aquela puta certeza: nem bicho me via mais se eu saísse na trilha dele, acampanando ele, que eu era capaz de chegar tão perto duma jaguatirica-maracajá que com um machete bem afiado cortava o rabo dela antes dela nem botar suspeita que o Onceiro estava tão atrás do rabo que ela tinha atrás que já parecia até rabo dela, ele mesmo, o rastreador. E fui chegando, fui chegando e o puto do gatão lambendo os beiços de comer sei lá que paca ou pica ou porra de porco montês que ele pegou na garra e abocanhou no dente antes de eu ver o puto do maracajá que agora eu acampanava como se ele estivesse traficando tóxico ou bancando jogo do bicho. Eu acampanava o fino, o mudo, no silêncio, e olha que não estava de pé no chão feito puto de índio não mas é que a porra da bota voava por cima quando via graveto e aterrava macia em pista de musgo, folha verde, barro molhado e de repente aquele fiu! o machete cortou feito um raio o rabo no meio e ziu! o maracajá pernas pra que te quero deu aquele esturro rouco quase de gente nas derradeiras, engasgando com sangue e dente na delegacia, e foi pingando sangue do cotoco de rabo feito pau de seringa pinga leite e eu apanhei no chão aquela ponta de rabo malhado e molhado com o sangue que escorria e foi aí que se deu a melodia, o tango-lomango, o te-arreda-pedra e eu fui andando com o rabo do bicho sangrando na mão...

Com o rabo do bicho sangrando na mão mas só tinha mesmo o rabo no ar e não tinha mais eu, eu não me achava mais, porra, eu devia estar me acampanando de longe e não sabia onde estava o Claudemiro do rabo do maracajá e o Claudemiro que me via com o rabo do maracajá na mão e foi aí nesse sumiço da porra da puta que o pariu que eu dei de cara com um dos meus dois Claudemiros no fundo do cu do mato e acho que era de preferência o cara que acampanava o cara do rabo do maracajá do que o outro cara que tinha cortado o rabo do maracajá porque na minha mão não tinha sangue nem tinha rabo de maracajá...

Bem, sangue podia ser até que tinha porque na escuridão da buceta de onça preta que fazia ali na buceta do mato preto não dava pra ver sujo de sangue na mão mas o rabo, o rabo que o Claudemiro do machete tinha cortado não estava na minha mão, ou na mão dele, e no escuro de buceta de onça preta eu andei só ouvindo voo de morcego e assim feito uns respiros fundos de gente mas sem enxergar porra nenhuma e aí me lembro que apoiei a mão num pé de pau e senti aquela fervura de comichão e queimação que quase minha mão chiou de tanto fogo e eu vi logo que era o puto do taxizeiro formiguento que o puto do Juvenal ou que nome tenha tem lá na porra daquele jardim de planta que come bicho e foi a primeira coisa que eu senti mesmo depois de muita ausência e aí...

    Aí abri os olhos e vi que estava na frente da jaguatirica-maracajá e que ela tinha chegado na boca da toca dela, da caverna de morada dela e que os filhotes dela estavam por ali e que aí é que eu vi e entendi que a porra da jaguatirica de rabo sangrando nem pensava na porra do rabo dela, só me olhando, me olhando, e eu acho que se avançasse em cima dos filhotes dela a puta da jaguatirica ia aprender a falar e ia começar uma lenga-lenga de mãe de puto em delegacia e xadrez pedindo pelos putos dos filhos mosqueados, de bigode de gato, e aí eu agradeci a lição de como é que tem gente que pena e se fode de pena dos outros — agradeci mesmo: joguei o pedaço de rabo da jaguatirica-maracajá no chão, de volta, e ela continuou olhando pra mim feito mãe de puto na delegacia enquanto os putinhos mosqueados de bigode de gato lambiam o cotoco de rabo de mãe, sai dessa.

21

Francamente! — exclamou Jupira, rosto esbraseado, verdadeiramente irritada, pela primeira vez, com Quinho, e vendo dentro de si mesma o ponto de exclamação, a haste negra, o pingo sólido. Pequei, não nego, expiarei quando puder, tinha vontade de dizer, atrevida, malcriada, afrontosa, já que ele, feito um rapazinho pálido, espinhento, ciumento, mal parecia interessado nos perigos que tal — vá lá! — pecado, poderia ter tido, ou ter, em relação aos interesses maiores, os do sobrado, para usar ideias do velho Iriarte. Ele não queria, na verdade, obter, extrair dela uma confissão, o que poderia ter seus tons sinistros mas era coisa passível de explicação: o que ele queria era *ouvi-la* em confissão, queria vê-la balbuciante, penitente, o que era degradante, sobretudo quando tal atitude vinha de quem, em relação a ela, conseguia manter uma infidelidade que não envolvia, como as comuns, as de qualquer um, as que ela conhecia, duas existências, e sim uma existência, a dela, passageira, e uma... permanência, ou lá como se chamasse, uma eternidade. Quinho teria ideia do sofrimento que infligia, por cima do que ela a ela própria se infligia, cultivava, quase, temendo, antes de tudo mais, que, como um mal venéreo recolhido, ou veneno de lacrau...

— Eu acho — disse Jupira —, que estabelecidas a identidade e a culpa de cada suspeito, o que naturalmente encaminha sua punição, puxa, vamos deixar espaço para alguma reserva ou reticência, ou mesmo silêncio, para que haja e aja Deus, em sua sabedoria, por assim dizer, para que as coisas se curem, se fechem. Não esqueça que haverá outros casos a apurar, incontáveis casos, e os métodos não são tão numerosos assim, podendo a gente repetir ardis, ou mesmo ardores, no caso em que, como é o caso aqui, tenham tido bom resultado.

— Ardores?

— Ou ardências, não sei a palavra exata para coisas que crestam, ardem, sabe, como queimaduras, por exemplo. Seja como for, para quem fica na luta, nas barricadas, no, em suma, Brasil, é...

— Já discutimos esse "para quem fica" — disse Quinho, detendo com um gesto Jupira que queria acabar a frase e suas implicações. — Deixo aqui, entre parênteses orais, a dúvida que nutro de que você fique, o desejo ardente de que não fique, de que venha, venha comigo, mas você tocou no ponto mais importante, que é o da identidade, da perfeita identificação — caso contrário poderiam subsistir dúvidas, o que é de todo indesejável. Por isso pergunto o nome, ou nomes, possivelmente com certa impertinência, eu sei, mas acho importante estabelecer com clareza quem estudou, apurou, concluiu — disse Quinho, olhando, como fazia sempre, repetidamente, com fascínio, as peles de onça espalhadas pelo chão.

— Você se refere sempre ao mesmo caso, não é isso? Você está menos interessado no nosso trabalho de dez anos, com mais de um episódio significativo esclarecido por ano, na rotina penosa, fatigante, em que trocamos, às vezes por informações inúteis e broncas, máquinas de grande inteligência, importadas, do que...

— Bem, digamos que eu me refiro ao caso, afinal de contas àquele caso que, entre todos, me trouxe aqui, ao caso que eu terei de expor com minúcias ao regressar à Europa, quero dizer ao voltar ainda uma vez à Europa, e cujo desfecho determinará, estou certo, o constante interesse de tantos grupos internacionais em outros casos que...

— Tá, tá. Eu compreendo o interesse de tantos grupos internacionais em outros casos, e o interesse que você tem no interesse deles, mas confesso que acho mais importante, pela parte que me toca, o nosso interesse, o interesse dos que ficam, e foi pensando só nele que *eu* estabeleci a identidade que tanto interessa a *você*. Fui eu, principalmente eu mesma, o principal agente, quem realmente agiu, quem, como se poderia dizer, viveu, entregou-se à identificação, depois de termos recebido aqui os dados, as fotos e afinal os informes sobre a operação plástica que tinha praticamente apagado, rasurado o mais importante, o elemento que era a prova irrespondível de pessoa, a cicatriz dele, a cicatriz que ele tinha, tudo indica que de navalha, da orelha esquerda à metade do pescoço e que realmente, olhada muito de perto e estando ele... distraído, ou estuporado, ou adormecido, sei lá... era possível notar, trazer à superfície como vago traço, vestígio, sombra, mas presente, tão presente como esse famoso espectro de talho que até hoje te assombra e te mete medo, no côncavo da tua mão esquerda: acho que, mesmo considerando outros, é o espectro que mais te assusta. Bem. Mas vamos ao caso, e ao pormenor. Precisei chegar a luz bem perto, bem junto mesmo para distinguir aquele fiozinho de nada, quase como se um lápis preso na orelha esquerda de Claudemiro tivesse caído e deixado aquela suspeita de grafite na pele escura, um risco em papel manilha, e eu então inclinei a luz, fixei bem o olhar...

— Luz?... Perto assim, a luz? Mas que luz é essa, que você ainda não tinha mencionado? a iluminação... o cenário, o ambiente... Como estava Claudemiro?

— Ele estava dormindo, ora, naturalmente, enquanto eu, com a vela acesa, no castiçal, me inclinava para o pescoço dele, onde afinal de contas estaria a tal prova, como é que se diz? insofismável.

Quinho começou a retirar sua aquecida mão esquerda do vão onde a entalara, entre a poltrona e a coxa, para fitar a cicatriz, mas se deteve a tempo, e voltou a ocultá-la.

— Sim, sim, o talho que...

— A sombra, espectro do talho, fantasma, ser irreal, quase, muito mais difícil, o talho desencarnado, alma penada, entendeu?

— Claro, ora, mas o que quero dizer... o que procuro ver... Ele estava dormindo?

— Dormindo, sim, ferrado no sono, acho até que roncando um pouco, enquanto eu trabalhava, pesquisava, cercava a assombração.

— Sei. Ou melhor. Não visualizo bem, como se diz agora no Brasil, o onde, o como, o a partir de que momento, a... Dormindo aonde, Claudemiro, quero dizer?

— Você sabe que ele bebe muito, mas muito mesmo não é — ah, você não sabia? — e que de repente, sem transição, dorme, mergulha num sono profundo, cataléptico. Foi aí no clube, acho, nem sei mais a que propósito era a festa, o que é que se celebrava, se era São João, se era 7 de setembro, se era... seria o carnaval?... Não sei mais, juro, mas provavelmente São João, a grande festa daqui, em que as ruas se enfeitam, se acendem fogueiras, os balões sobem.

— Claro, os balões, os fogos, a festa, esquece. Não tem importância. E aí?

— Não, perdão, com sua vênia, e como você gosta dos pormenores, vou servi-los. Havia as mesinhas, espalhadas pelo varandão todo, sabe, com velas, acho que era isso, e já não tinha mais quase ninguém, tudo vazio, e ele derrubado de sono, cara em cima dos braços, face esquerda para cima, e eu então pus um cigarro na boca, caso alguém, algum garçom, estivesse olhando, e, para acender o cigarro, inclinei bem a vela, olhei mesmo, vi, e aí levei aquele susto...

— De comprovar, confirmar, ver que era mesmo, que se tratava do...

— Não, quer dizer, eu comprovei, primeiro, e depois... Deita aí, Quinho. Quer dizer, deita a cabeça na mesa, não, o outro lado, o esquerdo para cima, assim.

Jupira pegou na cômoda a um canto a vela no castiçal, acendeu-a e deixou que o pavio pegasse bem, para que se criasse à sua volta a poça de espermacete, a lagoinha translúcida, rasa, de onde subia a mecha ardente, enquanto continuava falando.

— Não, Quinho, fica quieto até eu dizer que você pode levantar a cabeça, até eu mandar, fica quieto, a cabeça pesando nos braços, naquele porre total, como ele estava, desacordado, entregue, como lá ficou, e é claro que você, como ele, não está sabendo de nada. Aí...

— Ai! — gritou Quinho levantando a cabeça e levando a mão ao pescoço onde começava a endurecer e embranquecer o espermacete fervente entornado da poça de fogo líquido ao redor do pavio.

— Isso! Quer dizer, foi *isso* que ele *não* fez, que ele não disse, não exclamou, entende? Ele mal respirou fundo mas nem chegou a mexer com a cabeça e nem teve reação suficiente para, digamos, levantar o braço e muito menos gritar, como você fez, ai! E estava tomada a impressão digital, compreendeu, visualizou agora? Foi assim, pronto, como eu contei. Agora, tira o espermacete que já esfriou e se estiver ardendo muito passe esta pomada aqui que o Juvenal Palhano me deu e que é tiro e queda, alivia queimaduras na hora, e evita bolha e irritação.

22

Quando levantou a cabeça do volante da camioneta na sombra do mamoeiro, diante do posto de gasolina, Claudemiro percebeu que continuava, naturalmente, na frente do posto de gasolina, assim como continuava, é claro, avistando, até melhor, a casa de Jupira, a loja importadora dando para a rua, mas não tinha mais diante de si, disfarçando a camioneta, o caminhão que aguardava, e devia ter obtido, socorro. Quem parecia agora mais precisado de socorro era ele, que uns três caras olhavam, um até sorrindo, talvez sem coragem de falar mas com vontade de encorajar, animar, como se ele tivesse tido um treco, o que era besteira: tinha tido uma ausência, como aquela do cu da mata preta buceta de onça preta, só que ali estavam agora os paspalhos bundas-sujas, boquiabertas, que ele não podia arrebentar com um soco e esmigalhar com o tacão da bota no chão do mato feito uma preguiça débil mental que a gente desprende do galho da embaúba.

Claudemiro limpou com a manga da camisa, braço esquerdo, uma baba qualquer que tinha escorrido da boca dele durante a porra da ausência, enquanto com a mão direita virava a chave da ignição e apertava o acelerador com tanta força que os babacas do lado de fora chega pularam pra trás. Claudemiro tinha acelerado pra descomprimir aquela mola de emputecimento armada dentro dele pela lembrança do mato e pela babaquice dos caras de bunda e pretendia ficar mais um tempo ali pra lembrar quando é que tinha dado a bobeira nele, e por que é que podia ter sido, mas aí viu que da casa saía o tal do Quinho, olhando em frente sem ver, com aquela fuça murcha de babaca velha, coçando, sarnento, o pescoço feito um puto dum Jurupixuna macaco e veado pendurado num galho feito uma preguiça, o Quinho chegando na beirada da calçada e estendendo o pé para a rua e para a morte. Foi isso que Claudemiro bolou logo, engrenando pra valer e acelerando tanto que o puto do Quinho só teve mesmo tempo de recuar pra calçada pra escapar da camioneta que raspou o meio-fio. Ah, por pouco Claudemiro não meteu uma ré ali mesmo pra subir na calçada e espremer o babaca velha entre o para-choque e o muro, feito quem espreme um piolho estonteado entre unha e unha, mas era besteira dar o vexame ali, quando ainda deviam estar por perto os bundas-sujas que tinham visto ele nas ausências, e bem na porta da casa de Jupira. O puto tinha recebido o aviso, lá isso tinha, tinha manjado ele no volante, isso idem, sabia que a coisa agora era pra valer, quer dizer, ou bem o babaca ia embora pras raízes da cona materna ou alguém em breve ia catar os cacos dele no pedrame duma rua de Corumbá, embolado no chão feito um cobertor ensopado de sangue, esperando o caminhão do lixo.

Claudemiro deu uma volta grande, se acalmando, dirigindo devagar, e só depois é que estacionou de novo a camioneta na porta de Jupira, na porta da importadora, e tornou a ver no fundo, cachimbão na boca, a figura, que pacificava ele, de Seu Iriarte, que nem levantou a cabeça dos livrões, não viu ele, ou não passou recibo de ver, e Claudemiro ia saltar, falar com ele, perguntar pela Jupira, mas aí baixou o puto desânimo, o porra cansaço da puta desgraça que ele conhecia de poucas vezes mas que era de torrar o saco — e nenhuma vontade de exterminar e estraçalhar ninguém, a paralisia, porque se não tinha morte nem vontade de morte de fosse lá quem fosse na frente da gente tinha o que é que tinha a vida de bom, porra?

Ele não tinha vontade nenhuma da morte de Seu Iriarte e dentro, mais pra dentro da goiaba da casa estava Jupira, que tinha proibido ele de aparecer antes dela chamar, que só queria botar os olhos pretos nele quando chamasse ele, dizendo pra ele aparecer que ela queria falar, foi o que ela falou da última vez que tinham se visto, puta da vida porque ele queria ver ela toda hora, e não, ela falou, só quando ela chamasse, ela ia pensar, não falou pensar o quê, pensar, e depois chamava ele, jurava que chamava fosse pro sim fosse pro não, mas chamava.

Não fazia três dias, com um puto medo mas vontade maior ainda de ver ela ele tinha voltado, tinha dado as caras, tinha saltado da camioneta, Seu Iriarte dizendo passe,

passe, pela porta do lado, do quintal, passe, e ele tinha ido todo ancho, todo crista empinada, esporão afiado, ruflando asa, mas quando bateu forte na porta começou a se dar mal porque a Jupira tinha deixado encostada a porra da porta que se escancarou e quase desequilibrou ele, se abrindo e se desbucetando toda, pra trás, mostrando até o fundo a sala que ele conhecia, forrada com as peles que ele tinha dado pra amaciar a vida dela, e lá estava ela, feito num quadro, uma fotografia, paradinha, em pé, mão naquele móvel onde tinha como sempre um jarro com flor, o cinzeiro de estanho, a vela no castiçal, e ela, Jupira, dizendo não com a cabeça, pra cá e pra lá, pra cá e pra lá, parecendo um pêndulo de relógio só das horas más, não e não e não.

23

Antes de escalar, a ela se agarrando com braços e calcanhares, a palmeira carandá da frente da casa, Herinha contou, no bolso esquerdo da calça, vinte e oito grãos de milho, e no bolso direito dezenove, assim separados porque os primeiros eram da rua, que Jurupixuna tinha deixado cair nas ruas da cidade, e os segundos da roça, recolhidos por Herinha até a porteira do Norivaldo, o criador de porcos: no sítio dele Jurupixuna gostava de fazer pouso para assustar os leitões, se atirando brusco e leve das árvores para cair montado no lombo deles. Norivaldo tinha escutado assobios e imaginado que o macaco andava por perto, mas como não ouviu, depois, os roncos e guinchos de costume, dos porcos cavalgados, não pensou mais no Pixuna, que não deixava de vir falar com ele, e achou que os assobios tinham vindo dos micos do mato, que apareciam em bandos, em busca de coquinhos. Por mais tratos que desse à bola Herinha não conseguia explicar como é que o Pixuna tinha semeado grãos de milho até a porteira sem entrar, ora essa, e Norivaldo, que era um porqueiro dado a dramas, a revirar de olhos e a breves, bentinhos e benzeduras, fez o sinal da cruz, dizendo que tinha visto passar o caminhão do circo, que ia no rumo de Ladário, e quem sabe, hem, um moninho jeitoso como aquele, de mochila nas costas e que quase conversava com a gente, hem, quem sabe? O coração de Herinha tinha ficado menor que o menor dos grãos de milho catados no sítio do porqueiro, só de imaginar Jurupixuna obrigado a dar, sem rede, o salto entre os trapézios, ou a montar numa bicicleta em cima da corda bamba, sombrinha aberta na mão, ou até, quem sabe, levando chicotadas do domador para contracenar com o próprio leão.

Essas sinistras imagens circenses fizeram Herinha se raspar para casa, para pedir socorro à mãe e ao avô, quando devia ter ido adiante, até a bomba de gasolina do Euzébio, que fica na boca mesmo do mato, e onde, no dia seguinte, Herinha encontrou milho. Zebinho jurava que tinha visto o próprio Jurupixuna entrar num carro que ele achava que sabia de quem é que era, mas isso também podia não valer nada como informação de paradeiro porque o Zebinho era mais fácil ele viver sem comer do que sem pregar mentira, conforme disse o pai dele, o velho Euzébio, mandando o filho calar a boca e ameaçando dar uma lapada nele com a mangueira da bomba de gasolina.

Herinha escorregou pelo tronco da palmeira carandá abaixo, e, à medida que conferia de novo os grãos de milho, de rua e roça, se encaminhava para o pai, o quintal, onde ia entregar à cascavel Joselina vários retalhos de histórias. Joselina era uma cobra costureira e sábia que enquanto chocalhava seus estojos de agulhas, as almofadas de alfinetes de cabecinha e os de fralda, as tesouras, os ovos de cerzir e os aros de bastidor, de pau, os dedais de prata e de ouro, aguardava que Herinha deixasse cair na cesta de costura os retalhos que tinha juntado de conversa de gente grande e — zás! — num segundo Joselina tinha entendido e armado o desenho que contava a história que, embora feita de remendos coloridos, diferentes entre si, era completa, como uma roupa de arlequim ou uma colcha paraguaia. Pelos furos que Joselina fazia com a língua e deixava no retalho Herinha enfiava o fio de linha. Um dia, pregados um no outro, os panos de Joselina iam contar a Herinha a história feita de todas as histórias, que davam a impressão de não ser a mesma coisa só por falta de agulha e de linha.

24

Quinho saiu da casa de Jupira esquecido, por um bom motivo, da cicatriz da infância, na mão que ficara dormente, de tão amassada, por tanto tempo, entre coxa e assento: o motivo era que ardia demais, no seu pescoço, do lado esquerdo, o ponto em que, feito chumbo derretido, tinha pingado, como que disposta a lhe furar a carne e sair pelo outro lado, a cera da vela que Jupira, sem querer, tinha inclinado demais. Sem querer?

Quinho lembrou o dia em que Lucinda, por culpa dele, que vivia a cercá-la de perguntas — as quais, ele próprio achava, eram às vezes quase ciladas — na esperança de que a verdade não fosse exatamente o que ele suspeitava e temia, o desencantara, afinal: ela sempre tinha amado como sabia, disse Lucinda, ou como podia, como lhe ditava o instinto, em suma, mas não escapava, vindos do outro travesseiro, aos ais e aleluias, às extravagantes louvações. Na opacidade do corpo vizinho tornado luminoso e informativo pelos assombros e espantos que ela provocava, tinha aprendido a se olhar, como num espelho, a se conhecer.

E afinal, falante, com mais de eloquência, Quinho reconhecia, do que de pura loquacidade, sem esperar perguntas, nunca obscena, isto não, nunca, mas com uma espécie de bacante serenidade e impiedoso erotismo, mantido vibrante e fresco na sua memória dele, Lucinda acabara seu relato e confissão com doçura em relação a ele, afagando-lhe mesmo os cabelos, mas sorrindo, quase rindo das caras que — tosquiador tosquiado, aliás literalmente, pelado em cima da cama e mesmo assim incapaz de resistir, ouvindo Lucinda, ao tique de afrouxar no pescoço, nu como o resto do corpo, o colarinho — fazia, enquanto ela, carinhosa, lhe agradecia "este doce latinório que eu te devo".

Afastando-se do portão e tateando o pescoço do lado direito, para ver se a gota ardente não tinha saído por ali, Quinho, que ia atravessar a rua, mal teve tempo de repor na calçada o pé, para que não fosse amputado pela roda da camioneta de Claudemiro, ou para que, com um estalo de bambu, não se quebrasse sua canela contra o meio-fio.

Ele tinha visto, uma fração de segundo antes de recolher o pé, Claudemiro, como se ajustasse a alça de mira de um fuzil para matá-lo, ajustando, para seu disparo de velocidade, o volante da camioneta com as mãos imensas, que teriam elas próprias vedado um dia o sopro da vida de Lucinda. Recuando, aterrado, até se encostar à grade do portão de Jupira, Quinho a si mesmo disse que Lucinda tinha razão em sua descoberta: só nos outros nos achamos e nos aprendemos, pois somos mero reflexo da intensidade com que alguém nos deseja, para cama ou campa.

Afinal, já que a rua continuava quieta, Quinho saiu andando, quase roçando grades, cercas e sebes, pronto a saltar um muro ou empurrar um portão, com medo de, em lugar de libertar Lucinda, somar à dela sua própria morte.

E foi caminhando assim no rumo do seu hotel, a apalpar o muro das casas quase como faria um cego, que Quinho, chegando ao portão de Juvenal Palhano e ouvindo perto, na rua atrás de si, a freada brusca de um carro qualquer, abriu o portão e entrou no horto fechado dos canários e das doneias.

Subiu os degraus da varanda e, ao olhar para dentro da casa, viu, para lá da porta, na sala, adormecido numa cadeira de balanço, aquele a quem procurava, seu Tio Lulu: sabia que não podia ser ele, sabia que era Juvenal Palhano, pois em sua casa se encontrava, mas sabia também, ao sair do susto da rua para o jardim fechado, que certos estados de consciência (vizinhança da morte, por exemplo) desvendam com grande descuido, até mesmo com certo estouvamento, a natureza circular do tempo, ciosamente negada à percepção normal dos homens, sobretudo dos saudáveis, para que não desanimem.

Malvina apareceu no fundo da varanda e nos olhos dela, um tanto arregalados, Quinho se recapitulou, se reviu, lembrando que não batera palmas nem se anunciara de qualquer outra maneira e que no entanto ali estava, bisbilhotando a casa alheia.

— Desculpe, desculpe — disse Quinho — de entrar assim na hora da sesta, mas já vou indo pois o que eu queria era exatamente filar, por assim dizer, uma sesta, ou reviver sestas de outrora, desculpe, Malvina, eu saio como entrei, não vou molestar nem acordar ninguém, pode deixar.

— O que é isso, Seu Quinho, não vá não que eu ia mesmo chamar o patrão. Ele não gosta de dormir demais depois do almoço não, só um cochilo na cadeira de balanço, que ele encabula de dormir de dia.

Malvina foi entrando e chamando Quinho com a mão estendida para trás, e, sem fazer barulho, Malvina descalça, Quinho na ponta dos pés, chegaram até Juvenal Palhano que ressonava levemente, uma faca de cortar papel, de marfim, na mão, uma carta numa mesinha à sua direita, uma chaleirinha de água quente na mesa em sua frente, o pincenê caído em cima do peito, a boca levemente aberta, Quinho a si mesmo perguntando se os sonhos, além das pessoas, também se repetiam e se o homem ali adormecido não estaria talvez sonhando com antigos canários e com sua tia Nunu.

Mais tarde, ao relembrar a cena, Quinho sorriu, mas na hora sentiu ganas de sumir, de culpar Malvina por tê-lo conduzido até o adormecido observador de pássaros, que, recatado, antiquado, detestava, como era visível, que o observassem quando dormia — pois acordou de um salto, o pincenê voando-lhe à cara quase como se quisesse enganchar-se espontaneamente no nariz do dono, os braços abertos e a boca idem, como que pronto a dizer horrores aos que assim o arrancavam à madorna numa divina cadeira de balanço.

— Mil perdões — disse Quinho afinal —, mas só tomei a liberdade, só cometi o desaforo, o desplante de entrar assim na sua casa porque fugia da rua, de medo que tinha de... de um acidente... Eu precisava ver, se não o meu caro amigo, pelo menos a sua cadeira de balanço, ou melhor, a outra, a minha cadeira de balanço cuja imagem tem me acompanhado...

Quinho sentiu que a única possível vantagem das tolices que dizia era talvez o fato de que Malvina, a princípio desolada, quase assustada com o despertar do patrão, já voltava agora seu espanto, de novo, para ele próprio, Quinho. Mesmo porque, logo a seguir, acordado de vez, repondo o riso nos lábios e o pincenê no nariz, Juvenal Palhano enfiou numa pasta a correspondência que tinha sobre a mesinha, enquanto apontava a cadeira da qual se levantara:

— Não se importam mais estas cadeiras e, ai de nós, nunca passamos a fabricá-las nós mesmos, estas cadeiras ponderadas, introspectivas, pensando-se a si próprias com suas rodas e volutas, mas comunicando-se com a gente. Agora mesmo, ou inda agorinha, quando nela me recostei e fechei os olhos, senti como se entrasse no seu monólogo interior, seu dela, desta cadeira que é feito uma antiga babá ainda viva e que foi quase que o único legado a percorrer minha família pobretã.

— Desculpe se lhe falo tanto do meu Tio Lulu, mas ele tinha uma cadeira de balanço dessas, austríaca, não é, ou que a gente chamava de austríaca.

— Austríaca, sim senhor, como não, e foi a cadeira do Brasil *belle époque*. Minha mãe a herdou de minha avó Ambrosina, uma senhora tão doce que durante toda a minha infância sempre chamei ambrosina ao doce, a ambrosia, pois eu confundia a avó com a calda de ovos, de açúcar. Mas escute, a propósito da cadeira, conservamos na família uma história deliciosa de meu pai, que era dado às letras, às voltas com um poeta baiano, conhecido dele, que meu pai descobriu que escrevia versos em francês.

— Estou vivo por puro milagre — disse Quinho passando a mão na garganta. — Conhece Claudemiro, o fazendeiro?

— Claudemiro? — perguntou Juvenal Palhano, olhos quase tão arregalados quanto, minutos antes, os de Malvina. — Claudemiro de quê? de onde? fazendeiro de que região?

— Digo Antero — corrigiu-se Quinho — Antero Varjão, da Onça Sem Roupa.

— Ah — disse Juvenal Palhano tirando com um brusco gesto o pincenê que fagulhou numa réstea de sol, quem não conhece o Varjão, e a Pantanera? Quanto a mim e a ele, nós nos tratamos com civilidade, sempre que nos encontramos, mas em geral quando o vejo franzo o cenho — se é que se conjuga franzir na primeira pessoa — e fico de poucas palavras, pois como me dizem, como diz o povo, que se como amigo ele não parece grande coisa como inimigo, ou mesmo como adversário, e duvido que ele distinga tais nonadas, pode ser seriamente nocivo à saúde, pois tem o humor sombrio, violento. Mas ouça o conto, que é curioso, do...

— Por pouco não me arrancava, com o carro, da calçada, chegando, mesmo, a subir com as duas rodas, e ainda sinto o tranco do ar deslocado, o bafo fedorento do cano de descarga.

— Sim, sim, já serei todo ouvidos, mas, se lhe apraz, enquanto Malvina nos busca um café, escute o fim da minha história, ouça o versinho do meu pai, que não deixa de celebrar a cadeira do seu Tio Lulu, de sua Tia Nunu, da minha mãe, da minha avó Ambrosina ou Ambrosia. Ao descobrir que o amigo dele, o poeta, tinha feito, em francês, um soneto ao 2 de julho, meu pai escreveu e distribuiu entre os amigos uma sátira de bolso, mirim, como agora se diz, assim:

> Balouçando-se numa cadeira austríaca
> Thonet
> Lendo em francês a *Inocência*, de
> Taunay,
> Quem imagina você, compadre,
> Que é?

Quinho contou, depois, como escapara de morrer, mas — a alma nutrida pela cadeira Thonet, a alma tornada forte, farta, mais forte e mais farta do que se ele, ou ela, tivesse encontrado ali um canhão La Hitte nº 4 que acaso Juvenal Palhano possuísse e usasse como porta-bengalas, por exemplo — se limitou a mencionar a brutalidade do Varjão, não prosseguiu, não se revelou.

E, atendendo a risonho convite de Juvenal Palhano, que lhe apontava o assento, etéreo em seu equilíbrio, com o pincenê, sentou-se na cadeira que, ela também, e principalmente, o chamava a si com os curvos arcos de seus braços e pernas, sinuosa parábola do tempo, raios tantos, aro único, no seu circular sossego.

Quando Malvina entrou, com a bandeja de café, seu patrão, pincenê no nariz, tinha voltado placidamente ao exame da correspondência, enquanto que, diante dele, pacificado, aquele moço nervoso e cheio de tiques, Seu Quinho, dormia regaladamente, a cabeça pendente para um lado, os braços acompanhando a curva suave dos braços da cadeira de balanço, que Seu Juvenal chamava de cadeira do Tomé, ou coisa parecida.

25

Depois de sair Quinho e depois, sobretudo, de Antero Varjão não entrar, Jupira resolveu escurecer a sala, cerrando as cortinas, o que descorou as dálias na jarra de cristal e apagou as chispas nas facetas da jarra; extinguiu o lampejo cru da réstea de sol na prata do castiçal; abafou ainda mais o brilho fosco no estanho do cinzeiro, e restabeleceu, entre as peles estendidas no chão, a meia escuridão da floresta.

Ao afundar numa poltrona, já meio adormecida, Jupira quase despertou de novo, quando se perguntou se criara todo aquele luxo de penumbra pela alegre certeza de não estar mais esperando visita nenhuma, ou se, ao contrário, não agia exatamente como se contasse com uma terceira visita, ou, como talvez dissesse melhor, visitação.

Jupira começou a andar ao redor da sala do Instituto Médico-Legal disponível de espírito, vazia de qualquer preconcepção, como se, num museu ou galeria, se abrisse receptiva, dócil, à energia das obras em exposição. Fitou Lucinda exatamente com os mesmos olhos — prontos a transportar emoção, ou mesmo alguma entusiástica vibração, aos centros onde são registradas e distribuídas as impressões estéticas — com que contemplou outras pessoas, em outras mesas de mármore.

No preciso instante em que se defrontaram, Lucinda levantou — o que lhe desmanchou o perfil marmóreo, e, fazendo tombar, feito uma alça de combinação, a ponta do lençol, lhe descobriu um seio — em direção a Jupira o braço, talvez com intenção de lhe mostrar a porta.

O seio descoberto, quase que só forma, sem o mulato da pele que o revestia em vida, era de fato tão igual ao de Jupira que Jupira de pronto palpou o próprio seio sob a blusa, para conferir presença. Desta forma, segurando o peito que acabou por sair da blusa para mirar o sósia — como em alguma cena de velha peça em que os gêmeos afinal se defrontam e encaram, assustados, palpitantes —, Jupira fitou Lucinda com uma intensidade severa que era quase, senão repreensão, ao menos advertência:

— Eu poderia alegar, mãos dadas com a verdade, que não sabia, ou que apenas suspeitava, mas muito sem convicção, posso mesmo dizer que ignorava, sim ignorava. Ao mesmo tempo, para que a verdade não me solte a mão, acrescento que a atração foi um fato — o porte e a ginga, digamos, a pele opaca, a cara sombria, e, não esqueçamos, a envergadura das asas altamente estruturadas e membranosas, se diz isso? de morcego, quer dizer, as mãos, enormes, ah! É o quê? Ah, sim, eu lamento, lamento mesmo que mãos tenham sido apuradas, refinadas para todo e qualquer uso e trabalho, o mesmo par delas podendo, se assim posso me exprimir, sem ofensa ou cinismo, acariciar a gente até as entranhas, ou desentranhar a gente até a morte. Fale, Lucinda, minha irmã, continuou Jupira, fale aí do seu jacente mirante onde você se vê viver sua pós-vida para retocar a vida que viveu e para continuar a ser beijada nestes seios que você me legou, pois assim ele afaga e lambe quatro seios nos meus dois e nos possui as duas, vertendo em nós o espermacete quente. A verdade é que alguém tinha de beijar a boca que não diz o nome para que o mundo identificasse pelos gemidos o monstro, pois mesmo os monstros desferem a melodia que os denuncia quando, deixando de ser fera caçada, são apertados, como aquela viola da gamba, dos velhos azulejos da fazenda, entre as coxas da mulher amada.

Diante de Lucinda, Jupira, nua, esfregou com vigor indecente o arco nas cordas da viola da gamba presa nos joelhos, zás, zás, zás, e à medida que se deitava, coberta pela viola, a tocá-la, a tocá-la, zás e zás, o braço de Lucinda, perdendo o rigor, foi baixando, devagar, até a horizontal, e afinal, dando de ombros e recolhendo o peito, ela se deitou de novo na mesa de mármore do Instituto Médico-Legal.

Ao despertar na sua poltrona, pacificada, aliviada, Jupira teve menos a sensação de acordar de um sonho do que de ter feito uma visita protocolar, importante, a Lucinda, para dar a ela, que se quisesse as transmitiria a Quinho, as explicações que, Jupira continuava achando, a Quinho não devia e sim a ela.

26

O velho Iriarte e seu irmão boliviano, Pepe, desembarcavam no clube, do caminhão da importadora, caixas e caixas de comes e bebes, e, indiferentes às iguarias, banqueteavam-se com palavras, à farta e à tripa forra, sem chegarem, jamais, à saciedade. Não se viam com frequência e, quando isso acontecia, só chegavam às confidências Pepe metendo no chimarrão fervente a bombilha, Iriarte pitando o cachimbão, cheios ambos de cautelas e obscuridades, sobretudo Pepe que, de tanto importar minimáquinas de fotografar e gravar, disfarçadas em objetos que iam de ralo de pia a clipe de escritório — o mais mimoso dos microfones Pepe o enfiara no próprio cuzinho do anjo de cedro da sacristia onde o vigário conversava com o secretário Trancoso —, acabara precavido demais. Aliás, precisava sempre se acautelar, pois de seu natural tinha a voz profética de um pregador frustrado, o que o levava a falar muito mas de cara voltada para baixo, as palavras descendo em tropel pelas guias do bigode e enfiando-se rapidamente no chão.

Diante da varanda do clube, cavernosa, sombria, onde garçons em mangas de camisa já tinham disposto, e em seguida posto, mesas de quatro e de seis lugares a cada lado da mesa grande, onde se sentariam, entre a fina flor corumbaense, o governador e o secretário Trancoso, da Segurança, estendia-se nada menos do que o campo de futebol, verde, calmo, contido a cada ponta pelas metas e a cada lado pelas arquibancadas, sequer perturbado, no que se referia a Pepe e Iriarte, por fantasmas de jogos antigos: haviam ambos bebido, com o leite da mãe e o vinho do pai, a noção de que qualquer esporte, depois dos treze anos, é tão pecaminoso quanto a masturbação, pois nessa época e idade o mundo e a mulher surgem como a realidade embutida nos símbolos infantis de bola e bronha.

Sós, entre as mesas de alvas toalhas, a imensa churrasqueira de tijolos e o campo verde, os dois pareciam oficiar um culto dispendioso, a empilhar, com gestos rituais — um a enxergar no outro a invisível libré de amor e de serviço à deusa —, as geladeiras portáteis, de isopor, onde vinham salmão defumado, caviar, *foie gras*, ambos sabendo, como anjos do deserto distribuindo manjar entre pastores de cabras, que o *foie gras* ia ser comido com arroz, o salmão com farinha d'água, e que, olhado com desconfiança, o caviar, misturado às sobras, seria talvez recolhido em baldes pelo Norivaldo, para engordar os porcos.

Ou julgaria, quem assim os visse, beirando, como uma piscina, o campo verde e aberto aos céus, que eram dois mateiros construtores de estrada, vindos de opostas direções, que sabiam de antemão quase em que instante exato se encontrariam, mas que se atiram nos braços um do outro quando afinal se avistam, entre troncos cortados e mato alisado a trator? Não era bem o caso mas não era também caso assim tão diverso, pois Pepe e Iriarte, afastando na conversa os últimos galhos, descobriam, em seus túmulos sem cruz, Violeta e Corina, assassinadas na fazenda do Onceiro, como duas jovens palmeiras prostradas na mata.

Dizia Pepe, interrompendo o trabalho e abanando-se com o chapelão, que muitas gravações fizera de vaqueiros, caçadores, agregados da Onça, bêbados e confiantes, e, da triagem de fitas, isolara a de um moço curtidor, argentino, de nome Edmundo, o qual, depois de beber uma garrafa inteira de tequila, confirmara a história de Corina e Violeta. Revirando para o alto e para a frente, por um instante, as pontas do bigode, para que sua voz, o que raramente acontecia, vibrasse como se fosse uma gravação feita em catedral, Pepe anunciou, enchendo as bochechas como em alguma velha gravura da rosa dos ventos:

— Acho que a calmaria acabou.

E Iriarte quase via, pairando nos ares por cima do verde gramado, acima dos jogos e justas, das tragédias, dos desencontros, dos descompassos e dos maus passos, a Grande Fêmea que o pai avistara em Montserrat da Catalunha, apertando os seios amojados para pôr a correr rios de leite na terra seca e sofrida.

PARTE II

O DIA DA CAÇA

27

A pretexto de precisar se preparar, mentalmente, para o confronto, no churrasco, com o novo Claudemiro, Quinho retardava o instante de abrir mais uma carta de Liana, no seu formato inglês de aerograma azul-claro sobre si mesmo dobrado: as cartas diárias de Liana, cada vez mais carinhosas, mais amorosas, escritas num cansativo código, criavam em Quinho aquele tédio do desamor importunado, que chega, com algum estímulo, ou por mero descuido, a virar uma espécie morna de ódio.

Pensou, revoltado contra si mesmo, na poltrona chamada Dirceu, que estendia para ele, por cima dos mares atlânticos, por cima, depois, de tanto Brasil e até chegar ao centro, ao Planalto e ao Pântano, os braços de Liana, para os quais, ingrato que era, não queria voltar, ele que agora dependia dos braços de Jupira para que o arrancassem àqueles outros, aos braços que tinham sido arrancados aos seus nas trevas e nos quais a terra, aqui, agravara a força de enleio, de cipó, ai, Liana, força de liana, a puxá-lo de verdade para a terra, quase para dentro da terra.

Quinho sacudiu a cabeça, tentando sacudir as sombras que sentia baixarem ao seu redor, ou subirem da terra à sua volta, enquanto que, como num duelo a pistola à moda antiga, diminuía, à medida que ele e Claudemiro andavam, um, em direção ao outro levantando aos poucos a arma, o chão que os separava. Para amenizar diferenças, ou comparações humilhantes, Quinho, quando se via defronte de alguma tarefa que exigia heroísmo, ou alguma valentia — ponhamos assim — procurava nem pensar no trisavô — que ele em vão tentara, na sua imaginação e sonhos, fazer sorrir-lhe, sem jamais obter êxito, como se a mera presença do trineto que não conhecera inundasse o velho lanceiro de melancolia — mas invocava heróis de sua predileção, antigos e distantes: só que os tornava, quase sem querer, cautelosos como ele próprio, esfregando a garganta, preocupados com seus pontos fracos. Era Siegfried, praguejando em islandês, sonhando com uma impossível tatuagem que lhe imprimisse nas costas uma floresta, ou pelo menos um balaio de legumes, para fazer desaparecer a marca — uma folha de tília — da sua vulnerabilidade, ou era Aquiles, a contemplar, feito um ioga, e pensando em como blindá-lo, o próprio calcanhar.

Mas a história predileta, a vitória sem jaca contra o inimigo, sem bulha e sem sangue, era a dos antigos deputados baianos que tinham ido em busca de Mãe Silvaria, no candomblé de Peri-Peri, para que ela fizesse um trabalho para matar ninguém menos do que o conselheiro Rui Barbosa. Os deputados vieram contritos, cobertos de fitas, de breves, bentinhos e escapulários, e até de filactérios eruditos, que embrulhavam os necessários trechos dos livros mosaicos, como se a morte da Águia de Haia fosse, para a Bahia e o mundo, uma bênção comparável à morte do cangaceiro Antônio Silvino. Além disso, e assim como quem não quer, levavam à guisa de oferenda, de espórtula, um pacote de 12 contos de réis. Mãe Silvana, sendo santa mas fraca — ou sendo, exatamente, santa por ser fraca —, guardou, entre o negro veludo do seio e a espumosa renda da blusa, o óbolo, enquanto começava, num transe e num trismo, a fazer o ebó. Quando o Orixá, o encantado de Mãe Silvana viu, ligando Peri-Peri à Rua S. Clemente, no Rio, aquele despotismo, de malefício que era o arco-íris, coruscante de pragas e quebrantos, que saíra da boca de Mãe Silvana, correu a avisá-la de que ela também morreria, caso o Conselheiro morresse. Mãe Silvana, mulher de uma palavra só, manteve a honra do ebó — e muitos a viram, naquela noite de 1923, quando ascendia aos céus, escalando o arco-íris, que pintara e enfeitiçara, de mãos dadas com Rui Barbosa.

Agora, infelizmente, nem a ideia de poder ter ele, em algum candomblé, uma estoica Silvana, para lhe liquidar Claudemiro a distância, conseguia distraí-lo, diverti-lo, nem os heróis homéricos, ou édicos. Só via na sua frente a furiosa tristeza, a melancolia assassina do Onceiro, e a si mesmo prometia que, durante o churrasco, isento, sóbrio, sem tomar um gole que fosse, só beberia, como David, da sua própria coragem, sonhando a funda, lapidando, como se fosse o mais raro dos diamantes, a pedra, afiando-a em cada aresta, tirando uma língua de fogo de cada plano, até que ao rasgar os ares, na hora de abater a besta-fera, o calhau feito joia já contivesse em si a morte do Onceiro.

28

Claudemiro Marques acordou aquela manhã retendo ainda, no nariz e nos olhos, os restos de um sonho da caceta. No nariz era o cheiro de carne chamuscada, começando a tostar, carne, por exemplo, queimada por cigarro apagado num umbigo, apertado contra um bico de mama, de guimba que fica úmida e chega chia numa buceta, e nos olhos tinha a puta paisagem do mundo, mundo redondinho, roliço, mundo-bunda, o puto inteirinho transformado numa Baixada Fluminense torrada, fumegante e alastrada de troncos carbonizados, só que tronco de gente, quer dizer cadáveres, presuntos como fala a moça aí. Sozinhos no varandão duma fazenda que era a Onça, só que cercada de rios pelos quatro lados, fresquinha e verde, ele e ela, os dois cafungando o cheiro do churrasco da putada assada, esturricada, aquele bando de torresmos pretos no chão, feito toco depois da floresta queimar.

E Claudemiro acordou tremendo todo, arretado de morte, quase gemendo de saudades da morte, puto da vida de ficar doidão assim só por ter sonhado um sonho do caralho e acordar depois como qualquer puta velha que sonha sacanagem a noite inteira e acorda sozinha, a quirica vazia, o rabo desocupado, bochechando, em vez da porra mamada no sonho, a baba dela mesma, azeda. Nunca, nunca mais ele ia sonhar um sonho assim — era o que ia dizer a ela, a ingrata — e para não morrer de raiva e de desespero o único jeito era ela voltar pra ele, voltar a dar pra ele, a abrir as pernas pra ele pra diminuir um pouco a puta mágoa de não passar de um sonho aquele sonho, tão puta mágoa que o machão que ele era e que ninguém duvidava que fosse tinha vontade de sair pelas salas da Onça soluçando, é isso aí, soluçando, feito uma vaca duma puta aposentada e velha. Mas ia, ela ia voltar e isso não ia demorar não, ia voltar quando ela tivesse entendido que *ele* entendia de jaguatirica-maracajá e que o que ele já tinha feito e ela ainda não tinha sabido era só o princípio do que ela ia saber e entender se continuasse fechando os joelhos e balançando a mão pra lá e pra cá só no não, não e toma não.

Claudemiro já saiu do quarto naquela manhã depois do sonho todo arreiado, selado, encilhado de couros e aços, revólver, rifle, machete, ele mesmo se achando um tanto espantoso e meio até de fazer rir e não pedia a Deus mais do que isso, quer dizer, que alguém estranhasse ele assim, todo empelegado e embruacado feito cavalo de viagem longa, e tivesse o culhão de rir, ou mesmo de olhar pra ele meio enviesado, porque Claudemiro Marques, depois daquele sonho, não tomava nem café da manhã sem pelo menos a satisfação, o dever cumprido de parar uma boca de comer, pra todo o sempre, ou um cu de jamais cagar de novo, e que não fosse, de preferência, simplesmente boca ou cu de bicho.

Saiu primeiro andando pelas salas, sentindo seu próprio peso e o contrapeso de metal e chumbo, e esperando — enquanto se formava atrás dele, a uma distância respeitosa, seu séquito de bons putos, como os denominava, Melquisedeque, Dianuel, o Paraguaio, o Lino todo de preto e prata — que voltasse seu sonho, embora soubesse muito bem, como macho que era, que só tem um jeito da gente fazer a porra do sonho voltar à luz do dia: à porrada. Não ia matar um daqueles putos que vinham atrás dele como se ele tivesse um porrilhão de sombras, que isso também era estroinice e desperdício. Por falar no assunto, até que um dia ele era capaz de furar a barriga do Lino só por causa daquela viadagem do puto andar de luto, todo de couro preto, espora de prata e abotoadura de caveira de prata, porra, qual é, feito caixão de defunto com guarnição de prata e vai ver até que se a gente procurar ela pra cortar encontra uma piroquinha de tição num saco de prata. Mas isso nem era matar ninguém, era feito furar barriga de bicho de estimação, ou dar aquele talhinho de nada, abrir aquele suspiro de ar na gola de seda duma jaguatirica.

E aqui Claudemiro comprovou mais uma vez que tinha razão e que o sonho da caceta buceteava numa visão do gogó do Quinho sofrendo em qualquer gogó que a gente corte, cada gogó um degrau de chegar no gogó do Quinho. Claudemiro amarrou uma jaguatirica pelas mãos, as patas dianteiras, com um peso nos pés, e picou aquele cortezinho de perito, o talho na base do gogó do Quinho, que um dia, na hora exata do talho, ia engolir — ele próprio, o Quinho — pelo reto, como dizia o Knut em vez de dizer cu, um cabo de vassoura lubrificado em pimenta malagueta.

Foi bem aí que Claudemiro sentiu aquele fedor e viu o puto do gringo — que o Dianuel tinha visto de papo com o Quinho — com o jeito babacudo de quem ia ter o atrevimento de falar com ele naquela hora de encontros e encruzilhadas, e Claudemiro, pra não esbucetear o sonho, aceitou o pescoço do gringo como se tivesse sido oferecido num prato, feito um Quinho de exercício, boneco de tiro ao alvo, e foi logo encostando o gringo no mourão de pregar macacos. Não precisava nem amarrar o puto, pra nem falar em gastar prego com um fedorento curtidor desses, que devia até agradecer o pique na garganta, tão da caceta, tão de leve, que mal deixava a alma dele sair, feito um peido, e...

Outra vez, como na buceta da mata preta, no volante da camioneta, as caras de babacas, só que eram babacas familiares, os bons putos, Melquisedeque e o resto da matilha, Claudemiro voltando a si com a alegria do sonho começado a realizar, com o gosto do sangue de quebrar jejum na boca, antes do café com pão.

— Morreu todo?

— Quase, chefe Claudemiro — disse Melquisedeque, olhando no chão o gringo, ou o que restava do gringo, e sentindo, penando aquele cagaço de todas as vezes que via o chefe carregando todos os arreios e petrechos de arma de fogo e arma branca. — Quase, e o melhor é acabar de todo com ele em vez de deixar ele estrebuchando, que só na delegacia de antigamente é que a gente podia esperar os putos morrerem devagarinho, enquanto a gente caprichava uma autópsia na máquina, com um dedo só.

— Eu perguntei se ele tinha desencarnado e, como nada mais te foi perguntado no inquérito, Melquisedeque, qualquer observação ou conselho que tu possas me fazer ou oferecer pode ser, antes que eu me esqueça, enfiado no rabo.

— Claudemiro, chefe, quem é Melquisedeque pra se meter a observar e aconselhar instância superior de chefia? Eu falei mal, dizendo *quase*, que aquilo não tem remédio, aquele pique da caceta no pomo de Adão, e o jeito é botar o gringo pra dormir na senzala com as putas, sem autópsia, sem laudo, sem óbito, o finado ingressando no outro mundo fodido, mal pago, debaixo de porrada porque não trouxe documentos, e ainda por cima enforcado depois de morto, porque bem merece duas mortes quem quando vivo já fedia tanto.

Claudemiro riu e Melquisedeque aproveitou para falar alto, se dirigindo a todos, pedindo o apoio do resto da tropa dos chamados bons putos, pois sabia que os outros, mais até do que ele, que tinha seus velhos laços com o chefe, se cagavam todos nos couros das fraldas quando Claudemiro acordava assim, nos seus azeites, achando que todo o mundo era bainha de faca.

— Claudemiro, chefe nosso, todo o mundo aqui, o grupo inteiro, a gente está que não se aguenta, todos sentindo falta de uma caçada, uma expedição, uma saída pelo Pantanal, porque de tanto tempo que a gente não aparece os bichos estão criando famílias que não acabam mais e até rindo da gente pelos quatro cantos da floresta. Mesmo o Dianuel, que range mas não fala, estava dizendo que o Molambo e o Rói-Osso, mais o Tigre, andam dormindo mal de tanto que escutam de noite riso de anta e de onça. Estamos criando mofo e musgo, Claudemiro, sem aquela força dos bichos que a gente mata e depois esfola e...

— Pois então está falado — disse Claudemiro —, e a gente só vai a esta porra do churrasco pra manter a promessa feita ao Trancoso e dar bom dia a um gogó visto em sonhos e na buceta da mata preta. A gente dá uma volta no gramado, pirocando a porra da grama toda, a cavalo, cercado dos filas, assim mesmo, feito quem lembra de repente, no meio duma trepada, que tem visita na sala esperando, e vem pra sala com a mulher empalada na pica, enganchada na ilharga e enroscada no pescoço, pra dar um alô aos putos e putas.

Ou eles estão pensando que eles é que vão me enfiar e me encaralhar numa porrada de viadagens e de delicadezas? Ou estão achando que mulher que tem que assistir do meu lado o fim do mundo pode me confundir com outro, entrar num destino que não tem nada que ver, pegar — porra! — no caralho que não é o da vida dela e guiar o nojento pra dentro da minha toca, da minha maloca?

Claudemiro cuspiu, limpou a boca no braço da camisa, arregalou os olhos num puto medo de começar a soluçar na frente dos putos bons, que teria que matar depois, naturalmente, pra não contarem o vexame, não espalharem o esbuceteio dele chorando, quando o importante, agora, era ir direto ao talho no gogó do Quinho...

— Dianuel, Dianuel, o mundo está pronto pra guerra, porra! Pega no pasto os cavalos pra escovar, apara os cascos, troca as ferraduras, desprega os fuzis da parede, mete bala nas cartucheiras, pistolas nos coldres e boia nas bruacas, manda os machadeiros pegar os machados, os mateiros os machetes, e quero todos os zagaieiros de zagaia areada que a gente vai pro churrasco de boi pensando no outro, preparando o outro, o de foder, o pra valer.

29

Na mão de Jupira o vestido novo de Herinha, que a modista boliviana acabava de trazer — vestido do churrasco, tinha sido apelidado —, de mocinha, pedido pela menina para a festa, feito de fresca seda chinesa, de contrabando, trêmula, creme, friso encarnado na barra da saia, gola de renda. Na prova da costureira, apenas alinhavado, o vestido já criava uma Herinha nova, diferente, que apenas guardava uma certa semelhança andrógina com o quase menino que vagava pela cidade carregando no ombro um macaquinho que, por sua vez, carregava uma mochila.

Mas agora, os olhos se virando com frequência para dentro, Herinha mal olhava o vestido, perdia o mundo de vista, pois ninguém faz promessa de olho aberto e a vida de Herinha era toda ela uma oração de achar perdidos, uma prece a S. Longuinho ou — e aqui Jupira se arrepiava — ao lacrau. Porque, cada dia mais, o lugar certo de encontrar Herinha era o fundo do fundo do quintal, para lá do limite do engradado das cobras, para lá da sombra das mangas e dos sabiás, além da área chamada paizinho, num devaneio entre os escorpiões. A culpa, achava Jupira, em mais de um sentido e sobretudo no sentido inicial, era sua, só sua, pois contara a Herinha, embora sem maiores detalhes, uma história que tinha para a menina interesse até biográfico mas que ainda era, para a mãe, perigosa, ativa: a história de como tinham sido elas duas picadas pelo lavrado arpão da cauda requintada e peçonhenta que se enrosca feito um arabesco por cima do lacrau.

Ela com Herinha na palhoça do posseiro amigo, companheiro de luta, uma choça onde se escondera na esperança de ver o noivo, que ainda não conhecia a filha, onde não o veria, mas onde, isto sim, quase tinha deixado a menina que dele ficara, morta sobre a esteira, por cima do jirau baixo, no chão de terra batida.

Se o noivo não tinha vindo, algum outro ser, em compensação, viera, alguma reorganização, feita no escuro, de matérias decompostas, sob uma pedra limosa, dentro de algum tronco esfarinhado, borbulhante de vermes, para ferrar e depositar, de madrugada, como um latejante ovo, na nádega de Herinha, o inchaço, o vergão.

O médico, tardo, só chegou de tarde num cavalo tordilho, tinha Jupira dito a Herinha, ao contar a história, para fazer sorrir a menina tensa, concentrada no que ouvia. Apesar de pensar que era tudo gente posseira, sem eira nem beira, o médico encantou os olhos com a menina, misturou, à boa aspiração profissional médica de operar milagres, o desejo de apagar, da carinha bonita, o sofrimento: mas precisava saber, para saber o soro a empregar, que picada era aquela que enfebrava Herinha, que escuma, que baba. Ele voltava, sem falta, mas tratassem de encontrar o peçonhento, mandou — e começou a revista dentro do fogão de barro, dos bambus do sopapo da parede, do baú de guardados, dos mourões, do sapé do teto. Como um bando de formigas carregadeiras apareceu a vizinhança azafamada, fuçando terreno em volta da casa e grotas próximas, as mulheres trazendo a Jupira panelas de água quente, panos, caldos e mezinhas, enquanto Herinha se revolvia na esteira, ardendo em febre ao ponto de secar compressa fria na testa, os grandes, doces olhos, rolando pela primeira vez nas órbitas feito estrelas extraviadas.

E Jupira tinha vivido então aquilo que, ao narrar a história, chamava, sorrindo, o grande momento maternal, em parte para desarmar, em quem quer que a ouvisse, mas sobretudo em Herinha, qualquer noção de que tinha tido uma revelação, sofrido uma possessão. Acentuava e insistia que apenas descobrira, no seu desamparo, deslocada do seu ambiente, simplificada, descarnada em maternalidade, o meio mais *lógico* de lidar com a crise, com a aflição, só isso.

Tinha mandado embora, a saber, um velho que em geral pedia comida, ou esmola, mas que quando havia doença aparecia, curandeiro repentino, apoiado num bordão de peregrino e guiado por um curumim; as velhas rezadeiras, que debulhavam terços dizendo as contas em voz cada vez mais alta, prontas para carpir a morta, quando houvesse; os vizinhos em geral, que, cansados de cavucar os cantos e desvãos, em busca do bicho que atacara a menina, esperavam alguma coisa, a morte, ou quem sabe um café.

Depois de assim se despojar de todos, Jupira, como se soubesse o que fazer e apenas esperasse que a hora soasse e a solidão se cumprisse, despojou-se também das roupas, de tudo que vestia e usava, das alpercatas ao brinquinho de ouro, até que fiquei, ela contava, nua em pelo, nuinha, e assim me deitei no chão de terra ao lado da cama de Herinha e palavra que rezei, eu que nunca tinha rezado na minha vida, ou pelo menos fechei os olhos e falei, falei não, rezei mesmo o que me vinha à cabeça, e aí é que vem o que é mais difícil de explicar mas que no momento era o que se apresentava, era o natural: minha reza não podia ser reza igual à de quem reza em geral, quer dizer, reza a Deus, ao princípio bom e certo das coisas, que mantém seres e corpos no seu lugar respectivo, as estrelas, por exemplo, em suas órbitas, e os olhos das crianças também.

Eu tinha ali era que atrair o outro, não é mesmo, o contrário, nua, quieta, sozinha e fechada a Deus, caso ele existisse — e no momento eu não queria ofender nada nem ninguém —, para que o contrário, o adversário viesse ao meu encontro, eu como coisa nua, entregue. A ele eu rezava, ao adversário, já que se tratava de bicho, fosse lá qual fosse, de maldade e peçonha, bicho de desfazer o feito, de apodrecer o são, bicho de sombra, do outro reino. Me dirigi ao inimigo com aquele calafrio de maleita que dá na gente quando a sinceridade do que a gente diz, ou reza, é apaixonada, falei com o contrário vibrando toda, os dentes, os ossos, nua, só.

E foi aí que ele saiu da toca dele onde acho que me escutou até me acreditar e me ferrou também como tinha ferrado Herinha e no meio da dor do ferrão dele enterrado na minha coxa, por dentro, na sombra, peguei ele palpitante, apertei, quebrei ele na mão e guardei e quando veio o médico mostrei a ele e ele viu, então, o lacrau.

Agora, mirando a filha absorta, que, quando inquieta, infeliz, buscava, talvez por culpa dela e da sua história, a companhia de lacraus, Jupira se perguntava, ainda uma vez, se não errara contando a Herinha o conto daquela noite na choça do posseiro, já que esse conto antigo, ela sentia obscuramente, a obrigaria a contar um dia à filha o segundo conto do lacrau, a segunda parte, que a Quinho também não queria contar, a história da segunda nudez nas trevas, do segundo leito onde os dois tinham se espojado — era bem isso — até um fundo cansaço e imobilidade que tinham sido não um fim honroso de luta, como no conto um, mas, simplesmente, uma rendição, uma entrega. Ao lacrau.

Assim, Jupira revivia na carne o caso, os dois casos do lacrau, a treva e a nudez de ambos tornadas, respectivamente, mais densa e mais nua pelo contraste com a friagem do vestido de seda que tinha na mão, trêmula e creme.

30

O onceiro invadiu o campo do churrasco a cavalo e a galope, seguido da mesnada dos de espingarda, dos de lança-zagaia, dos sopradores de buzina de caça e da matilha dos onceiros que uivavam e ganiam retesando no pulso dos tratadores e cachorreiros a correia das trelas.

Sem nem enxergar o caminho direito, Quinho, só, andando meio duro feito um cego cachaceiro, confiante no faro e no cheiro, chegou ao grande bar instalado na porta do salão e limiar da varanda, meio escondido mas com boa vista do picadeiro. Lá entrando mergulhou por trás do balcão o braço feito um bico de jaburu pescador num corixo, trouxe nos dedos aduncos, encurvados, o copo, a presa dourada, e, durante um momento, esquecendo o rodeio, a vaquejada da manada de centauros, reviu o instante triunfal em que Liana, na adega de pensão onde os dois só tinham encontrado garrafas vazias, pescou, perdida entre uma garrafeira e um caixote, a garrafa íntegra, selada, solene, grávida de vinho tinto.

Embora se pusesse logo a beber com deliberação e firmeza, não bebia apenas, ou simplesmente, como de costume, para escalar, ao arrepio da corrente, o rio ancestral, e lá, na fonte, beber em goles fundos a coragem que nele durava tão pouco mas era, no momento, fria e tônica: bebia para afastar o trivial e, contra o fundo da cavalhada, meditar, investigar a ideia que acabava de assaltá-lo, ligada à funda e à pedra, não à sua funda, que lhe deixara um talho de canivete na mão, e sim à funda bíblica, com a pedra que ele, Quinho, lapidara feito uma joia e que agora lhe parecia ser tão pouco, transformada, na melhor das hipóteses, de projétil em anel enfiado no dedo.

Quase à sombra do balcão, discretamente vigiado por Iriarte que não lhe deixava sem bebida o copo, pensando talvez em acalmá-lo, ou quem sabe em adormecê-lo, Quinho, feito um colegial que assiste a um desfile sob as vistas benignas do bedel, guardou do espetáculo primeiro o rebrilhar das zagaias ao sol, dos espetos avermelhados, rolados pelos churrasqueiros sobre os carvões ardentes, os dois ferros eriçando em sua imaginação antigas lanças, ele armado, ungido, resplendente e todo em riste, mas sem lança na mão, brandindo no ar o anular direito, onde rebrilhava a pedra da funda...

Os cavaleiros corcoveavam ao longe, Claudemiro-Antero, do outro lado do campo, enorme, escuro em cima da sela como uma estátua equestre, falava a Trancoso, e nesse instante Jupira se curvou sobre a mesa e disse a ele, Quinho, em voz baixa e neutra:

— Venha comigo, Quinho, se levante e me siga que onde está meu pai tem uma saída discreta, não beba, não perca o juízo que pode estragar o que está fazendo, o que estamos tentando fazer, venha que ninguém vai notar nossa ausência, venha que aí fica Herinha, fica o pai, venha, Quinho, me siga.

À beira do estupor da bebedeira Quinho simplificou, esquematizou — corrigiria a maldade depois, foi o que prometeu a si mesmo na hora, para não se furtar ao prazer, no momento, da vaga vingança — Jupira: lá vai ela deslizando discreta e elegante entre suas duas vidas, rumo, talvez, a uma terceira vida, seu caminho docemente iluminado por uma vela que a ela orienta e que queima os outros. Dito isto, pensado isto, sentindo-se estoico, voltou de novo a cabeça para o espetáculo como se a voltasse para a câmara fotográfica sabendo que a pupila dos bichos e homens imolados conhece também a tecnologia de registrar a cara de outro e a hora da crise e do crime.

Devia se conceber assim, caçado, encurralado, onça em cima do pé de pau, cercada, no chão, pela ululante coroa de cães, onça na enchente, na ilha rodeada de cavaleiros por todos os lados, cada um com sua zagaia — assediado na sua mesa, por trás do copo e tendo diante dos olhos o corpo de Lucinda a viver de novo, como num calendário litúrgico, o dia da paixão dela, as zagaias carregadas de eletricidade, os cascos de bestas-feras pisoteando ela e o fruto do ventre dela, fruto que podia ser essa linda menina, revestida por fora de seda creme cintilante, forrada por dentro pela obsessão, a ideia fixa.

— Deve ter ido longe o macaquinho, não é mesmo, Tio Juvenal, e vai ver que está agora procurando o caminho de volta e não acha, não encontra, mas você não acha que ele encontra, que ele aprende tudo, como lá na sua casa, não foi, quando ele se meteu com o novateiro, o pau-de-formiga perto da flor papa-mosca?

— Nunca mais, disse Juvenal Palhano, nunca mais cometeu o mesmo engano, porque é um primata sábio, prudente, como se dizia antigamente, e aprendeu, como um Lineu, o que é um taxi mirmecófilo, morada e fortaleza de formigas, e, aqui entre nós, acho que quem aprende isso aprende a voltar pra casa, não tenha dúvida.

Mas nem Herinha, Juvenal Palhano, vozes de Iriarte e até mesmo o vulto de Jupira no instante em que se fora, só, sensata, a caminho de sua sala, onde provavelmente se sentaria em silêncio sobre suas peles de onça e acenderia a vela que descobria cicatrizes rasuradas, nada nem mesmo aquela espécie de atento terror que o impedia de respirar fundo ou de desfazer no pescoço a sufocação da gravata ausente — nada tinha força para arrancá-lo ao espetáculo a que assistia, como um condenado prevê e projeta diante de si a hora de subir ao patíbulo.

A estátua equestre atravessou, escura, o gramado verde, e Lino Mano, todo de negro, tauxiado de prata, churrasqueiro voluntário e requintado, esgrimindo espetos sobre o braseiro como se temperasse espadas numa forja, estendeu na ponta do chuço carne a Claudemiro, que a mastigou enchendo a boca e deixando escorrer sangue pelas comissuras dos lábios — e só nesse instante Quinho sentiu que ou bem devia se esconder, para chegar à conclusão que buscava, ou atender ao repto boçal, que pedia funda e pedra natural, e, incontinenti, resolveu se esconder, ou pelo menos puxar mais a mesa para a sombra do balcão e de Iriarte, enquanto murmurava pulha, puto, pústula, menos pelo que dizia do que para disparar palavras explosivas, as balas de que dispunha.

Atirada a carne que lhe restava ao fila Molambo, que se postava ao seu lado, atento, para lambê-los na queda, aos pingos de sangue que caíam das mãos do dono, Claudemiro não desmontou e também não arredou o cavalo da entrada da varanda, como se esperasse alguma coisa, ou aguardasse alguém. E ao ver que, imóvel na sela, mãos nas rédeas, Claudemiro dizia alguma coisa a Jupira — não que ele parecesse falar mas Jupira se detivera, perplexa, como alguém que percebesse, numa praça, que a estátua equestre lhe dirigia a palavra — Iriarte puxou suavemente Quinho e sua mesa para o balcão, para a sombra do balcão.

Quinho chegou ao hotel para apanhar a máquina fotográfica e as lâmpadas, sobretudo as lâmpadas, trôpego mas lúcido, tal como se descreveria mais tarde, sentindo que, agora sim sabia como usar, na funda, a pedra que erroneamente transformara na véspera em gema lapidada e preciosa. Aliás errava como um filisteu em dizer erroneamente quando se tratava não de engano e sim de estágio, a saber, o da elaboração, que aos apressados pode parecer supérflua, ou ser, até, considerada um desperdício decadente, quando só ela manifesta as graças que, mesmo invisíveis, mesmo sacrificadas no processo, conferem nobreza ao trabalho final. A pedra da funda, fagulhante em suas mil cores, também devia morrer, como o grão de trigo, devia ser esmigalhada, triturada em farinha de morte, macerada num pó impalpável de fubá mineral para em seguida derrubar o inimigo: não despedindo raios à luz de um sol de glória que não brilhava mais no mundo e sim no silêncio úmido de suas entranhas. Ao novo gigante, que não teria Samuel nenhum a cantá-lo e incluí-lo na crônica dos primeiros reis, o cauteloso herói lhe *serviria* a pedra, moída, bem fina, dissolvida em tereré de mate.

Ao chegar, porém, lúcido e trôpego, Quinho viu que era impossível passar, apenas, pelo hotel, pois no quarto do hotel aguardava-o a breve sesta do perfeito amor, aquele que fora copulado no dia, e pouco antes da tragédia, ligado, portanto, não ao cinema e à morte, negros ambos, mas às doces aflições do tempo em que ele buscava, a respeito dos pélvicos músculos angélicos, alguma informação, tanto na prosa seca dos tratados, como na poesia, úmida e odorífera, dos brasões anatômicos, tanto na costura das sutras intimistas como até mesmo, um dia, de mãos postas, no sermão de Vieira sobre o O de Nossa Senhora.

Ali estava aquele ato de amor que, no cofre, na jarra, na redoma do corpo escuro mas translúcido de Lucinda luzia como um brinco, uma rosa, uma santa, ato sem dúvida escolhido pelo fogo a ele ateado depois, pela posterior consciência de que não tinha sido o simples ponto alto de uma série e sim o cume-píncaro, o copo para sempre suspenso no ar, quase a entornar mas finalmente a reter, de novo, o prazer não consumado, reavido vezes sem conta, mantido, sustido, sustenido.

Acordou chorando e sangrando, a mãe lhe dizendo que a tintura de iodo não ia arder nada e que ela bem tinha dito que menino pequeno não brinca com canivete, principalmente — Deus castiga — quando raspa forquilha de goiabeira, para, amarradas as tiras de borracha, matar passarinhos, pois esse tipo malvado de estilingue jamais seria honrado, na panóplia de atiradeiras dos livros de Samuel e dos Reis, com um nicho vizinho ao da funda de David.

31

Sem muito saber como, Jupira, indo embora, assomou um instante ao campo e ali estava em seu cavalo, acompanhado do fiel Molambo, Claudemiro, que não a deteve nem reteve, que de modo nenhum agia como se pretendesse impedi-la de continuar seu caminho, ou forçá-la a uma conversa, uma explicação, mediante qualquer demonstração de insolência, ou mesmo insistência. Ele que parecia — brutalizando o gramado, o campo, o mais sagrado palmo de terra da terra, fazer questão, entre a jagunçada e a cachorrada, de insultar e provocar a todos, um pouco a esmo, quase com uma confessa canastrice — falando com ela, ao contrário, estava quieto, semblante natural, um pouco para triste:

— Eu primeiro vou caçar mas quando voltar quero ter uma conversa com você e até lá só peço a você que tenha cuidado porque eu sei, me ensinaram, que tem gente que só sofre por causa dos outros, com o sofrimento dos outros.

Só falou isso e, com um leve toque de rédeas, virou o cavalo, tudo assim tão natural que talvez ninguém que passasse naquela hora por perto percebesse que tinha havido ali um contato, que uma frase, uma advertência tinha sido formulada e ouvida, e Jupira saiu, partiu, já agora com uma certa serenidade, não a serenidade de quem não tem o que temer e sim a de quem já sabe o que fazer, ou de quem antes sabia mas relutava em aceitar o que sabia ou fazer o que devia.

Parte do seu presente desconforto de vida era perguntar a si mesma, de forma quase incessante, por que não tinha contado tudo a Quinho no primeiro dia, no primeiro instante, antes que ele começasse seus estúpidos interrogatórios. Devia ter falado logo que haviam atravessado de carro a fronteira, quando ele a olhava com uma cara desorientada de causar dó — também, pudera, que cara há de ter quem imagina que se assenta, guiado por uma finada, num carro vermelho? —, a história toda, a qual perderia, assim, ou pelo menos teria enormemente reduzida a importância que iria adquirir, crescente.

Seu erro fatal não tinha sido a falta, que não cometera, e sim o adiamento da confissão, como se bastasse um silêncio culposo para corromper a inocência original, para contaminar a boa-fé anterior, sobretudo quando, ai dela! surgira também, posterior ao fato, o vago remorso de sentir que não fora um êxito absoluto a honesta tentativa de suturar para sempre, na cicatriz, o desejo.

Era consolo escasso a ideia de que Quinho, pelas perguntas que fazia, demonstrava pelo menos uma meia ciência das respostas que não recolhia: ou bem era assim, e a desfaçatez que via nela o levaria a duvidar de tudo mais que dela viesse, ou se agarrava às últimas dúvidas que, quando desfeitas, o afastariam ainda mais deste mundo.

Por que, em outros tempos, muito antes, não contara a Herinha a segunda parte do encontro iniciado na choça, reatado tantos anos depois, em igual ignorância e semelhante treva? Ela só esperava que essa dissimulação já histórica, tradicional, não passasse de frivolidade, faceirice do espírito, desejo de se enfeitar — cortesã? hetaira? loureira? rameira? da zona? por alguma razão ela gostava tanto, quando mocinha, de guardar esses nomes — para aqueles de quem gostava, de modo a aparecer o mais perfeita que pudesse.

Caminho de casa foi preparando na cabeça o relato que Quinho tinha tentado obter, e uma outra versão do mesmo fato, destinada a Herinha, já que a frase ouvida era como se Claudemiro, tornando-a uma Jupira transparente, tivesse dito a ela que o amor dela por ela mesma tornava muito mais vulneráveis aqueles que ela amava. Talvez não fosse bem isso mas a verdade é que, no momento de partir para a caça, Claudemiro, dissesse o que dissesse, parecia acertar até no que não via.

De certa forma, e já em casa, sentia ainda um certo prazer em contemplar a perspectiva de tantos caminhos que tinham saído do humilde larguinho de um encontro em sua vida (à medida que se afastavam os caminhos se alargavam, perdiam toda e qualquer proporção com o pequeno círculo onde tinham sua origem, e, se a mencionassem, iriam dar a impressão de provir de uma praça monumental) quando, de súbito, foi como se visse, no centro dessa praça imaginária, a massa formada pelo cão Molambo, a montaria, o cavaleiro, e ouviu a voz de Claudemiro, agora estentórica. Jupira seguiu para o hotel a dar o recado, que compreendia urgente, para comunicar, a quem de direito, a formulada mensagem, e bateu à porta de Quinho, uma, duas vezes, suavemente, certa de que ele, de volta da festa, dormia, e, quando ia dar a volta à maçaneta, ouviu atrás de si, informante mas principalmente triunfante, a voz de dona Firmina, que nunca lhe demonstrara maior apreço e que lhe dizia agora que o hóspede daquele quarto não estava, tinha acabado de sair, não, ela não sabia para onde, nem quando voltava, e não, ele não tinha deixado recado para ninguém... Aquela também, pensou Jupira, ao retirar-se, achava, por outras vias e intuições, por outros becos e travessas, que ela talvez não fosse uma influência boa, ou não trouxesse sorte àqueles a quem amava.

32

Caminho da fazenda Pantanera, ao volante do jipe, Quinho, numa agonia que custou a entender, pisava no acelerador como quem apalpa, a medo, um tornozelo luxado, evitando solavancos a ponto de quase parar o carro ao menor desnível da estrada, para em seguida engrenar a primeira suavemente e reiniciar a marcha, a contragosto, quando, na realidade, seu interesse naquele momento era chegar o mais cedo possível à fazenda desocupada pela expedição de caça. Só quando se forçou a acelerar com ímpeto e decisão, calcando o pé na tábua, como quem, sem outra escolha, fizesse passar o carro por cima de um corpo vivo e palpitante é que percebeu que andava por cima do talho da sua própria mão: a estrada de terra era a mesma que, na palma da mão esquerda, ia, ia, ia até seccionar a estrada real, a via vital, e, portanto, com o peso enorme do jipe corria o risco permanente de reabrir o lanho, não mais, tal como lhe ocorria desde que se ferira raspando a forquilha de goiabeira, de forma cíclica, feito um mênstruo, e sim como corte aberto que se comunicaria com o outro talho sangrento, da linha da sua vida.

Tinha acordado úmido e pegajoso, mas não era de sangue, e chorando, punhos cerrados, com a antiga cólera e humilhação que sentia sempre que lhe acontecia gozar antes, açodado e precoce. Lucinda o fitava desapontada, silenciosa, não pelo fato de haver ele gozado antes (muito ao contrário, ela sempre se esmerava em carícias e se desdobrava em carinhos quando isso acontecia, e ria dele, terna, até que ele a possuísse de novo, já tranquilo, másculo, resistindo à doce ordenha dos pulsantes, possantes anéis, até caírem os dois, em câmara lentíssima, sobre os suados lençóis transfigurados em cúmulos e cirros de beatífica cambraia) e sim por achar deslocada e tresloucada aquela reprise de uma antiga matinê quando se estendia lá fora a sombria noite do acerto de contas.

Chegou e conseguiu, na sua própria cabeça, como quem guarda a topografia de um endereço, estacionar o jipe longe do portão e a metros da linha da sua vida: no leito do talho mas distante ainda da confluência, de modo a fazer o que viera fazer e regressar tranquilo, ou relativamente tranquilo, pois ainda que machucasse de novo a linha dolorida e latejante da cicatriz, não atingiria a via proibida.

Foi, a princípio, cheio de uma vã cautela que transpôs as usuais defesas da Pantanera, agora desguarnecidas, e que chegou, sem encontrar vivalma, à senzala, relembrando, ou quem sabe revivendo — pois não saberia identificá-los como coisa lida, ou ouvida — lances em que, como naquele instante, o peregrino bate com o cajado à porta que sete chaves estariam trancando e vê com assombro que ela, rangente, se escancarou. No interior da senzala quem quisesse via, como Quinho viu, logo ao entrar, roupas de mulher empilhadas a um canto, como se a dona das roupas estivesse tomando banho, ou, melhor dizendo, as donas, já que de tudo havia aos pares — sapatos, calcinhas, sutiãs, vestidos —, e, à falta de qualquer banheiro à vista, tinha-se a nítida impressão de que haviam se despido para entrar nas respectivas covas, pois ali estava, em dois pontos, a terra remexida, revolvida e recomposta depois na forma de dois baús, clássica, de túmulo fresco, faltando apenas, por cima de cada um deles, uma cruz que dissesse Corina Hernández, outra cruz que rezasse Violeta Linares, e, esparzidos por toda parte, agapantos, digamos, lilases e brancos, umas saudades, uma coroa a registrar em letras de ouro o último adeus de Claudemiro, o Onceiro Varjão.

Aquela última foi a mais breve e feroz das caçadas do Onceiro, uma espécie de expedição punitiva que comandou, do seu cavalo andaluz-guaicuru, o qual mais parecia carranca de barco, ou encilhado hipocampo, nas águas do Pantanal, cercado de cães nadadores a romperem com o peito de quilha as águas floridas de ervas cheirosas, plantadas no fundo de relva, de pasto e campina. As águas lambiam firmes e coroas, ilhas que ilhavam macacos, porcos monteses, e também onças náufragas, trepadas nas árvores, esperando talvez o reflexo, nos seus olhos verde-mar, de alguma vela de bote e não de encilhado hipocampo.

Nas primeiras ilhas começou, quando o sol ainda brilhava, alto, a carnificina do Onceiro — começou por um maracajá que o Lino capturou vivo, numa rede, e cujo rabo o Varjão decepou, para guardar no arção da sela com um gesto furtivo — como quem esconde um raro objeto, de muita estima, ou então a prova de um crime, o testemunho de uma incurável vergonha — e acabou nas trevas, no grosso escuro que não permitia lume nenhum em espora, estribo, castão de rebenque ou prego de arreio. De volta à cidade os caçadores, determinados, ao que parecia, a compensar com bulha e matinada o que faltava em luz, sopravam buzinas por cima do alarido da matilha, despertando o povo, tirando da cama os casais, as famílias que aqui e ali pregavam na noite tenebrosa, como bandeirolas, janelas acesas, como se a cidade alarmada se aprestasse para receber com luminárias de última hora algum bárbaro tuxaua guató que só agora arqueólogos tivessem desenterrado, vivo, e que vinha vindo, com a tribo, do ventre da floresta, fazendo o cavalo caracolar e dançar entre seus xerimbabos e os mimos que trazia de presente, e que eram, pendentes de embiras e cipós atados em varas, gotejantes ainda de sangue, nada menos, a saber, que onze onças — quatro canguçus, quatro suçuaranas e três pretas — além de cinco jaguatiricas, entre as quais figurava a desrabada, maracajá-cutia, que se esvaíra à morte em sua rede, semeando gotas de sangue pela chaga da cauda como Jurupixuna grãos de milho pelo furo do embornal. Havia ainda um ror de macacos, empalados em série num varapau de mogno, como se estivessem prontos para assar, em giros do vasto espeto, sobre um fogo brando, e, fechando o cortejo, em três gaiolas de galhos verdes, três onças vivas, apenas picadas de zagaia, ou trincadas de bala, cercadas dos filas que as cortejavam e por elas ardiam, sonhando cravar os dentes no macio das virilhas de pelúcia, nas gargantas de cetim.

Às janelas iluminadas e portas entreabertas assomavam caras estremunhadas, que, no olharem o cortejo com apreensão, formavam vidraça de velha igreja, caras do povo de sempre, sem coragem de falar alto mas dando tudo para perguntar se tanto sangue assim podia secar antes que alguém prestasse contas, ou antes que, não havendo resposta, o filete de sangue, afluído e encorajado por ribeiros tributários, começasse a se gerar a si mesmo, dos currais correndo às matas, das matas correndo às casas.

Escuros, embuçados nas furnas que eram eles próprios, alheios à algazarra de cães e tropa, o Onceiro e seus cavaleiros passavam sem nada ver, nem olhar para ninguém, entornando no pó, agora que estavam perto de casa, a água dos cantis, para enchê-los com a cachaça que os fazia soltar, de quando em quando, algum berro indecifrável, meio aboio, meio urro e palavrão.

À luz de um lampião de querosene, armado de pá e ancinho e relembrando, como um pecador, culpas mortais, e mesmo as veniais, há pouco cometidas, de modo a cumprir, sem náusea ou engulho, até remissão de pecado e expiação, a devida penitência, Quinho gradava, alisava a terra para fazer aflorar, sem dano maior, como um tubérculo, a carniça das que haviam sido Violeta, Corina, e depois fixar-lhes o que sobrasse da cara à luz de flashes que criavam um dia lívido entre ferragens, gargalheiras, correntes de suplícios para sempre olvidados. Meio detetive, meio deus-ultor, de vingança e reparação, filosofava que, sem deixar traço, para nem falar em algum inimaginável daguerreotipo, os ali supliciados, outrora, no máximo teriam tido a morte registrada num livro de assentamento, com um nome mais racial, ou geográfico, do que propriamente de gente, Maria Fula, Antonio Mina, Zefa da Costa, Pedro d'Angola.

Assim, iludindo, na medida do possível, com pia meditação e erudição histórica seus cansaços de coveiro um tanto maníaco, a exumar e sepultar de novo os corpos de Corina e Violeta, Quinho resolveu enrolar e atar em trouxa as roupas e pertences de ambas, numa febre, num delírio, pensando em carregar tudo para o jipe, transportar tudo no avião, como quem embala os itens de uma exposição. A isso, precisamente a isso o estimulara o sereno silêncio da Pantanera: ao planejamento que fazia, olhos semicerrados, pulmões semifechados por trás de um lenço atado ao rosto contra o odor pútrido, da reconstituição, numa mostra europeia, da própria senzala, o grande guignol. Respirando cauteloso, temendo, diante dos miasmas, seu velho vezo de encher os pulmões, recuou, máquina assestada, para, como quem descobre numa caverna um mural pré-histórico, não perder, no tropel, um só casco de antílope, e sentiu, primeiro, o leve toque no ombro, como se alguém o chamasse, e a seguir, voltando-se brusco, sentiu o bico da bota imunda na cara, leve, porém, como se o pé boiasse brando em águas escuras: um pendente pé de enforcado, cuja cara, lá em cima, era invisível, entre as traves e as trevas do teto, lá em cima do corpo desenhado, a partir da sola das botas, pela lanterna elétrica de Quinho, que finalmente arrancou ao escuro as feições de Errázuriz, Edmundo Sem Fundo, irresgatável agora, inegociável, não mais correspondendo a depósito nenhum, cheque sem fé ou fidúcia, incinerado, longe dos lucros, incorporado aos logros do banco.

Hirto, a segurar pela ponta a corda, para arriar o cadáver de Sem Fundo, mas tremendo tanto que mais parecia um sineiro doido a repicar um morto, Quinho passou a mão esquerda pela garganta, sentindo ali a própria corda que tinha na direita, e quase caiu num desmaio de fedor e de horror, do qual despertou logo, os cabelos se eriçando nos braços, no peito, na cabeça... Não! Deus não ia permitir! Não! Não ouvia patas, berrantes, trompas, esturros e miados! Me acuda Mãe Silvaria, me acuda!

Excetuados os cães — agitados, aos saltos em torno das gaiolas onde as onças vivas os fitavam com severo ódio, expresso em esturros breves e ocos, emitidos de cara à banda — que, talvez por isso mesmo, pelo que destoavam do cansaço geral, foram fechados, aos pontapés e chicotadas, no canil fronteiro à senzala, o esgotamento dos homens e dos cavalos se desprendia deles como um bafo, uma catinga de couros, pelos e peles, os homens apeando das montarias como se se descolassem das selas. Mesmo assim, tropeçando um no outro, mal aguentando com os arreios que tiravam do lombo dos cavalos e atiravam ao chão, não iam deixar de lado a fruição e as alvíssaras pelos trabalhos realizados, o sacrifício oferto a si mesmos.

Começaram, Claudemiro, Dianuel, Lino Mano, Melquisedeque e o Paraguaio — entre os corpos de cachorreiros e cavalariços já deitados no chão, adormecidos entre barrigueiras e pelegos, cabeçadas e freios ainda espumosos, como se fossem eles próprios cavalos mortos, juncando um campo de batalha — a preparar, à guisa de merenda e refrigério, a esfola, amolando na pedra os machetes, cada um o seu, lentos mas aplicados, despertando no ferro o fio e a ponta. Duas onças e duas jaguatiricas, pés e punhos atados, foram presas de costas às argolas de ferro de dois mourões, os bichos esticados, cara para o alto, expostos da mandíbula inferior à virilha para que a ponta das facas riscasse uma picada que se fazia logo rubra e da qual minava, entre miados e rugidos, um sangue grosso, para dentro de um tacho de cobre.

De primeiro um pouco por sestro e graçola, para afetar uma de besta bagual, que tem anos não vê cerca, nem vaqueiro, nem curral, mas depois na seriedade — pois tem sempre a crença, não é mesmo, que só não acaba e se fina feito resto-de-onça caçador que da onça participa — Melquisedeque mergulhou a caneca de folha num dos tachos — crespo, encapelado, pois por cima a onça que sangrava ainda estrebuchava — e virou uma talagada de sangue, cortando logo, no bocal do cantil, com outra, de cachaça, e bochechou depois, cuspindo um álcool róseo e pondo a rir os outros que, concelebrantes, levantaram no ar, com gestos medidos, antes de beber, caneca de sangue e pichel de cachaça.

Vagamente rixentos sem saber ao certo por que, Melquisedeque e Lino Mano se atracaram, e, empurrados pela cara, apartados, separados pelo Paraguaio, acabaram por cair os três, ao lado de um macaco meio degolado por Dianuel, tudo num bolo, num estupor.

Claudemiro, ora num pé ora no outro, prestes a desabar por cima dos companheiros, lembrou de repente, como se levasse uma flechada no meio do peito, Jupira, e, num assomo de ódio, foi até Jurupixuna no seu pau de arara, cuspiu na cara do macaquinho morto, tirou depois da braguilha o caralho, que a lembrança tinha endurecido, e mijou, imparcial, equânime, em cima de cada um dos que dormiam. Feito o que sacudiu, já mais murcha, a vara, três vezes, cambaleou até o alpendre e se deixou cair dentro de uma rede.

Quinho saiu da senzala para um terreiro onde, mais do que nunca, só os cães pareciam vivos, marchou direto para o grupo de macacos que tinha visto de longe, que lá estariam, sem dúvida, antes da caçada, esfolados e eviscerados alguns, crucificados outros dois, corpulentos. Os dois macacos crucificados — a cabeça de um pendia para o ombro esquerdo, a do outro para o ombro direito — tinham pregos cravados nas mãos, já quase esgarçadas até a raiz dos dedos, e guardavam, por assim dizer, a entrada ao círculo em que vários outros macacos pendiam de paus de arara, o oco, a fêmea, o eixo do círculo sendo o mais pequeno, isolado, visível entre todos não só como astro que era do carrossel como pelo embornal que trazia ainda a tiracolo: Jurupixuna, um galho novo e roliço a vará-lo do cu ao gogó. O sofrimento tinha acentuado, no Pixuna, o ar, sempre seu, de criança, agora de criança descoberta dias depois do sequestro, sevícia e assassínio, da busca aflita, das pistas falsas, contraditórias, pois o Pixuna começava a se decompor: quando Quinho tocou com a mão, para desafivelá-la, a correia do embornal, o breve corpo se libertou afinal de corda e galho e caiu na terra. Quinho, recolhido o embornal onde — sentiu com os dedos — permaneciam grãos de milho, cobriu de folhas verdes o morto miúdo.

Em seguida, pronto para partir, Quinho largou por um instante o embornal de Jurupixuna e a trouxa das roupas de Corina e Violeta, retirou, no chão, debaixo da onça preta, sangrada pelo próprio Claudemiro, o tacho de cobre que lhe aparava o sangue, ainda gotejante, em grossos pingos, atravessou, com o tacho, e com cuidado para não entornar o sangue, o terreiro até a rede de Claudemiro, e começou a regar, com o sangue morno do gatão preto, o Onceiro e sua rede, aos poucos, judicioso, vertendo o molho nos cabelos, primeiro, depois, em fio fino, de modo a encher tímpano, pavilhão e concha, na orelha, de onde transbordou pela cara, pela asa do nariz, pelo pescoço, e foi encharcar, pela gola aberta da camisa, os sovacos, o peito. Daí, bem de perto, mantendo um fluxo suave, tépido, Quinho irrigou o ventre, a entreperna, inundou, pelo cano das botas, as canelas, os pés, atento, metódico, para que nada escapasse ao primeiro reboco, à saturação seguinte, e, empapado Claudemiro até inchar, feito uma esponja de sangue, até ficar o Onceiro como ficavam, na fazenda, para treinar onceiros, os bezerros-isca, Quinho pegou de novo, para ir embora, trouxa de roupa e embornal.

33

Jupira ouvia, como sinal de vida desperta, vigilante, o pio, em alguma árvore, de um pássaro noturno, e, pela porta interna do seu quarto, aberta, a respiração de Herinha, no quarto contíguo. No mais, descontado aquele pio, o mundo fora podia ser um bicho só, dormindo torvo dentro do seu couro eriçado de cerdas, debaixo duma negra paineira ouriçada de espinhos, e da casa imersa em silêncio ela escutava, repetidos, velhos segredos, desses de que só os insones têm consciência e notícia. Dois desses segredos, quando ela os contara, em conversa, tinham encantado Juvenal Palhano: a mais que centenária cômoda de jacarandá-cabiúna tinha guardado no cerne uma recordação, um trauma, para falar linguagem moderna, que Jupira imaginava provindo das machadadas que a haviam derrubado, na sua existência arbórea, pré-mobília, pois não estalava, como outros móveis, gemia, sem sombra de dúvida, numa espécie de espasmo, de falta de ar, em três tons de cada vez, três vezes por noite, mas sempre com gravidade estoica, enquanto que, relativamente jovem ainda, mas de um gonçalo-alves muito mais leve, e frívolo, a cristaleira, achacada, reumática, se plangia em suspiros e ai-jesuses, mal a casa se aquietava, queixando-se do peso dos vidros e porcelanas em cima das prateleiras, lamentando-se dos batoques de pau em suas articulações e juntas.

Mas quem de fato gemia e suspirava aquela noite, a ponto de não prestar ouvidos à dor nobre da cômoda, às lamúrias da cristaleira e de nem tentar a contagem, a perder de vista, de panúrgicos carneiros a sumirem, um a um, pela amurada do navio e mergulharem, por interstícios de onda, num imóvel mar couraçado de escamas de sono, era Jupira, presa a uma angústia e solidão como nunca sentira, nem quando à espera do lacrau, pois sabia, naquela ocasião, pelo inchaço de Herinha, que o inimigo existia, e que, assim, não deixaria de comparecer ao encontro — o outro, o excomungado que de fato viera mas fora sacrificado, estourado na palma da sua mão. O resultado é que uma outra insônia, por medonha que fosse, como a presente, colocava sua aflição diante de um vazio ladrilhado, luminoso, frio, nada a esperar, ninguém a atrair.

Ou haveria alguma coisa, alguém? Por que não havia de haver, também no outro reino, muitas moradas e mansões, muitas grutas e grotas, habitadas por muitos lacraus? E Jupira abriu os braços no escuro, se oferecendo de novo fosse lá ao que fosse, ou a quem fosse, viesse de onde viesse, lacrau ou burlador, contanto que fosse, que viesse, que trouxesse de novo, se necessário num ferrão, ou num membro, a comunhão...

Jupira ouviu na veneziana da porta que dava para fora, para o quintal, o toque de nós de dedos — toc! toc! toc! — e tratou de desfazer rapidamente o trato, de desrezar a prece, dirigida sabia lá a que ser de sarcástica eficácia: um lacrau, por mais que o animem forças que apenas assumem sua forma para perseguir as pessoas, passa debaixo de portas mas não bate nelas, com os ossos dos dedos que não tem. Era o outro lacrau, só podia ser, mas seria expulso, rechaçado, até se convencer de que ele também tinha sido esmagado, entre seus joelhos — e Jupira agora fechou os joelhos, debaixo da camisola que arriou até o tornozelo, e se levantou para olhar pelas lâminas da veneziana e dizer, berrar, se fosse preciso, ao Varjão que fosse embora, que ela ia, como uma donzela importunada, chamar o velho Iriarte.

Mas antes veio a Jupira a ideia de fechar a porta que dava para o quarto de Herinha, para deixá-la dormir em paz, a pobre, cansada de procurar Jurupixuna, e veio então, também, outra ideia, ou esperança, a de que, quem sabe, alguém achara o bichinho, o macaco, e vinha entregá-lo. Mas logo, na certeza de que só são corretos os maus pressentimentos, a si mesma perguntou Jupira, parada no meio do quarto, entre portas e desânimos, que faria se o macaco estivesse de fato voltando, mas pela mão do Varjão?

Tentou enxergar pelas frestas da veneziana, ver quem seria, perscrutar, num mínimo, as feições, captar um fio de voz, e, mal se aproximou, ouviu claramente a voz de Quinho, num sussurro, é verdade, mas clara e dele, que lhe pedia que abrisse, por favor. Uma vez dentro do quarto Quinho falou rápido, não como quem dissesse o que dizia, ou quem falasse palavras e formulasse, assim, alusões a fatos, e sim como quem entra e tira dos ombros um fardo, um volume pesado feito chumbo, um cadáver, digamos, e o deposita no primeiro banco, na primeira mesa que aparece:

— Está morto Claudemiro Marques. Morreu. Não toquei nele, juro, nem fiz nada, mas ele morreu, e ninguém vai saber direito de que jeito foi, eu te afianço, porque tem muita gente que morre feito ele, por aí afora, quer dizer meio de acidente, meio de morte mesmo, o sujeito sozinho, não é verdade, e quando a gente vai espiar: morto, liquidado, aniquilado.

E, como Jupira não dissesse nada, se limitasse a olhá-lo, braços bem cruzados, trancados sobre os seios (porque até agora seu corpo não tinha recebido a mensagem, a informação acerca de quem era o recém-chegado), incapaz de fazer mais do que fazia, isto é, de se manter de pé, olhos bem arregalados e olhando Quinho, ouvindo o que dizia Quinho, agora em tom mais alto, como acontece quando suspeitamos que a pessoa a quem nos dirigimos é surda:

— Eu tinha outra coisa a fazer? Responda, por favor, diga se eu tinha. Podia agir de outro jeito, depois do que, anos e anos a fio, de dia e de noite, prometi, jurei a Lucinda?

E, a seguir, num tom não se poderia dizer de triunfo, que não era o caso, nem a intenção, mas no tom itálico e grifante de quem lembra, de súbito, a prova material daquilo que afirmava, sem a qual o argumento se desconjuntaria, podendo parecer que falava em causa própria, autística e subjetiva:

— Eu devia essa morte a Herinha também, e juro que alguma dúvida, se ainda existisse em mim, teria se dissipado quando pensei em Herinha, juro, pelo que há de mais sagrado, tão patética ainda ontem, vestida de seda, não é verdade, creme, não estava? Gola de renda. Ela estava o tempo todo perguntando, querendo saber do macaquinho, olhando o alto das árvores mas pronta até para descer ao inferno, não é verdade, você viu, de vestido novo e tudo. Eu desci, está me entendendo, desci mesmo, fui fotografar as mortas e desci até o fundo. Olha, olha o que eu encontrei.

Na mão de Quinho o embornal de Jurupixuna, que fez Jupira se voltar, automaticamente, para a porta de comunicação, que tinha fechado, que viu agora entreaberta, a fresta ocupada pela mancha vaporosa do vulto de Herinha, e, de certa forma, Jupira preferiu que assim fosse, que Herinha ouvisse logo o pior, pois, caso contrário, a ela, Jupira, caberia contar depois, talvez mentindo, ou pelo menos falsificando, por pena ou covardia, alterando, em todo o caso, adoçando, enquanto que agora havia aquele Quinho implacável, que pensava menos em Herinha do que nele mesmo, em suas viagens, em Lucinda, enquanto erguia, como um promotor teatral, o embornal do macaquinho:

— Jurupixuna foi torturado feito gente, Jupira, feito Lucinda, feito seu noivo, foi estrangulado e empalado como um comunista, atormentado, pendurado na vara dum pau de arara e varado por outra vara, nas entranhas dele, como se quisessem que ele desse endereços, dedurasse os outros, falasse e falasse.

— Quinho...

Quinho ainda falou, mas sem saber por que, ou deixando para pensar depois o motivo, achando que devia, que havia ali uma pertinência que o cansaço não lhe deixava ver, ou talvez se valendo do cansaço para dizer aquilo, para cortar, aliviar no peso seu pão de culpa, indigesto, mal cozido, dando a outrem uma côdea, uma crosta.

— Ele deve ter interrogado o Jurupixuna a respeito da gente, de nós, que estamos vivos, e que ele queria mortos, pelo menos eu.

— Quinho.

— Eu sei que não devia ter vindo aqui a esta hora, com uma notícia assim, mas eu queria que você soubesse logo a verdade, queria trazer o embornal, queria me despedir também, porque vou embora, não tenho mais nada a fazer aqui e sei que não vou mais ter paz, nem, se ficar, sossego, ou vida. Saber no duro o que é que aconteceu ninguém vai saber não, só você, e eu sei que de você não passa. Eu te escrevo, te espero, te quero e quero que você traga Herinha, carregue ela para longe daqui, mas agora olhe, eu vou sair logo do hotel, vou para Puerto Suárez, antes que raie o sol. Eu conto uma história qualquer para Dona Firmina, pago a conta e me mando de trem antes que comece todo o mundo a falar e eu acabe ficando aqui, sei lá, paralisado, ou sendo talvez preso, não, isso não, por enquanto não, que ninguém sabe de nada, só você, e talvez até ninguém nunca saiba, mas...

Jupira de repente, e pela primeira vez desde a entrada de Quinho, desprendeu a atenção do que ele dizia, despregou os olhos da cara dele, e viu, aterrada, que a camisa de Quinho tinha manchas de sangue, grandes, apenas secas, algumas, ela diria, ainda úmidas, nódoas de sangue sabe-se lá de que, de quem, mas que tornavam concreta, vermelha, rubra, a história contada, mal contada, ainda passível — como pensava ela até um segundo antes — de dúvida, de alguma dúvida, de ser em parte delírio, mas que agora não, pois ali estava escarlate, a prova provada, a, por assim dizer, verônica da história, a camisa.

— Tira a camisa, Quinho, você não pode dar um passo na rua assim, não pode sair assim, ser visto assim, você entende, não é, por nada neste mundo, que vão ver logo que você matou, ou que tem que provar que não. Vamos, tira a camisa que eu lavo ela num instante enquanto você senta aí, descansa um pouco, vê se dorme um minuto, depois a gente conversa, e você vai para o hotel, ou vai direto para Puerto Suárez, não, isso não, a gente pensa, a gente resolve.

Quinho se deixou escorregar, peito nu, na cadeira, e, morto de fadiga, fechou os olhos, verificando logo que tinha impressos por dentro, no avesso das pálpebras, as onças no tronco, os macacos na cruz, o homem mijando, o homem na rede, os tachos de cobre, o sangue correndo, escorrendo, o ruído do sangue transferido da onça para o tacho, cantante agora, feito um eco, na água a correr da bica do tanque distante.

Sem pensar em nada, Jupira esfregou e ensaboou a camisa de Quinho — sangue de caça? de caçador? — e depois esfregou, espremeu, ensaboou de novo, enquanto escorria para a bacia água ainda colorida, delicadamente, de carmim, um aguado vinho tinto de criança se habituar, aprender, de pequena, a beber. Depois, com gestos que procurava manter costumeiros, apenas eficientes, gestos de todos os dias, mas que teimavam em adquirir uma desproporção à tarefa, um inexplicável gigantismo, se dispôs a secar depressa a camisa enxugando-a entre toalhas felpudas, que cobriam a mesa inteira da cozinha; abrindo-a depois ao vento quente da noite, com pegadores a esticá-la pelos punhos, pelas fraldas, até transformá-la numa espécie de vela de barco; deitando-a feito um lençol no quarador; ligando o ferro de engomar para a secagem final — contanto que se livrasse da camisa expungida, redimida, vestida e abotoada em Quinho, que assim partiria, iria embora para a casa dele, para o hotel, deixando-a sozinha, com as manchas que quisesse, as nódoas, as máculas, mas sozinha.

Sozinha, quer dizer, com sua menina, sua filha, que sabia de tudo, ouvira tudo, que entrara no conhecimento do mal, da morte e da desordem que era a vida, Herinha... Jupira deixou a camisa meio seca, meio pesada, úmida, ainda embolada nas mangas, meio passada a ferro, franzida ainda nas costas, e, no quarto de Herinha, viu a filha deitada, olhos fechados, mas, de perto, quando se debruçou sobre ela, viu no rosto, na face, nos cantos da boca, o brilho das lágrimas, e ao lado da menina, no travesseiro, o embornal de Jurupixuna.

34

Euzébio, do posto de gasolina, ia berrar, da cama mesmo, que a bomba não funcionava à noite e que, ainda por cima, ele não tinha nenhuma gasolina para vender, quando se conteve, ao perceber pelo vidro de sua janela de guilhotina que o ruído que tinha acordado ele não era de carro, era de cavalo, ou talvez, quem sabe, de mula sem cabeça, mas refletiu que não, não devia ser, já que o animal avistado pelo vidro não tinha sela nem cavaleiro mas tinha cabeçada e onde iria uma besta sem cabeça enfiar cabeçada, e com que dente morderia freio?

Abrindo a boca, mal desperto, e, pelo sim pelo não, se benzendo com a mão esquerda, Euzébio ia de novo cerrar, com a direita, a janela de pau com ferrolho que protegia por dentro os vidros da guilhotina, quando, concertados, um berro de homem e um relincho de besta pareceram articular, com ê bem aberto, o nome Euzébio, o seu dele, exatamente. Muito assustado, preferindo, em princípio, desaparecer mas considerando que, quando a gente não é ninguém, e, pior ainda, não é ninguém no meio da noite, a melhor maneira de agir é não irritar nem homem nem duende, obedecendo, cumprindo qualquer ordem recebida, Euzébio, se persignando com mais fervor, suspendeu a metade inferior da janela, disposto a parlamentar com homem ou mula, e constatou, cheio de alívio, que, meio escarranchado no cavalo em pelo, deitado por cima das crinas, tinha gente, homem humano, e além do mais conhecido, tal de Lino, da Onça, só que de cara tão terrosa, tão desfeita que ele sim devia ter topado com a mula sem cabeça, que a estas horas estaria por aí, com a sela roubada do lombo do cavalo de Lino, o qual Lino todo vestido de preto como sempre, mas imundo, Deus me perdoe, fedia de várias inhacas, tais como mijo, cagada e vômito, e talvez mesmo uma pitada dessa catinga do cão, que sai de racha do chão.

— Vai, Euzébio, no secretário Trancoso, e diz pra ele que a onça, a onça não, as onças, comeram o Onceiro meu patrão, comeram, mastigaram, sem engolir mas mastigaram mesmo ele, as onças que vieram com a gente do mato vivas, em gaiola de pau verde e embira, e eu vi ele quando acordei depois da caçada, feito uma papa de sangue, de terra e de couro. Vai e conta pro doutor Trancoso o que é que foi que as onças que vieram do mato com a gente fizeram com o Varjão meu patrão, e só com ele, que a gente dormindo estava, dormindo ficou. Eu volto pra Onça que o Paraguaio ficou, sei lá, ruim do miolo, ou pior, passando do embrutecido pros assassinatos de tudo que via na frente dele, e dizendo o tempo todo que o dia da caça raiou, que acabou o dia da gente e os tempos viraram do avesso, e sabe como é, a gente nem leva a sério essas besteiras que a gente diz só por dizer, feito esse negócio de dia da caça, que a gente só fala mesmo porque repetir o que a gente ouviu e sabe é mais fácil e ninguém duvida ou pergunta. De repente, de sopetão, a coisa tem vezes que vira verdade, e vem o dia da caça de verdade, que a gente vê e cheira, e eu acho que esse dia não raiou só na cabeça do Paraguaio não. Vai, Euzébio, e fala tudo isso pro Trancoso.

35

A cada lado do campo, diante de cada uma das metas, os dois grupos de cavaleiros pareciam prestes a iniciar não uma partida, um jogo — entre eles não havia qualquer espécie de pela, bola ou pelota — e sim um combate, um torneio à moda antiga, simulado, naturalmente, como Jupira tinha visto na roça, entre mouros e cristãos. No entanto, em lugar de se porem a galope um contra o outro, atroando os ares com preces, palavrões e vitupérios, ou talvez cantando eu sou pobre de marré de si, os dois grupos se acercaram um do outro, se enrascaram e se completaram como um verme que, picado em fatias, seccionado, se reconstitui, ou um cão que corre atrás do próprio rabo, e desfilaram diante de Jupira em tão furioso galope que, com o tufão assim gerado, arrancaram-lhe, estourando os botões, a camisa de Quinho, que ela vestia, com dois resultados os mais inconvenientes e vexatórios: como estava sem sutiã ficou de seios ao vento, é bem verdade que os seios da outra, mas tentando, honesta e modesta, já que lhe tinham sido confiados, ocultá-los, cruzando os braços, dos cavaleiros e da compacta multidão que os mirava, e, perdido assim o uso dos braços, não conseguiu recuperar a camisa, a qual, erguida no ar por cima dos cavalos, transformou-se em estandarte branco e vermelho, devido às manchas de sangue, que aliás trocavam de cor e de lugar, enrubesciam, avermelhavam no peito para esmaecer nas costas, empalideciam e voltavam, ultrajadas, ao escarlate, a ponto de verterem de repente sangue.

Sentada ao lado de Quinho, ao pé da janela, Jupira despertou do cochilo com um sobressalto, olhos pregados de novo na camisa dos seus tormentos, que colocara na cadeira em sua frente, e a fitava, mal passada mas pelo menos branca de novo, livre de manchas pardas, de um encarnado escuro ou simplesmente vagas, ameaçadoras. Jupira, olhos ardentes, secos, não conseguia, por mais que tentasse, dizer da camisa que agora pelo menos estava limpa para não descrever indiretamente como sujo o sangue que a água e o sabão tinham soltado do tecido de algodão. E o pior, pensava rápida, para não pensar no sangue, não era a camisa, e sim, lá fora, a luz do dia e os ruídos vindos da rua, vozes altas demais para horas tão de sono ainda, vozes sem dúvida de cidade que descobriu um crime, um assassinato em seu seio e busca o assassino para se purificar, extirpando-o, vozes muitas, misturadas ao tilintar das garrafas de leite que entregava pelo bairro, em sua carrocinha de burro — o burro, Mimoso de nome, se detendo, independente de qualquer comando, em cada esquina, olhos semicerrados entre os antolhos —, o Salcedo, plantando em cada soleira de porta, feito um lírio, uma garrafa de leite, e voltando à boleia e às rédeas para andar até o quarteirão seguinte.

Abrindo a porta que dava para o quintal e olhando, de longe, a rua por entre as árvores, Jupira viu que, na calçada dos vizinhos, estava não só o Salcedo — tagarela, falando em timbre quase esganiçado, fora do seu tom quieto, casmurro quase, resmungão dia de cobrança de conta — como um outro, a falar ainda mais claro e autoritário, sem dúvida contando um caso em que entravam palavras como assombração e até milagre, e que, tanto quanto Jupira podia julgar a distância, parecido, de figura e fala, com o Euzébio da bomba de gasolina, os dois cercados de um grupo de gente vestida pela metade — calças de brim com paletó de pijama, chalé, ou avental, por cima de camisola, olhos ainda cheios de sono e já cheios de cisma, cabelos por pentear franjando testas franzidas — e a primeira frase do Salcedo que ela ouviu completa, clara, foi:

— Pelo sim, pelo não, o melhor é vocês fecharem bem porta e janela com ferrolho, chave e tranca que diz que as onças estão tudo saindo dos matos.

De chinelos, de roupão por cima da camisola, Jupira, que quase temia que lhe vissem, na rua, o coração batendo alto, martelando suas costelas como um demolidor a atacar a parede interna de uma casa, foi até o portão, onde, em volta do leiteiro e do Euzébio, bastante gente se juntara, uma espécie de cortejo de pessoas que sem dúvida não se cansavam de ouvir de novo, a cada recém-chegado, a história, a mesma história, à qual, quase sem querer, iam agregando, como moluscos, ostras e cracas em casco de navio, suas próprias intuições e conclusões — a história do prodígio e assombro gerado na floresta e que entrara numa encarnação tão fulminante que já se manifestava e se distribuía entre as pessoas junto com o próprio leite de todos os dias.

— Se acalme, Seu Salcedo — disse Jupira, sorridente, afetando uma leve zanga mas, principalmente, demonstrando bom-humor matinal, reclamando do alvoroço mas pronta a esquecê-lo, quando informada de sua causa —, se acalme senão com essa bulha acaba azedando o leite da Herinha e tirando o Mimoso da serenidade dele. Olha só como ele está de orelha em pé e cara de susto.

— E pela luz deste dia que eu espero que tenha piedade da gente, Dona Jupira, eu acho que o Mimoso deve estar mesmo assustado, porque os bichos têm muito mais o saber e a força do instinto do que nós, e até do que os índios do mato, e por isso Mimoso já ouve, feito uma varejeira, o perigo que zumbe no ar, a zoeira das feras que estão se agrupando, afiando dente em osso velho e sonhando com a carne da gente, que diz que quando Deus castiga feito antigamente, pelas feras, é que foi ofendido ferozmente pelos homens, e então fica cego e não separa mais dos pecadores, nem poupa, o rebanho dos inocentes não. A senhora pegue o leite da menina e se tranque, se feche que o Onceiro Antero Varjão tanto fez, tanta artimanha, maltratou de tantas formas o Senhor e sua criação que os bichos se revoltaram, saíram do Pantanal, estão a caminho.

E como Jupira, sobrancelhas erguidas, braços abertos, aparentando, sem dúvida possível, terror, pedisse mais luzes, outras revelações que explicassem a invasão anunciada, Euzébio, calando o Salcedo, e mesmo outros dos que o seguiam, para que não repetissem, na frente dele, a ele próprio, por assim dizer, o conto que lhes contara, que era seu, contou:

— Uma onça comeu ele, o Onceiro, uma onça que eu quase vi, ainda, a senhora se benza e ouça, porque quando o Lino Mano, todo de preto feito a onça que comeu o Antero, me narrou o caso, a onça, que quase comeu ele também, quando ele dormia depois da caçada, ainda estava toda representada nele, transferida nele, feito uma estampa, acho que pra todo o mundo que chegasse perto dele, do Lino Mano, recebesse o aviso, vendo o medo, o pavor do Lino na cara dele e nos rasgões da roupa preta, e o aviso eu acho que é que os bichos estão saindo das furnas e das locas e vai tudo aparecer no quintal da casa da gente.

Quinho ouviu a voz de Jupira, branda primeiro, depois forte, mais forte, e finalmente abriu os olhos para ver diante de si uma Jupira muito mais para Juju, muito diferente daquela que ele tinha acordado ao bater, com os nós dos dedos, na veneziana, uma Jupira de olheiras fundas mas de faces rosadas, cor de penugem de peito de sabiá, triunfante, esquecida talvez de que o que tinha nas mãos era uma simples garrafa de leite, porque a segurava — as longas mãos caboclas contra o vidro — como se fosse um cibório de opala, opaco e denso.

— Quinho, vem aqui fora, vem ao quintal, vem escutar o que estão falando nas ruas. Veste a camisa, pode vestir que ela está branca outra vez, não está mais... manchada, de sangue nem de nada, vem até a mangueira e se embosca lá para ouvir, para ver as caras dos que falam no milagre que aconteceu na fazenda, talvez o milagre da alegria da Lucinda.

Para si mesma, Jupira completou: o milagre, também, da imolação de Claudemiro, que estava bem sereno, quase triste, quando me falou pela última vez.

Apesar de já ir clara a manhã, muitas das casas que se abriam deixavam, nos cômodos internos, lâmpadas acesas, e um sem-número dessas lâmpadas foi ficando por apagar até sol alto no céu, pois a surpresa, o mistério das vozes que vinham da rua, desmanchava, antes que se completassem, os gestos banais, de todos os dias, ou tornavam quase indecente, ímpia, mesmo, a rotina de apertar comutadores ou vigiar panelas: em muitas cozinhas o leite entregue por Mimoso e Salcedo ferveu no fogão até desabrochar numa erupção de nata e espuma que acabou por extinguir embaixo de si mesma a língua de fogo que a determinara. E iam chegando à cidade vaqueiros, cavalariços, e — eram os mais cheios de histórias — caçadores da Onça, da Pantanera, cada um, em cada café, loja, botequim, posto de gasolina, farmácia e barbeiro se apresentando como quase testemunha, fiador e garante, de qualquer forma personagem ou acólito solene do bárbaro sacrifício oficiado por uma, duas, dez onças apenas chamuscadas de pólvora ou riscadas de zagaia, quando não íntegras, em pelo e carne, ou ainda, nas versões mais dramáticas, subitamente saradas de mortais feridas ao arrancarem o ferro do próprio ventre, que de pronto se refazia em couro e seda, enquanto o ferimento assim curado abria seus lábios de sangue no ventre do Onceiro, o verdugo, o Antero.

— Vai, Quinho, vai para o hotel, não precisa mais fazer as malas às carreiras não, vai dormir, descansa sobre os louros, como se diz, descansa que por muito que a vida ainda te reserve dias de ventura e boa fortuna, este dia de hoje palavra vai custar a perder o brilho que tem, de novo, a goma e a brancura. Você não deve mais nem falar nele, é só deixar que os outros falem, completem, inventem e aumentem uma história cada vez melhor, com você cada vez mais ausente. Esqueça o vazio em seus pulmões, o aperto na garganta, o talho na mão porque desta vez, a partir de agora, Lucinda deixa você em paz, se é que é bem isso o que você quer, ficar em paz, ou senão, agora, ela é até capaz de — e Jupira sorriu, um sorriso de nada mas sorriu — de criar corpo de novo.

Quando Quinho foi embora Jupira, sentindo-se fosca, densa, baça pensou em também ir dormir, senão em cima de louros — folha de louro também espeta, pensou, com um balsâmico sarcasmo — talvez diretamente em cima de urtigas, ou cardos. Mas não, ainda não, precisava, antes, tranquilizar alguém, o pai Iriarte, que certamente se levantara também, pois o cheiro de figos secos, damasco e tâmaras do seu fumo se espalhava pela casa, sem encontrar ainda, como de costume, para formar o penacho do tabaco-mistura das manhãs, o aroma do café que ela ainda não fizera. Enrolado num vasto roupão de toalha felpuda, azul, os cabelos ainda revoltos da cama, Iriarte, porta da loja escancarada, parecia recolher e fumar também, no mesmo fornilho do *meerschaum*, o açucarado incenso dos rumores que vinham da cidade. Jupira aproximou os lábios do ouvido do pai, repetiu ou começou a repetir as primeiras frases que Quinho tinha lhe dito, ao chegar, mas Iriarte a interrompeu, balançou a cabeça, enérgico, recusando-se a colaborar, com os ouvidos, nos desatinos e estouvamentos fadados a turvar o episódio que, como um arroio dos montes, lavava ainda as ruas com sua corrente clara e límpida.

— Está tudo apurado pelo povo, minha filha, e você sabe de quem é a voz do povo, quando fala assim, segura e forte, como a ouvi brotando faz pouco, no botequim, dos lábios daquele pedreiro que veio vedar a brecha do tanque das cobras, para nem falar na eloquência que se apossou do Lucas, o carteiro, que eu nem sabia que era primo do Euzébio, mas que afirma, jura que é, em segundo grau, com muita honra, além de amigo do peito do vaqueiro Dianuel, ninguém menos, chefe de vaqueiros de La Pantanera, braço direito do finado Antero, que se foi desta para melhor, em barriga de suçuarana, como me disse o Salcedo. Uma onça imensa, malhada segundo uns, negra e de olhos coruscantes feito uma noite estrelada, segundo outros, mas sempre pesada, descomunal, roeu com os dentes, dizem uns, arrancou, segundo o Euzébio, com as garras as grossas varas verdes da jaula em que a tinham prisioneira e foi esfrangalhar o Onceiro na rede em que se deitava, em que jazia, à espera da justiça divina na fúria das feras do Senhor: é este o conto, quer dizer, a história verídica, quente ainda de ser vivida, e narrada, depois de sair do fundo do povo, do fundo do mato, povoada de bichos, representada por bichos, fábula genuína e documento de cartório, ao mesmo tempo. Nem que eu quisesse — e longe de mim querer tal sacrilégio — não ia conseguir mudar, alterar, tirar nem pôr nada nesse mito variado, frondoso, que estamos vendo quando ele mal saiu da oficina onde se forjam todos eles, desde que o mundo é mundo, perfeito e acabado como chegou a esta porta, a esta rua, ao botequim e à banca onde o jornal ainda não diz nada mas onde, amanhã, não vai dizer coisa que a gente não tenha ouvido e que os homens futuros vão ouvir, pode escrever, pode tomar nota.

Iriarte levantou bem alto o cachimbo e disse:

— Pela parte que me toca, só posso acrescentar o ponto final que têm histórias como essa, a exclamação do fundo dos séculos e do fundo do peito, a interjeição, a gratidão: "Amém!"

E, temendo talvez que a filha tentasse ainda intrometer leigas impertinências no texto bento, no mistério, alisando os cabelos e apertando o cinto do roupão azul, voltou à rua, pois não ia se fartar tão cedo de ver, pelo menos durante o espaço de uma manhã, os homens, em disciplinada exaltação, fabricando a exata ambrosia, o rigoroso manjar que arredonda os seios e os quadris daquela que tira seu sustento de nossa harmonia, de nossa ordem.

Cumprido não sabia bem que dever, Jupira podia agora, afinal, ficar só, comparando remorsos, cotejando decepções, conferindo esperanças, vendo o que é que podia celebrar e o que devia chorar. De alegria pura, de motivo certo de celebração, tinha só um, que não era, ou não era mais, se é que jamais tinha sido, agora se perguntava, o de seu pai Iriarte: tinha a grata sensação de que — sem benefício ou prejuízo de qualquer deusa, emanação ou potestade que porventura existisse, ou deixasse de existir — uma página de sua vida tinha sido virada, com fragor, uma página pesada, de ferro e chumbo, e Jupira lembrou Juvenal Palhano falando em plantas que atraem insetos, comem, digerem o alimento, na obscura ânsia de trocar de reino e virar animal, quando ela toda, Jupira Iriarte, não passava, naquele momento, de um animal que só queria, socada de seiva e resinas, bem firmada em raízes na terra, abrir os galhos numa inerte preguiceira, num pasmado torpor, sem nem sentir o vento entre suas próprias folhas, olhando, sem ver, o céu azul.

PARTE III

A DEUSA-ARRUMADEIRA

36

Quando viu que Herinha tinha afinal dormido, enroscada em si mesma, o pequeno embornal de Jurupixuna apertado, feito um ursinho, contra o peito, Jupira, em vez de buscar sua própria cama, no quarto vizinho, se aconchegou, com um fundo suspiro, aos pés da filha, abandonando qualquer veleidade mais ambiciosa, como a de se lacrar em grossa casca de árvore: desejava apenas encolher, mirrar, definhar até atingir, num amoroso minguante, o tamanho e o peso de um macaquinho boca-preta enrodilhado aos pés de uma menina. O suspiro, se não teve o condão de reduzi-la às dimensões de Jurupixuna, foi, sem transição, misericordiosamente, uma primeira respiração de sono, aquele hausto, o inicial, que separa, que divide os dias, e suas canseiras, que nos interrompe, nos...

— Mãe... Mãe!

Abriu os olhos, à voz de Herinha, aterrada, por um instante, pela ideia de que ainda lavava a camisa e que a filha ia perguntar que roupa era aquela e que sangue a manchava...

— Mãe, Tio Juvenal está lá na loja do avô, com um cachorro, perguntando se pode vir até aqui, falar um momento com você, em particular, e quando eu falei que você estava dormindo, ele fez uma cara triste, feito a do cachorro, igualzinha, os dois assim insistindo sem dizer nada e...

As duas metades de Jupira se reaproximaram sem que tivesse decorrido o tempo necessário à cicatrização da véspera, ao fechamento asséptico do dia anterior, antes que o latejante ontem começasse a se aquietar, a pulsar menos. Paciência, há dias assim, que continuam abertos por tempo indeterminado, incalculável, sem solda de olvido, restando apenas, como consolo, a ciência de que mesmo neles cabiam o ramerrão, as vagas atividades mecânicas, e, no caso presente, até certos acontecimentos de substância e vulto, como a inevitável partida, para a Europa, de Vasco Soares, o Quinho, voluntário da pátria, lanceiro de Osório, artilheiro do canhão La Hitte, granadeiro do conde d'Eu.

Jupira chegou à porta da sala onde estava Juvenal Palhano imaginando que, no simples ato de vê-la e portanto sentir, ajuizar seu cansaço e desconsolo, o velho amigo, com um galanteio e um floreio do pincenê ("O antiquário em que comprei meu pincenê, no Rio, num leilão, me garantiu que ele vinha do espólio de Bilac e que o poeta o usava quando escrevia a *Via Láctea*: daí a capacidade que ele tem de engendrar e semear estrelas", gostava Juvenal de dizer) se retiraria lesto, deixando atrás de si um rastro de fagulhas.

Mas Juvenal não se levantou, com a cortesia habitual, à sua entrada, o que significava que nem a vira, absorto que estava, afundado na poltrona, no braço da cadeira o braço esquerdo em que apoiava o queixo, infuso em desânimo, o que, no seu caso, era o cúmulo do insólito. Jupira ia chamá-lo, falar, mas teve, de repente, a absurda impressão — devida sem dúvida aos nervos, aos sobressaltos da véspera — de que, apesar de continuar o visitante sentado, a massa informe do seu desânimo se materializava aos pés dele, no chão, se erguia e confrontava Jupira, castanho-escura, listrada de ouro fosco, uma cara de dobras e pregas de pele. Era um cão, um grande fila, e o polido movimento dele, levantando-se à entrada de Jupira, pareceu afinal despertar, a um só tempo, Juvenal Palhano e sua noção de boas maneiras. Ele se pôs de pé, embora não ficasse perfilado e teso como era seu hábito, mas, talvez para compensar o deslize, pensou Jupira, curvou-se para a frente mais do que em geral fazia para lhe apertar a mão: é que, na verdade, se curvava para o gesto novo de lhe beijar a mão. Nesse instante o fila, como fazem às vezes os cachorros fatigados, antes de se ajeitarem para dormir, bufou, se estirando de novo no chão, e Jupira, com um arrepio, reparou então que se parecia muito, era igual a Molambo, o cão de Claudemiro, mas sem dúvida se tratava apenas da parecença natural entre cães da mesma raça.

E a verdade é que sua atenção, seu espanto, eram escassos, quase não bastavam para o homem sentado à sua frente, seu amigo e conselheiro, seu discretíssimo pretendente a namorado. Sem conceber nem esparzir estrelas, Juvenal Palhano retirou, moroso e lerdo, o pincenê, e logo em seguida o restituiu, lento, ao nariz, para, livres as duas mãos, esfregá-las uma na outra. Jupira se inclinou para ele — num assomo de ternura, numa espécie de crédito de solidariedade, conforto oferecido antes de exposta a aflição — e levemente, por um segundo, envolveu nas suas as mãos de Juvenal Palhano. Mas quando, pronta a ouvir o que ele tivesse a dizer, se recostou em sua poltrona, ele levantou as mãos que ela afagara — de novo, por um momento, excessivo, exagerado, como um paralítico curado que atirasse aos ventos as muletas tornadas inúteis:

— Me dói muito, mais do que poderia lhe dizer, pensar que este seu doce gesto de carinho, desabrochado com tanta naturalidade dos seus dedos, será mais tarde, menos tarde do que eu desejaria, relembrado com lástima, por mais que eu me esforce para que assim não seja, minha cara Jupira, Juju, permita que eu ainda me dirija assim a você. Sorria, sorria para mim, com esta deliciosa perplexidade, esta expressão, ligeiramente alarmada, mas sobretudo esse ar de quem vai ralhar comigo e me intimar a não dizer coisas que de fato parecem tão sem nexo. Mas antes escute, ouça, acolha duas confidências — como joias de preço na praça e estimação no peito, que retiro do fundo do coração, como quem vai ao escaninho mais secreto de um cofre — antes de pôr em regime de dúvida sistemática tudo que eu disser, ou volte a cara a tudo que representei. A primeira confidência — guarde-a antes que um muro de pedra, alto, suba entre nós — é que nunca me senti tão venturoso, em lugar nenhum, quanto aqui, nesta cidade, durante o tempo, breve demais, em que vivi aqui, eu, Juvenal Palhano. E mais venturoso ainda me senti quando nosso Quinho viu em mim a transmigração e o avatar de Lulu, o tio, tão simples — quase, entre nós, simplório — mas encantador, arquetio, poderíamos talvez dizer sem pedantismo, no sentido de arquetípico tio. A outra confidência prende-se a uma qualidade minha (não no sentido positivo da palavra, pois sou homem sem qualidades) ou virtude (pior ainda, pois no sentido usual não vejo em mim nenhuma) ou característica, digamos, minha, já que característica tem a suficiente neutralidade de sentido: aceite e preserve, dessa característica minha, lembrança anterior ao muro, o qual, neste momento, nos atinge talvez o calcanhar, a característica sendo, a saber, de que detesto a notoriedade, a fama, tanto quanto detesto, musicalmente, as trombetas que usa, e nada faria para que a celebridade me batesse à porta.

E, diante de Jupira espantada, em cuja cabeça as camisas, os cães, os torneios, os tios e os macaquinhos atormentados giravam, Juvenal Palhano respirou fundo, fundo, quase como se, imitando Quinho, fosse reter o fôlego até a vertigem, e prosseguiu:

— Creio que agora posso começar a me despedir da minha querida amiga — enquanto o muro, de nossos tornozelos onde se encontra, não nos chega aos joelhos — e me despedir, na mesma triste cerimônia, de Juvenal Palhano. Me olhe, de novo, pela última vez, com os olhos anteriores, creia que fui, com a sinceridade possível, aquele e aquilo que fui, e se alguma coisa posso dizer que me enalteça, ou defenda, é que se ninguém se banha duas vezes no mesmo rio — mas finge que sim — eu me vali, para o banho de uma só vida, de mais de um rio, e não nego não.

37

Quinho dormiu leve, sem perder, em momento nenhum, de todo, a consciência, mas não diria jamais que dormiu mal. Se sentiu, imodesto, como se fosse nada menos do que uma vitória-régia, a cabeçorra verde boiando à superfície e sugando pelo rizoma os fluidos do lodo do rio. Era exatamente isso: sentia, em sua modorra, o que sentiria o forno-d'água, a irupê, enquanto, aos goles, lhe subia à verde bandeja redonda, pelo canudo de refresco, a papa nutriente de florestas derretidas. No presente caso, e mediante filtros mentais, os Iodos e matas e tabatingas passavam a elementos de sustância sonora, mingau de tutano em forma de rumores e conversas que inundavam o hotel, a cidade, assim como os campos e pantanais em que a cidade se dissolvia. Mal chegara e a história já lhe era contada, com pormenores, com novidades que a ele próprio assombravam, por Dona Firmina, que por sua vez a ouvira de Malvina, cujo patrão fora acordado cedo pelo próprio secretário de Segurança, Trancoso, que viera contar o espantoso caso do Onceiro devorado pelas onças.

Fantástica madorna aquela, de densa recuperação repousante, ele encharcado, empapado pela certeza de que tanta sorte não seriam simples bons fados e sim uma espécie de predestinação em que os traços vestigiais de pecado desapareciam na generosa voragem da absolvição prévia. Se tivesse que se arrepender, ele se arrependeria quando, por assim dizer, lhe aprouvesse, já que no momento, como um sinal de paz, seu crime era simplesmente a morte do monstro, do ogre, era, por outras palavras, a glória de David tornada visível na obra coletiva, a glória de Deus, e Quinho entendia que sua mão fora armada, como comprovava agora, naquele preciso instante em que o copo ia se partir no chão mas ao chão não chegou porque Lucinda lhe entregara então, interrompendo a sequência, uma verde bandeja, ou tacho, de cobre.

Abriu os olhos quando, do lado de fora de sua porta, alguém dizia Antero Varjão no instante em que, do lado de dentro do seu gordo cochilo, ele se curvava para levantar nas mãos o tacho de caldo que fumegava por cima de um fogo azul via-aérea que era, ainda por ler, a própria carta de Liana, que ontem o irritara mas que agora, ao contrário, via sem qualquer animosidade, e até, mesmo, com uma antecipação de prazer, um, como se diz, prelibar.

A verdade é que sentia nos músculos frouxos, distendidos, não mais a bubuia da vitória-régia mas uma doce levitação, como se o quarto — aliás um aposento que era aquele em que estava, e, ao mesmo tempo, a sala de Jupira, forrada de peles, mais o cinema escuro — ascendesse, como um sereno balão, só que balão de traves, paredes e teto, aos ares, e... Acabou sorrindo dele mesmo pois, ao contrário de qualquer mistério ou violação de leis naturais, o que experimentava, prosaico e banal, era nada mais do que a antecipação, o antegosto e prelibação do voo de regresso, o voo à Europa. A imagem beatífica que a seguir lhe ocorreu e o fez sorrir ainda mais, indulgente consigo mesmo ao cabo das canseiras e sangueiras do dia, é que se pressentia e pré-sentava no avião, classe turista, cadeira do meio, tendo a um lado Jupira e do outro lado, na poltrona vaga, da janela, Lucinda, perdida em cismas, olhos mergulhados em cirros e cúmulos que mais pareciam lençóis de bodas arrancados pelo vento a algum quarador onde recobravam a perdida alvura.

38

Juvenal Palhano afagou no chão, aos seus pés, a cabeça do fila, amarfanhada, onde, no momento, não luziam olhos nenhuns, apagados que tinham sido nas pregas das pálpebras, por sua vez dobradas e refegadas nas pelancas de pelo castanho, onde abriam finas picadas douradas.

— Não estranhe, Jupira, Juju, o maior rigor do cerimonial com que lhe beijei a mão para a despedida de Juvenal Palhano, que morre hoje — não, não me lisonjeie e mime com seu susto, que não está rateando ainda meu velho coração, nem me medrou, em algum canto, como uma nepentácea, um tumor maligno — no nome apenas. Como mais um prodígio e assombro deste dia em que a cidade vive um feriado que ela própria decretou, ou quem sabe dia santo — sob a invocação daquele Huberto, bispo, caçador arrependido depois de encontrar, na floresta, o grande veado galheiro entre cujos chifres fulgia o crucifixo, e que, ofuscado, cara enterrada no limo, perdeu ali mesmo sua fúria venatória e cinegética —, eu hoje perco minha natureza de Juvenal Palhano.

Abúlica, sorrindo vaga e docemente, Herinha, com o pequeno embornal de Jurupixuna, que passara a usar a tiracolo, foi deixando a sala para se sentar do lado de fora, ao pé da janela, olhando a grimpa das árvores e contando, pela milionésima vez, como uma beata que desfia as contas do terço, os treze grãos de milho que tinham ficado dentro do embornal.

— A minha cara amiga de fato ainda ignora a causa da minha visita e a razão da minha despedida — não é assim? — inclusive despedida de um nome, o que equivale a dizer de uma vida, quase, pois não? Só conto e espero em Deus que um dia minha querida amiga não diga que, como um ser serpentário, aqui estive para depositar na sua presença, em cima de uma dessas peles de onça, como uma oferenda, um couro usado, para revestir outro. Em lugar de uma pele de que me desfaço, vou colocar aos seus pés um papel, pois estou certo, ou quase certo de que o nosso bravo amigo Quinho não terá tido ainda tempo de lhe contar, entre tantas coisas que talvez tenha contado de ontem para hoje, o que conta este papel. Crescem tanto os boatos e rumores na cidade que me fazem lembrar, na voz, sonoramente trovejante do russo Boris Chaliapin, a ária de "La Calunnia" do *Barbeiro*, já ouviu? A calúnia, o boato que começa feito uma brisa, "un venticello, un'auretta assai gentile", mas que depois, "piano, piano, sottovoce, sibilando, va scorrendo, va ronzando nelle orecchie de la gente" até virar um tiro de canhão, "un colpo di cannone", já ouviu? Mas me perco, me desvio, me transvio. Onde estava eu? Rossini? Não, Quinho, que decerto ainda não lhe comunicou notícias vindas de Londres, imagino, via aérea, naquelas cartas azuis, inglesas, e aliás me pergunto mesmo se ele terá recebido a comunicação que tenho em mente, ou se não houve tempo.

Ainda puramente espantada, sorrindo sem muito saber o que dizer, e sentindo uma estranheza, apenas uma pontada, uma fisgada de dor, e encontrando, ou julgando adivinhar, nas palavras de Palhano, o sinal de uma lembrança ainda inexistente, de coisa ainda ignorada mas, de certa forma, sabida, Jupira balançou a cabeça, dizendo não à pergunta.

— Esta carta ainda não viu, pois não?

Jupira leu: "Quinho, meu querido: não tem dez minutos, juro, meu bem, dez minutos é exagero, mas dez horas, digamos, botei na caixa do correio"...

Aqui, interrompeu a leitura, dizendo:

— Mas não estou compreendendo. Afinal de contas de que maneira esta carta dirigida a Quinho foi parar na sua mão, a menos, naturalmente, que o Quinho ele próprio... Mas mesmo assim. Isso...

Juvenal Palhano enxugou na testa, com o lenço, bagas de suor — que Jupira diria pouco explicáveis, pois a temperatura, na sala sombria e espaçosa, era amena — e tirou pausado, do nariz, o pincenê.

— Isso, preliminarmente, e para lhe atender à indagação com rigor e objetividade, é uma cópia xerox, a carta propriamente dita estando, como é aconselhável, consuetudinário, normal, enfim, na legítima posse do destinatário. Antes, porém, de lhe contar como está a cópia xerox em minhas mãos deixe-me lhe dizer, para que diga também ao amigo Quinho — e aqui, guardado o lenço com a mão esquerda e restituído o pincenê ao nariz, com a direita, Palhano ergueu ambas as mãos ao alto, solene e pálido — que meu único e exclusivo interesse é ajudar a ele, a você também. Quem muda de nome não precisa mudar de afetos, muito ao contrário, e nem eu saberia substituir — como um bárbaro cristão a povoar acrópoles com toscos santinhos populares de data recente — meus antigos deuses, tais como Jupira, ou Verdurino, por novas imagens, de gesso ainda fresco.

39

Tiradas tão de perto, e de forma a aumentar, esculpir o pormenor, mas, ao mesmo tempo, prejudicadas por uma iluminação precária, as fotografias, dispostas lado a lado em cima da mesa, eram, ao primeiro exame, de interpretação difícil, ambígua. O observador saudável, ou simplesmente distraído, poderia opinar que as fotos retratavam, em detalhe, com fins talvez de estudar a reconstrução rodoviária, uma queda de barreira na estrada, por exemplo, o barro úmido, vermelho, assumindo formas insólitas; ou de que o repórter fotográfico, vendo trabalho de rapa em feira, dera uma de impressionista, flagrando, ainda fremente da violência sofrida, um tabuleiro de, digamos, tomates dos grandes, nipo-paulistas, virados na sarjeta; ou de que representavam, numa daquelas reportagens de escândalo, pisoteados por fiscais histéricos, morangos acusados de hospedar e transmitir a lepra e a tuberculose, cultivados que tinham sido em horta irrigada por águas servidas de hospitais vizinhos; ou que não passavam de ilustrações culinárias, em revistas do ramo, de algum sarapatel, ou algum sarrabulho, com os miúdos, sangue de porco, pimenta do reino, e sem, ainda, os verdes; ou uma buchada, em ângulos inesperados, aparecendo o flanco aberto do bucho ainda por alinhavar, as vísceras socadas lá dentro.

Testa apoiada nas mãos, debruçado sobre as reproduções, o secretário Trancoso — que, como tantos colegas seus, começara a vida na seção de polícia de um jornal — rememorava velhas fotos que às vezes saíam da corda de secar do quarto escuro das revelações ainda molhadas, cheirando a emulsão e fixadores, e que davam, à primeira vista, impressão bem diferente daquilo que de fato representavam. Mas aqui, por mais que se esforçasse, não havia dúvida: expunham-se, em pavorosas ampliações, as fundas dentadas que bocarras de fera tinham deixado no pescoço, no peito, nos ombros, na virilha, quase nos culhões do seu finado — pudera! — amigo do peito, sócio em coca e putas, homem de dois nomes, de duas famas, pois começara Claudemiro Marques, carrasco de comunas, deflorador de freiras e enrabador de freires, e morrera Antero Varjão, verdugo de antas, onças e jaguatiricas. Quantos homens teriam, separadamente, criado tanta prosápia e dado tanto que falar em dois ramais diferentes, como se tivesse vivido, de uma vez só, duas encarnações, em dois reinos, numa caçando homem, na outra caçando bicho, numa, feito um motoqueiro de blusão preto, mostrando o caminho do inferno a padres e madres, enquanto na outra, todo rural, todo roceiro, ajaezado, ele e a montaria, entregando a cavalo ao maligno, ao tinhoso, os brutos do mato e da savana?

— Porra! eu não me incomodava que o Claudemiro morresse, quer dizer, eu aceitava, não é mesmo, que remédio, que ele, como aconteceu, morresse ainda moço, forte, cheio de tesão nos bagos e de dinheiro nas burras — mas não desse jeito, não assim, ele não precisava ter morrido assim.

— Ai, nunca morrer assim, num dia assim, em flor a terra toda — declamou, no seu canto, Ari Knut.

— Ê o quê? Bom, no fundo é isso mesmo, é o que eu dizia, quer dizer, é sempre chato o cara morrer quando a vida é mole e o caralho duro, mas eu aceitava, ou melhor dizendo eu me conformava, porque o destino, porra, é o destino e ele está sempre aí mesmo, só pensando em sacanear os justos, que o puto não faz outra coisa, mas o que eu pergunto é: então um cara como o Miro, como tem pouco mesmo feito ele por aí, um machão que eu achei que ia entrar na morte tratando ela como se fosse mulher da vida, e assim mesmo depois de roído por dez câncer — cânceres? — então um homem desses morre como se fosse cardápio e menu, mastigado na puta comezaina, feito um leitão? Logo ele, quando tem lá fora quatro queixadas, que queixadas nada, quatro bostas de queixada que podiam ter sido postos em postas sem fazer falta a ninguém, ou moídos no pilão, que não dava nem trabalho de enterrar depois, isso pode, está certo, os quatro bolhas lá de fora vivos e o Miro, morto, porra?!

— E os de dentro? Será que fariam? Essa é uma questão que a gente devia examinar mais de perto, essa da ordenação da morte, a fila desejável, o rol mais satisfatório.

— De dentro o quê? Fariam o quê? Que porra de ordenação é essa que você está aí falando?

— Fariam falta? ou *faríamos* falta? Nós dois, aqui de dentro da sala? — perguntou Ari Knut, suave, composto, um tanto inquieto, esfregando as mãos. — Você acha que faríamos alguma falta? A alguém? A alguma coisa? Você, por exemplo?

— Ah, agora estou te entendendo, mas fora de brincadeira, ô Knut, quando eu penso que esses estupores que estão esperando do outro lado da porta *dormiam*, enquanto o Miro era jantado, *roncavam* enquanto o maior, o bacana era mascado feito fumo de rolo, e depois cuspido, babado pelo terreiro entre urros e latidos, sem ninguém pra descarregar uma garrucha, pra estalar um chicote, porra, vai me dizer que tem alguma justiça neste puta mundo?

Ari Knut não alteou a voz, mantendo-a branda, ou tornando-a ainda mais polida, suave, mas destacou bem as palavras, como quem dá a entender que é uma cansativa perda de tempo repetir o que já se disse, e pelo menos tão vão e fatigante ordenar de novo, mandar de novo fazer aquilo que já se pediu, ou já se mandou que fosse feito.

— Trancoso, carpir amigos falecidos é prova de bom coração e de excelente caráter, já que os mortos, por melhores que tenham sido quando vivos, não podem mais nada por nós, sendo, ergo, uma clamorosa inverdade dizer que nos governam. Se quisermos manter o conceito do ponto de vista sentimental, ou mesmo filosófico, digamos que se nos governam são singularmente, nisto, inoperantes, enquanto que os vivos, sobretudo os muito vivos, nos governam no sentido absoluto da palavra, e dois deles, como já tive oportunidade de dizer a você, estão chegando aí — o poderoso ministro, que, com um gesto, me retirou da minha solitude e beatitude, e o chefe da sua Polícia. A nós só nos cabe guardar no bolso o lenço das lágrimas e tirar do prego da cozinha o pano de pó e o espanador para botar os móveis brilhando, pegar a vassoura de piaçava para varrer a testada e o capacho, e, com o aspirador, pôr o tapete da sala feito novo.

Trancoso entendeu, de repente, o que é que, embora manso, ainda paciente, Ari Knut estava tentando lhe dizer desde que haviam se curvado, juntos, sobre as fotos de Claudemiro, e desde que, na extensão, ele, Trancoso, ouvira o telefonema do ministro: Knut lhe comunicava que, ainda que não o desejasse, estava, na realidade, com muito mais força do que outrora, e em posição bem mais alta, voltando ao poder de tanque cheio e pé na tábua. Mesmo que o Knut, modesto, um tanto sem jeito, tentasse interromper o ministro ao telefone, ou dizer que não tinha sido tão difícil assim descobrir a causa da morte, o ministro, que citava com frequência o presidente, estava positivamente gago de emoção, dizendo que, do ponto de vista de lavagem da imagem no exterior, a autópsia era um quindim, baba de moça e papo de anjo, mas havia que enaltecer, em si mesma, sem qualquer consideração precipitada de utilidade ou consequências, a autópsia, a perícia, a obra-prima de investigação detetivesca e de medicina-legal, de intuição e ciência, de isenção intelectual mas de grande malícia política, sem falar na ironia, no malandro desmascarado, mão na cumbuca, boca na botija.

— Olha, chefe — disse Trancoso ao Knut — deixa esse troço de piaçava e flanela de pó para os estafermos, os bolhas que estão aí fora, e deixa até, se quiser, um servicinho para mim, porque do jeito que o ministro falou no laudo, na autópsia, no escambau, o chefe aqui, o nosso Knut, não sei não, vai pras cabeceiras, vai pras altas mordomias. E olha, está todo o mundo, não é só o ministro não, dizendo que o chefe fez a rainha, a rainha-mãe, a Nossa Senhora das autópsias. Olha aqui, chefe, vou lhe dizer uma coisa que só um amigão do peito do Miro, feito eu, podia dizer. A autópsia saiu tão porreta que acho que até ele, o Miro, se vivo fosse, ou se pudesse ver o laudo agora, ele que entendia do riscado, palavra que ele também ia lhe tirar o chapéu, queixo caído, barba crescida.

Ari Knut assentiu, primeiro, lento, com a cabeça, como quem ouviu algo profundo, e surpreendente, e precisa de um instante de reflexão para de fato responder, mas em seguida optou pelo aceno contrário, balançando negativamente a cabeça.

— Olhe, acho que a esse ponto não chegava não, Trancoso.

E, antes que o Trancoso, meio encabulado, dissesse alguma coisa, continuou afirmando que sabia, naturalmente, que ele falava de forma alusiva, por ambages, e que, sem dúvida, do ponto de vista meramente técnico e sem saber de quem era a autópsia, Claudemiro poderia declará-la porreta — desde que não soubesse que era feita por ele, Knut. E de novo, diante da expressão de pasmo e ultraje de Trancoso — que parecia disposto, ao mesmo tempo, a hipotecar seu pleno apoio a Knut, caso fosse necessário, e a defender a memória de Claudemiro contra tal acusação de injustiça e mau gosto — Knut, com um gesto brando das duas mãos a pedirem mais tempo ao interlocutor, explicou:

— Quando viemos, eu e o Claudemiro, não por medo e sim por cansaço e nojo, náusea, ânsia de vômito, para o Pantanal, deixando que passasse a onda de cagaços e remorsos e que se acalmassem as consciências, ou pavores, julguei que fôssemos continuar unidos, prosperar juntos, como tínhamos começado a fazer, apesar de pouco falarmos um com o outro, pois Claudemiro era de matéria rude, rústica, homem claro de razão mas que ou entendia tudo na hora ou nunca mais queria falar no assunto, lerdo, incurioso, desdenhoso sem as graças do desdém.

Ari Knut que, apesar de afável no modo de falar, não parecia nunca estar se dirigindo ao Trancoso, passou, de repente, a ensimesmar-se ainda mais, falando alto mas para dentro, reminiscente, longínquo e quase comovido.

— Foi um tempo, aquele, embora eu nunca tenha desperdiçado observações assim em Claudemiro — que ou bem não entenderia, ou, se entendesse, seria capaz de se ofender, pois sempre se achou chefe e senhor de tudo e de todos —, em que, fechados embora como sempre estávamos em salas torpes, empoeiradas, às vezes em porões, eu, sem esforço, cerrando os olhos, me via como um moço nobre, todas as paixões, sobretudo as más, me subindo à cabeça feito um vinho rascante, caçando por montes e penhas, matando e destripando javalis, e o mesmo fazendo a qualquer falcoeiro bisonho ou insolente, tirando, em suma, minha carta de fidalgo e cavaleiro, de Cru, digamos, o indomado, Pedro, eu.

— Pedro? — disse Trancoso, entre um pouco distraído e vagamente aborrecido por se sentir à margem, inquieto, pensando nos mil problemas surgidos com a morte de Claudemiro, enquanto Knut falava pelos cotovelos.

Knut o olhou quase espantado com tal presença, ali, tal criatura.

— Ah, você! E eu longe, Claudemiro de escudeiro, eu ao lado do monteiro (não é gente não, Trancoso, é um caçador dos montes) varando um souto (não é furando ninguém não, Trancoso, trata-se de ameno bosque) e repousando, afinal, na sombra úmida de um coito, que não é trepada, foda, e sim refúgio, Trancoso. Eu, entre presbíteros e mouras tortas, porque estou galopando, como você sem dúvida já percebeu, por cima de páginas impressas, por dentro de livros velhos, Trancoso, dos tempos em que os homens tinham a formação sólida e, depois de semearem ventos e lutos, colhiam bonanças, venturas, honrarias, írises e ineses. Eu tinha até ideia de fazer Claudemiro se não meu herdeiro, decerto meu preposto e preboste, carranca de um barco que eu ia capitanear entre coxins — coxim não é coxa não, Trancoso, mas por que não dizer entre coxins e coxas? — e mão de ferro.

Aqui Knut sorriu, balançou a cabeça.

— Mas ao virmos para o Pantanal, compreende, Claudemiro resolveu tomar o caminho que leva homens de algum valor a serem jantados por cães. Em breve ele me fez sentir minha desvalia, meu pouco préstimo na circunstância nova. Nosso caro defunto não tardou a perceber que ninguém precisa de ajuda técnico-científica especializada para, digamos, trucidar jaguatirica sem deixar traço de violência, ou para, na autópsia dum macaco, ou mesmo dum índio, ou até de subversivos argentinos ou uruguaios, provar que morreu de influenza quem pereceu com o crânio afundado, por exemplo, ou com três balas engastadas no fígado. Quando as execuções ocorrem sem patíbulo, sem, propriamente, nem pensar nisso, carrasco, e, sobretudo, sem multidão, quando ocorre, em suma, num pátio de fazenda, e quando os funerais, bucólicos e severos, se realizam, sem qualquer formalidade, num antigo dormitório de escravos, certas delicadezas médicas e legais — como as do laudo ao pranteado Claudemiro — são perfeitamente dispensáveis. Foi assim que eu, que também gostaria de ter, para meus próprios fins, que julgo mais amenos, culturais, uma fazenda de boas águas, uma Pantanera, me recolhi, em lugar disto, a uma casa modesta, vivendo de passadas rendas e à margem da coca — que digo? — à margem mesmo da diamba, e até do uísque, do automóvel, do cigarro americano.

— Pô — disse o Trancoso — quem diria, hem, essa eu não esperava do Miro e se ele ainda estivesse aqui eu ia dizer a ele que, porra, um amigão como o Knut ninguém abandona assim, é preciso dar a cada um seu bocado, seu quinhão, seu pedaço, principalmente quando o cara, quer dizer, o *doutor* Knut, como diz o ministro, põe qualquer cadáver pra contar tudo.

— Que a terra lhe seja leve e, por falar em bocados e pedaços, só nos cumpre torcer para que o Claudemiro, por alguma razão metafísica, não chegue às praias da eternidade só dispondo de uma alma também esquartejada, imprestável, de tão provada, mastigada, saboreada e retalhada de bisturi.

— Cruz-credo, chefe. Fala assim não. Chega a me dar frio nos bagos, nos ovos, na raiz dos culhões da gente.

— Você sabia, Trancoso, que orquídea quer dizer culhão, em grego? Não sabia, estou vendo que não sabia pela sua cara de assombro, e lhe pergunto, então, se quem não sabe tanta coisa — como você, como eu, em grau um pouco menor — vai saber se o Onceiro, morrendo como morreu, não terá tido a alma igualmente cortada, picada, talhada e retalhada, posta de corpo correspondendo a posta de alma, quem sabe, quem há de saber, Trancoso? Nós?

— Agora, chefe, falando sério, quem, hem? Quem foi? Quem fez o finado Miro em bocados, quem foi o responsável, o mandante, o criminoso?

— Uai, que estranha pergunta, Trancoso, pois então você não sabia que não foi onça nenhuma?

— Sabia, sabia, por isso é que estou perguntando *quem* foi?

— Ora, Trancoso, foi o cão Molambo, então não foi, ele principalmente, e mais uns outros cães do canil do Onceiro — e olhe, mesmo para bolhas, palermas, estafermos, estupores e queixadas, acho que as quatro bestas do apocalipse lá fora já esperaram o suficiente, você não acha, Trancoso?

40

Quinho tinha os olhos cerrados mas não dormia, madornava e morrinhava de bubuia, a doze mil metros de altura, transportando sua cabeçorra verde dos trópicos aos jardins botânicos da Europa, amavelmente servido pela aeromoça, os pés estendidos, enfiados em noturnas chinelinhas azuis, brinde da companhia, a mão esquerda entre as mãos de Jupira, a mão direita entre as de Lucinda.

Só faltava uma presença, ou lembrança, para inteirar e arredondar sua bem-aventurança, e, como tudo lhe saía certo desde ontem e doravante, viu que ela vinha, Liana, do outro lado do mar, atravessando o espaço a vau, pelas pedras de nuvem, dizendo, ar brejeiro mas levemente escandalizado:

— "Isso é roubo, bem... Hum! mas que bom."

Pouco depois de se conhecerem tinham tirado umas férias baratas, de inverno, numa pensão que Liana conhecia, nos arredores de Salisbury, e da janela do quarto que ocupavam se avistava a flecha da catedral, ponta encostada no céu baixo e branco como um arpão prestes a fisgar um ventre de baleia. Na pensão vazia de fazer dó, só havia mesmo, além deles dois, o velho casal, os donos, que serviam o café da manhã, passavam os frios dias ronronando na sala, ao pé do fogo, manta de xadrez nos joelhos, e serviam à noite um chá com bolos e sanduíches. Era como se Liana e Quinho tivessem alugado uma casa inteira, ou ali morassem, casal de posses, bem estabelecido, pronto para a criação de filhos, e, talvez devido a esse ambiente, esse aconchego, ele, que acabara de ser devastado pela paixão e morte de Lucinda, imaginou ter encontrado ali o vale definitivo, onde ia viver de amor e morrer de velhice — sobretudo no dia em que, com a plena liberdade que tinham de usar e explorar como entendessem a casa, visitaram, no porão, a adega. A adega, modesta — umas prateleiras ao longo da parede e duas ou três garrafeiras de arame, com os berços de deitar garrafas —, continha, arrumadas, muitas garrafas, mas desarrolhadas, secas, bebidas, tudo indicando que, como a casa em cima, o cômodo dos vinhos só recebia hóspedes para as festas de primavera e verão.

O jeito, pensara Quinho — que mesmo agora, na cama do hotel de Dona Firmina, só de lembrar, puxou automaticamente o lençol até o queixo —, era sair sem perda de tempo daquela caverna úmida e glacial, frígida necrópole de frascos que outrora tinham contido sangue e sol e agora... Mas Liana se curvara, atraída por algum remoto brilho, e, enfiando a mão entre a garrafeira maior e um caixote vazio, foi levantando a presa, olhos arregalados, faces de súbito coradas, menos do esforço de desprender e levantar a garrafa perdida, esquecida, do que de sentir-lhe o peso, o corpo, a íntegra beleza de uma garrafa de vinho arrolhada, selada, contida em si mesma, plena e prenhe, entre aquelas cascas vítreas, ósseas, dessoradas. Quinho ainda se lembrava do gesto — um dos poucos gestos que tivera, antes do de há pouco, pantaneiro, de lanceiro — com que enfiara a empoeirada garrafa por dentro do casaco, transmitindo-lhe seu calor, para depois cobrar em dobro, num copo, o calor dele, doado. O chá daquela noite se escoou pelo ralo da pia, pois os sanduíches da ceia, feito uma camponesa de conto antigo, ganharam a régia companhia do príncipe engarrafado, vigoroso, tinto, enquanto Liana repetia, já agora sem qualquer escândalo: "Isso é furto, bem, mas é bom de doer."

Quinho ofereceu um copo do vinho a Jupira, dizendo: "Duvido que você encontre, na base polpuda da minha mão esquerda, guardada entre as suas, a velha cicatriz que, como uma árvore tombada dentro dum arroio, ameaçava estancar a água: onde está ele, eu lhe pergunto, esse tronco que dissolvi e que agora me alimenta?" A mão direita, a que Lucinda afagava, sentiu-se livre, ou melhor, tornou-se de novo consciente de que continha o papel, a carta de Liana, a derradeira, e Quinho começou a ler a carta assim mesmo como estava, deitado, depois passou a lê-la sentado na cama, a carta queimando azul em suas mãos como se Quinho já lhe houvesse, no pires, ateado o fogo de costume, de álcool: "Quinho, meu querido: não tem dez minutos, juro, meu bem, dez minutos é exagero, mas dez horas, digamos, botei na caixa do correio da nossa esquina uma carta para você, mas acontece que chego aqui no escritório da Foyle's e sinto que preciso te contar logo isso que ainda nem contei à Nini, principal interessada, afinal de contas. Tentei falar com ela pelo telefone mas a danada não estava mais no apartamento... escritório, idem, quer dizer, ainda não chegou... jeito é desabafar com você, por escrito, por enquanto... Mas a coitada tinha lá sua razão, a Nini, a de estudar a correspondência... espero que você diga ao Canuto poucas e boas... A ideia não saía da cabeça da Nini, de se apurar se o Canuto não tinha deixado a nova direção e eu dizia, ora!... Mas quando tentei por assuntos, por assim dizer, fuçando entre os antigos clientes brasileiros... tinha um livro, que a Nini sempre dizia que o Canuto queria porque queria que a Foyle's encontrasse para ele — que encontrasse a *primeira*, tinha que ser a *primeira* edição — tal de *Insectivorous Plants*, de Charles Darwin. A Foyle's procurou o livro em Charing Cross Road, de ponta a ponta, em todos os sebos, e nada. O Canuto aceitou, de maus modos, uma edição americana, de 1896, mas continuou insistindo na primeira, de 1875, maníaco, obsessivo como sempre, pobre da Nini... as maluquices, as fixações que chateavam ela paca, se lembra? E as plantas, que almoçavam, jantavam, sei lá, e que a Nini tinha medo de um dia servir, de avental e touca, feito uma copeira... eu nem pensava mais no assunto mas de repente, na correspondência do Brasil de um ano atrás, um *outro* cliente, *outro* nome, *outra* rua, em *outra* cidade mas tome de novo *Insectivorous Plants*, e tome só serve 1875 e eu disse cá com meus botões... Puxa uma cadeira, Quinho, toma um gole d'água porque o Canuto II (a Nini vai adorar!) mora aí, meu querido, ao alcance da tua mão, e sem dúvida..."

41

O Secretário Trancoso já se encaminhava para a porta quando foi detido por Knut que, no seu canto, parecia ter lembrado algo urgente, que sem dúvida seria necessário esclarecer, em relação à morte de Claudemiro, antes que entrassem os onceiros e cachorreiros. Trancoso ficou parado, à espera, enquanto Knut olhava, fechando o olho esquerdo, a lente direita do pincenê, e em seguida, fechando o olho direito, a outra, e afinal perguntava:

— Você já ouviu falar no poeta das estrelas, Trancoso?

— Estrelas... estrelas... Tal de Olegário Mariano, não é?

— Esse era o das cigarras, Trancoso, o das estrelas começa também com Ol, mas em vez de Olé é Olá. Nada disto, porém, tem importância, esquece.

Knut pegou o pincenê e, lento, embaciou as lentes com o hálito para limpá-las a seguir com o lenço, minuciosamente, e observá-las contra a luz.

— Eu já devia ter dito a você, pois conto isso a quase todo o mundo, que meu pincenê pertenceu ao poeta das estrelas, e, se não contei, foi sem dúvida por sentir que, no teu jardim mental, o canto da poesia tem sido um tanto abandonado às urzes e urtigas. Mas a verdade é a verdade, em qualquer solo ou terreno, e não custa você ficar sabendo que assim é: meu pincenê pertenceu ao poeta que mais se deu com as estrelas, aqui ou no estrangeiro, e — este o fato importante — as estrelas com que o Olavo privou se gravaram no cristal das lentes, imagine só. Quando eu me emociono, quando vivo dias como estes, elas se tornam de novo visíveis, meus olhos contemplando não você, que está aí plantado ao pé da mesa, queixo caído, me ouvindo meio parvo, sem crer no que ouve, e sim duas rodelas de firmamento estrelado, leitoso de Via Láctea, o que, não obstante constituir um belo espetáculo, tem inconvenientes do ponto de vista da visão, e me obriga, muito a contragosto, a extinguir estrelas no linho do lenço. Elas somem na hora mas voltam, isso é que é o diabo.

Aqui, Ari Knut soprou no lenço, apagando, talvez, um astro mais recalcitrante, suspirou, como quem antes de enfrentar uma faina estafante remancha, adia, cata desculpas, e entrou, ainda, em devaneio:

— Dois desses que você denomina, com pouca misericórdia mas não sem certa graça, bolhas, são conhecidos meus dos primeiros tempos de Pantanal, o Melquisedeque, suficiente e insignificante, que o Claudemiro transformou em seu lugar-tenente por temer concorrência — o Melquisedeque é tão insosso que um fila não comia ele nem que o refogássemos, literalmente, em sangue de oncídeo — e o tal de Dianuel. No Dianuel, é curioso, o Quinho me falou, homem mineral, monumental, disse ele, parecido com aqueles titãs que caíram na terra com tanta força que se enterraram até o pescoço e até hoje não sabem o que vieram fazer na Ilha de Páscoa. O Quinho — continuou Knut, pensativo, quase falando sozinho, pois se dirigia ao Trancoso como se no máximo o incluísse, de quando em quando, numa espécie de monólogo — até que formulava uns conceitos brilhantes, mas sempre andou em más companhias, e, ele sim — da boca para dentro, e não o contrário, como faz você, por exemplo — aceita de fato comandos, mensagens do além, e, pior ainda, de Londres.

— Como? Ao contrário de mim o quê?

— Nada. Especulações, inspirações, as quais desembocam numa decisão: vou reservar o Dianuel para o frontão, Trancoso, o entablamento da despedida, para arrematar o monumento do adeus ao Quinho. E agora me diga quem são os outros dois jagunços graduados, órfãos do finado Onceiro? É um desses aí o argentino de que me falaram, o Errázuriz, que ia ser trocado por um pianista brasileiro?

— O Errázuriz? Adiós, pampa mia. O Claudemiro criou raiva do Quinho e o Sem Fundo foi visto fazendo confidências ao dito. Claudemiro resolveu depositar o Sem Fundo na senzala. Aí fora tem o Paraguaio e o Lino Mano.

— Qual dos dois vive de nojo, de luto fechado a sete chaves, feito um viúvo à moda antiga, aquele que durante a vaquejada de mau gosto montava e caracolava um cavalo negro como um tição?

— Lino Man... Ih, chefe, Negro, ia me esquecendo. O ministro falou de Brasília e pediu que eu lhe dissesse que já foi expedido, em mãos, por portador da Embaixada em Assunção, convite a um tal dr. Negro, ou pelo menos foi o que eu entendi, uma coisa assim, para que venha — e isso o ministro me pediu que decorasse e lhe repetisse — transformar nossa ornitologia na Nona Sinfonia, se é que faz sentido.

— Ah, o prêmio, Trancoso: no cavername do galeão naufragado, o tesouro, nos escombros da casa derrubada a panela de dinheiro! Assim se cumpre tanto o contentamento deles, pois me fazem assumir e sofrer os novos cargos, como minha paz de espírito, honrando antigas fidelidades, dando a Negro Schwarz casa, chácara, laboratórios de som e mil viveiros, porto seguro, enfim, para a pobre nau curtida de tempestades, dura de sal.

— Negro Schwarz? O cara aquele que dizem que era de forno e fogão, o tal de Alemão Errante, que não pode parar em lugar nenhum, de nome...

— Pois vai parar, já parou, aliás em domicílio certo e sabido, e funcionários da Segurança, como você, deste momento em diante terão de defender Schwarz, ainda que ao preço da própria vida. O nome dele é o que você ouviu, Schwarz, carinhosamente chamado Negro em sua angra e enseada guarani. Ele não tem outro nome, Trancoso, e agora tem, isto sim, não se esqueça, a sagrada qualidade de hóspede nosso, graças a Deus, pois vamos reparar uma injustiça, um crime de lesa-música, dando a Negro Schwarz, daqui em diante, para completar suas amorosas pesquisas, a grande diva, a Callas, a Filomena primordial, cuja língua arrancada se transformou no primeiro rouxinol. Quanto a você, Trancoso, por favor, nem pense mais em esquecer, retardar, protelar quaisquer recados ou comunicações referentes a Negro Schwarz, nome que vai ressoar forte, pelos séculos dos séculos, dentro da música das esferas, tão forte que talvez faça vibrar no meu nariz as lentes do pincenê, as quais já preciso desastrar de novo, ferventes que estão de corpos celestes, para em seguida soprar na tua mesa um pó de estrelas. E agora, Trancoso, ergue-te, caminha, e escancara aquela porta para que entrem, afinal, os bolhas, os quatro bolhas.

42

Uma cega que um milagre pusesse a enxergar de repente levaria sem dúvida bom tempo até confiar nos próprios olhos ao ponto de estabelecer a diferença entre, por exemplo, um sólido escuro e uma sombra — entre um tronco caído e a sombra, estendida no chão, de uma árvore — ou entre formas iguais dotadas de funções distintas, como um pássaro pousado numa sebe e uma estrelítzia em sua moita. Com o fim de sua longa, humilhante cegueira — logo ela, que sempre julgara ver fino e longe — Jupira sentia que se o Knut lhe falava tanto, em lugar de, simples e friamente, deixar que ela soubesse a verdade pelos outros, pelas falas e pelas folhas, é que ele de fato ainda queria dela alguma coisa, dependia, de alguma forma, dela, mas infelizmente os olhos dela, tão novos, não confiavam ainda no que anotavam, comparavam, enquanto Knut ia se aproximando aos poucos do que desejava — como uma fria lagartixa hipnotizando a mosca doidivana que continua a esfregar as pernas, como se as amolasse, a fazer sua ginástica absurda a um centímetro de distância, no peitoril da janela — e ainda demonstrava, por baixo do jeitão levemente cínico, bonachão, sua inquietude, o que o levava a exagerar, no relato e nos gestos: tanto exagerava na velhacaria astuta com que iludira o Quinho, como se contasse a Jupira uma história de mascate sabido vendendo berloques e penduricalhos a um roceiro, como nos arroubos com que, de repente, feito uma sanguinária heroína bíblica, erguia nas mãos a cabeça do pobre Molambo, ou virava nos ares o pincenê, feito menino que tenta prender o sol num espelhinho de bolso para fazê-lo dançar no teto, na parede.

— Desde o dia em que a estas plagas aportou o moço, ou, ponhamos assim, uns dois dias depois, ou, mais exatamente ainda, a partir do dia em que ele primeiro me procurou, censuro a correspondência dele, ou — censura é palavra tão envilecida — leio antes dele, digamos, as cartas que recebe.

Como se Jupira tivesse falado, argumentado, ou recuado de horror, Knut tirou do nariz o pincenê, curvou-se um pouco:

— Um momento, um momento. Antes de me proscrever de sua vista, de me exilar para sempre de sua atenção, saiba, minha amiga, que graças a esta singela precaução, a de ler algumas cartas que não vieram a mim endereçadas, eu pude, de antemão, prever dissabores e organizar, da melhor forma possível, o futuro de entes que me são caros, como alguém, cujo nome não ouso mais dizer, e o pai desse alguém, que precisa de calma para continuar fumando, ou ser fumado, por aquele cachimbo pensativo e pênsil. Aliás, à guisa de entretenimento, para lhe dar uma página do que se poderia chamar censura pitoresca, deixe-me acrescentar que pelo menos uma vez, leal e probo, exerci meu penoso ofício e sacerdócio de Catão diante do próprio censurado, o nosso Quinho, que, por mão de Malvina, me invadiu a sala em que eu dormitava, no tédio de ler Liana, de ler uma carta dela que eu acabava de abrir ao vapor de uma chaleira e que lá estava, diante dele, já aberta e... Mas vejo que a aborreço mais do que a desenxabida Liana a mim, e portanto prossigo. Ele, o nosso Quinho, estará lendo agora, ou vai lê-la dentro de pouco, esta carta, especial como o dia de hoje, e sem dúvida ele em breve lhe falará a respeito.

Jupira, que automaticamente estendera a carta de volta, depois de ler as primeiras linhas, continuou de mão estendida, a restituir o xerox, mas Palhano-Knut insistiu.

— Por favor, leia, antes que porventura chegue o nosso Quinho, o que resultaria num encontro tirante, possivelmente, ao embaraçoso, para ele, para mim, para você e talvez até — e aqui Palhano ergueu pelas orelhas a cabeça do cão, que deixou escapar um som lastimoso — para este aqui, a quem o jovem Quinho mais ofendeu. Leia, deixe de lado as sensaborias da insossa Liana e leia a partir do segundo parágrafo, onde está escrito, a saber: "A ideia não saía da cabeça da Nini." Passe a vista e você vai entender de pronto por que é que o pobre, o mísero Palhano se despede e despede-se do próprio nome, desaparece, como por um passe de mágica, como se dizia antigamente, some-se, e ressurge de novo, triste e soturno, vestindo a pele Knut, já afastada de mim anos atrás, encarquilhada e friável, em parte para cumprir um dever, em parte para não magoar mais a sua vista, Jupira, com a minha imagem e presença. Imagino que conhece os códigos, as cifras, nada inefáveis — ao contrário, perfeitamente dizíveis, traduzíveis, eu quase diria risíveis, não estivesse em jogo o nosso Quinho — de Liana, em suas cartas? Talvez não? Me aflige, me afligiu decodificá-los, pois se abrem com ingênuas chaves, e, como charme, comunicam uma travessa doçura infantil, néscia mas tocante. Anistia Internacional deu Nini. O nome Knut, deste seu criado, deu Canuto, tradução perfeita, além de, acrescento, agradável, pois o nome é régio, escandinavo, um Canuto foi Grande, outro foi Santo, todos foram conterrâneos de Hamlet.

43

Apaixonado que era pelas armas em geral, o secretário Trancoso, em horas de cisma e sonho, costumava a si mesmo prometer uma viagem, um dia, a zona australiana de aborígines para investigar a total incompreensibilidade, o denso mistério que envolvia, a seu ver, a concepção e o uso venatório e castrense do bumerangue, caprichosa e cimitarresca arma de pau, feita para se voltar, depois de longo arco, contra quem a arremessa, um pouco, considerava Trancoso, como um revólver de cano em forma de u. Fosse como fosse, ele deixara até agora que as piadas risonhas, as galhofas ferinas, os embuçados doestos que lhe dirigia Knut ficassem no ar, feito bumerangues, até que voltassem, um por um, a Knut, o arremessador.

— Este sacana de Knut, ia pensando Trancoso, caminho de abrir a porta, só porque passou anos e anos limpando titica de passarinho e plantando umas flores taradas — torcem o nariz quando veem água e estrume, as vagabundas, mas dão o rabo por um picadinho — quer agora descontar o tempo em que roeu beira de penico, fodido e mal pago pelo Claudemiro que achava ele um chato de torrar o saco, e se põe a cagar regras e estrelas pra cima de mim, porra! Estou comichando, com uma verdadeira urticária de estrelas, até no cós das calças e no gancho das cuecas, caralho! Comigo não, que eu já mostro ao puto que aqui quem ainda manda e dá as cartas é o secretário Trancoso, mestre em ajudar bumerangue a dar a volta por cima e a cortar, pela raiz, o culhão, a orquídea dos caga-regras e escarra-estrelas.

Aberta a porta para que entrassem Melquisedeque, Dianuel, o Lino e o Paraguaio, voltou-se Trancoso, cenho cerrado, disposto a se sentar de novo à mesa e passar, naqueles cervos pantaneiros, isto é, veados mesmo, uma esculhambação de ferir, machucar — não tinha pintado na antiguidade um orador que enchia a boca de seixos para cuspir, feito uma sarabatana flechas, pedras na cara dos adversários? — e, indiretamente, magoar o Knut também. Constatou, no entanto, mal se voltara, que um jovial Knut tinha lhe tomado mesa e cadeira e que, solidamente abancado, sem sequer parecer vê-lo a ele, Trancoso, mirava, preocupado mas sorridente, com um ar de tio em domingo de visita familiar, ou de clérigo amigo da casa, os quatro jagunços.

— Mas por favor, por quem sois, que caras tão compungidas, como se os quatro pescoços de vocês fossem quatro bandejas com quatro cabeças de Lampião depois do seu encontro com o tenente Bezerra, o degolador. Que máscaras, que personas, para trás, Satanás, batam no pau, não no próprio, naturalmente, mas em alguma madeira, e vamos esquecer as mágoas, pois caso contrário eu, que vi tantas fotos de onceiros do Onceiro, vou ficar com a impressão de que vocês não são gente não e sim outros tantos mastins que acabaram de mastigar o próprio dono. Será que foram, feitas todas as contas e examinadas todas as provas, vocês?... Mas não, por favor, não levem tão a sério um mero chiste, uma piada, de gosto talvez duvidoso, estou pronto a concordar, mas só isso, uma gaiatice. Não se benza, Melquisedeque, e não fungue e chore, Paraguaio, e muito menos você, Lino, suspeito do peito, predileto, número um...

— Eu?... Suspeito?... De estraçalhar meu chefe?

— Suspeito pelo prévio luto, pela denúncia que de si mesmo fez, com tais trajes, tão fúnebres, de que suas intenções... Mas por favor, que criancice, não fique aí de mãos postas, e sobretudo não caia de joelhos, você não vê, não sente que só de troça eu iria insinuar uma coisa dessas? Suspeito aqui, de verdade, indiciado, de fato e de direito, eu só afirmaria que é o secretário Trancoso. Não, Trancoso, não ria, você, sim, em lugar de rir, todo ancho, talvez devesse rezar, prosternar-se, genuflexo... Sim, claro, você, que ainda não me disse, minuto por minuto, como empregou seu tempo desde que saiu dentre as pernas de sua mãe até o instante da morte de Claudemiro, e que se senta, além disso, numa cadeira atroz como esta, que eu no momento ocupo, que passei a ocupar, cadeira capaz de produzir um cacho de hemorroidas numa estátua sedestre, você deve odiar a humanidade e desejar de coração, sinceramente, o extermínio até dos amigos...

Logo a seguir, no entanto, Ari Knut reparou que chegara ao ponto desejado, que era o de obter a máxima atenção e colaboração de todos, pois Trancoso, como um soldado desonrado, que acabou de perder os galões e as medalhas entre rufos de tambor, se enfileirava, sorrindo ainda, mas já amarelo, ao lado dos outros, com exatamente a cara que lhe queria Knut: a de quinto bolha.

E Knut a todos contou, então, como tinha apurado, ou como as autoridades tinham apurado, que, valendo-se do fato de ser o Brasil um país modesto, altivo, e portanto pouco conhecido, agências oficiais estrangeiras estavam traçando dele uma espécie de retrato falado em que aparecíamos, os brasileiros, como bárbaros, que só parávamos, ocasionalmente, de nos torturarmos uns aos outros — invertendo, perversos, o preceito de uns aos outros nos amarmos, São João, 15,17 — para torturar os bichos da criação.

— E aqui — prosseguiu Knut — muita atenção: quem é o ponta-de-lança dos russos, americanos e até suíços que juraram nos desmoralizar senão o pseudolanceiro, cujo trisavô teria lutado ao lado de Osório, tão ao lado que, como se pode comprovar no Arquivo Nacional, bateu, durante o primeiro combate de Tuiuti, a carteira do general cercado de paraguaios? Não, por favor, vocês não devem bramir, ou bramar, ou espumar pelos cantos da boca durante esta minha preleção, prédica, exortação, pois temos pronto, até o derradeiro retoque, o plano intitulado Operação Lavagem da Imagem. No entanto, no entanto vos digo: assim como os baianos lavam, não *quebram* todos os anos a igreja do Bonfim, vocês devem lavar a imagem do país sem quebrar o Quinho, que, para nós, vivo vale uma basílica e morto não vale a vela de cera que porventura alguém lhe acenda.

E, quando sentiu os ouvintes paralisados de corpo e transportados no espírito, Knut descreveu o plano, singelo, infalível, sem rasuras nem costuras, discreto, a ser executado apenas pelos presentes, perfeito, quase gracioso, pensou, humilhado mas emocionado, Trancoso ele próprio: tão emocionado que, num instante em que Ari Knut, num floreio quase de esgrimista, ergueu nos ares o pincenê, ele viu, como nos contos de assombros e magias, que as lentes piscavam e pulsavam de estrelas como um céu de serenata.

44

Quando Jupira acabou, a partir do parágrafo indicado, a leitura da carta de Liana, uma vez mais estendeu de volta a Palhano-Knut o xerox, que a ele pertencia, da carta pertencente a Quinho, na esperança, sabidamente infundada, de que aquele ex-amigo se levantaria, diria adeus de verdade, desapareceria para sempre de sua vista e de sua vida. Palhano-Knut ganhara tão tranquilamente a batalha que, entediado, bocejante, podia deixar a limpeza do campo às ordens e hostes inferiores, enquanto ela, Jupira, aguardaria que Quinho lhe entrasse pela porta adentro transtornado, pálido, meio fora de si, trazendo talvez na cara um sorriso de absurda hilaridade, um *rictus* ali esquecido, que ele não soubesse como retirar, dizendo: "Você já sabe quem é o Knut? Adivinhe, Juju, se você for capaz." Se, mortalmente triste, ela assentisse, dizendo que sim, com a cabeça, que sabia, Quinho provavelmente teria uma crise de choro, ou de ranger de dentes, ou simplesmente, em silêncio, seguraria a mão dela, pedindo-lhe que saísse com ele, como estava, que fugissem no carro vermelho, rumo a Puerto Suárez, de onde ele nunca devia ter saído, ou... Se ela tivesse ficado quieta, ou dissesse que não, que ainda não sabia que Knut não fosse, por exemplo, Melquisedeque, talvez o Quinho — numa desesperada tentativa de fingir que guardava ainda algum trunfo, ou simplesmente de posar de herói que conserva a calma e as ironias, quando só elas de fato ainda lhe restam — perguntasse: "Dou um doce se você adivinhar."

— Estou devidamente informada, Juv... senhor Knut —, disse Jupira.

— Ah, que terrível ouvir o nome da gente, o sobrenome vibrado feito uma chicotada, dessas que deixam um vergão que não sai mais: *Knut*!

— Está se lembrando de alguma cena, alguma *ocorrência*?

— Ah, por piedade, por misericórdia, minha cara amiga, não exija de mim a recíproca, pois eu não macularia este nosso, ai de mim, último encontro, chamando-a dona Jupira, senhorita Iriarte, ou algo assim. Não enevoe mais, não empane e nuble um dia que despontou para mim, de si mesmo, singularmente triste, eu forçado a assistir, a participar duma espécie de ensaio do dia do juízo final, quando os próprios anjos, por dever de ofício, se comportarão como feras justiceiras, e portanto as feras, se sentindo, por analogia, angelicais...

Por acaso, ou, mais provavelmente devido a algum beliscão bem aplicado que lhe infligira Knut para obter o som desejado, o fato é que Molambo, neste preciso instante, soltou um gemido cavo, a partir do qual Jupira teve, pela primeira vez, a impressão de ver e ouvir não mais Juvenal Palhano mas simples e exclusivamente Ari Knut, o profissional que, afastado anos a fio das mesas de mármore, das geladeiras, dos serrotes de serrar osso e do cheiro de formol, de repente, como um exilado que volta a sentir os espaços e a aspirar os perfumes da terra natal, torna-se idílico e rapsódico.

— Uma das feras deste meu dia de juízo é naturalmente esta, que nos faz companhia, mas não se trata de capricho meu e sim de atender a autoridades de Brasília, às quais prometi que não perderia Molambo de vista até lhe fazermos o molde dentário perfeito, que defina e ateste, numa operação protética que virá confirmar minha visão profética, como sua mandíbula coincide, ponto por ponto, com a dentada que, abocanhando o pescoço inteiro do Onceiro, varou-lhe, feito algum instrumento de precisão, as duas carótidas, a um tempo só. Nosso Claudemiro, não fosse essa arrasadora intervenção cirúrgica do Molambo, teria igualmente morrido de mais uma ou duas das dentadas que levou, sem dúvida, para nem mencionarmos o efeito geral do mutirão de dentadas que sofreu às bocas da aplicada matilha: mas esta, a do pescoço, foi categórica, letal. Deita, Molambo, seu cachorro perverso, sem lei, sem dono e sem dó. Eu sei, você já me disse, e não precisa tremer todo dentro dessa pele frouxa, dessa roupa larga, eu sei que qualquer cão treinado, como você foi, a se fartar de sangue de onça, não saberia resistir à lábia do cúmplice, ou mandante, autor intelectual, que antes metesse Claudemiro num, digamos, molho pardo de *Felis uncia* ela própria, eu sei, Molambo, eu sei que agora você já sabe o que fez e jura que não faz mais, mas de uma coisa você não escapa: tem que ouvir a história, tantas vezes quantas eu precisar contá-la, repeti-la inclusive para que você vá cumprindo a sina de expiá-la. Depois de tirado o molde a gente pode te dar uma injeção, para te fazer dormir, descansar, sacrificar você, como se diz, antes não. Mas o que é que eu estava dizendo mesmo, onde estava eu, ah, sim, tinha saído do molho pardo e tencionava lhe dizer que, logo que cheguei à cena do... do crime?... da sangueira?... do banquete, pronto, da cabidela, percebi o que tinha acontecido, de pronto, sem qualquer hesitação, mas não pense que não vi a beleza geral da concepção, da fábula do Onceiro devorado pela vítima, ah, isso vi. Quem haveria de comparar uma fábula dessas, de tão grave beleza e austera moralidade, que vai alegrar o coração dos meus amigos da Wildlife Foundation, com a secura médico-legal e odontológica de estabelecer que a arcada dentária dos onceiros (cães) pertencentes à matilha do Onceiro (Antero) corresponde, canino a canino, dente por dente, por superposição, encaixe, articulação, às dentadas, fatais ou não, que ficaram na carne e nos órgãos de Claudemiro envolto em sua rede, sua mortalha, sua vinha d'alho? A dentada das carótidas — aqui o Knut abriu, com as duas mãos, a bocarra de Molambo, como abrira um dia, para a inspeção de Jupira, os maxilares duma papa-mosca — cá está, na sua fonte e origem, e será esculpida em guta-percha, em gesso, quem sabe um dia em mármore, em marfim celebratório. A uma outra titânica dentadura, a do cão Arambaré, corresponde a ferida aberta no baixo-ventre, enquanto que o canino que interessou ao pulmão é a própria réplica do que se encontra na boca do Rói-Osso, e…

— Por favor, sou eu quem pede agora que tenha piedade e me diga o que veio fazer aqui, diga o que deseja de mim e, por favor, saia, leve embora este cachorro. *Leve-se embora!* Basta, não basta? Ainda não chega? Veio aqui para quê? Deseja o quê? Quer o quê de mim?

Jupira não tinha a menor esperança — e sequer o interesse, para dizer a verdade — de saber se havia algum grão de sinceridade e verdade em Ari Knut quando parecia sofrer, ou pelo menos duvidar de si mesmo e do que fazia. Observou, contudo, que, interrompido na sua lúgubre lenga-lenga pela paixão, quase raiva do seu apelo, o Knut pareceu diminuir, se engolfar em si mesmo, e quando de novo olhou para ela tinha recuperado muito do antigo ar benfazejo de Juvenal Palhano.

— Perdão, minha amiga, eu me levarei, como ao cão, como dois cães, embora, como me pede, me ordena, com tanta autoridade e uma eloquência que me dilacera fibras muito mais delicadas do que tenho esperança de lhe fazer crer que sejam. Por culpa minha, por falar mais do que devia e por pecar pela vaidade tola de, já que nunca consegui deslumbrá-la de outra forma, tentar fazê-lo no último momento, e à custa de dentes de cães de fila, ouvi o que poderia não ter ouvido, pelo menos posto em forma tão dura. Saiba então, de início, que não lhe pedirei aquilo que mais ambicionaria obter, o velho sonho que eu acalentava de um dia lhe oferecer uma companhia de vida que antes não lhe era, pelo menos totalmente, repugnante... Já falhei muito na vida, já falhei tanto que agora nem lhe falarei mais nessas aspirações, pois aprendi a identificar, sem perigo de erro, o perfil das coisas impossíveis, das súplicas e humilhações inúteis. Mas quero um outro favor seu, de despedida, um outro ser vivo, que, sem ser nem de longe o principal, o prêmio, o pomo, também guardará, quente como um sol, no meu ocaso, este tempo venturoso que aqui vivi, e que com a sua ajuda manterei vivo indefinidamente.

— Um outro ser vivo? — perguntou Jupira.

Estupefata, e até exagerando sua estupefação, de forma a ocultar o medo que sentia, Jupira viu que se erguia na sua frente a lembrança, a imagem de Herinha. Que outro ser vivo *possuía* ela, que pudesse dar a alguém, de que pudesse se desfazer para trocar por uma certa quantidade de silêncio — era bem isso, não, uma vaga omissão, uma cumplicidade? — prometida por esse homem que tinha diante de si, tão plausível, quase monótono, com sua fera enrodilhada aos pés? Quem predominava agora na pessoa que tinha em sua frente, Palhano ou Knut? Os cegos que de repente enxergam, pensou Jupira, devem se lembrar, ao conferi-las com a vista, de feiuras que haviam pressentido com o tato: Palhano predominava agora no homem que tirava o pincenê, os olhos úmidos de emoção, e era um Palhano por quem sentia outrora — sentia, sim, não era invenção, ou só invenção — um enjoo que recalcava rápida, uma náusea acautelatória que lhe voltava agora, feito um engulho confirmado.

— Sim — dizia Juvenal Palhano, comovido —, com sua ajuda vou criar um bloco de história, mantendo vivo indefinidamente o período aqui vivido. Três nomes hão de dominar esse bloco: o de Tio Lulu, feito de avencas e canários, o meu, o de Negro Schwarz, que...

— Um ser vivo? Mas que ser vivo tenho eu que possa dar a alguém? Afinal de contas, de certa forma e até agora, até este momento tão... sei lá... tão fora do comum, nós fomos... amigos, não é verdade? O que é que você pode estar me pedindo?

— Verdurino — disse Palhano-Knut, suplicante, as mãos juntas —, Verdurino, de cujas cordas vocais vai fluir a nova música, a música que é eterna e que no entanto estamos esquecendo, enterrando. Minha querida amiga sabia que a mulher do grande Charles Darwin tomou aulas de piano com Frédéric Chopin?

45

Nem pelo rio Paraguai, nem pela Noroeste do Brasil, pela Bolívia ou pelos ares poderia o renegado e traidor escapar, pois, em cada uma das portas da nobre cidade em que se encontravam, cada um dos onceiros varões do Onceiro Varjão estaria postado, para resgatar e redimir, no assento etéreo aonde subissem, a memória e honra dos onceiros cães. Estes tinham sido — e só assim haviam desembocado na loucura de abocanhar o próprio dono — sutilmente depravados pelo agente Quinho, que, na pérfida Albion, fora treinado para corromper ingênuos animais, inocentes filas brasileiros criados ao léu, de déu em déu, longe da endogamia aristocrática que instilara a decadência do Ocidente nas buldoguianas máscaras achatadas, ou, extremo oposto, nas estreitas narinas lebreias e finos focinhos galgos.

Finalmente, no tom rouco de quem precisa — mesmo se dirigindo a homens livres e rudes, que nada ignoram, mas que são, igualmente, tementes a Deus e à Delegacia de Costumes — dominar repugnância e pejo, Ari Knut arrematou o perfil do desnaturado:

— É homem torpe, que chegou onde chegou aos recuos, voltando a animalidades antigas, às intimidades do pecado bestial, proibido, de forma um tanto seca, em *Êxodo*, 22,19: "Quem tiver coito com animal será morto." Mas nós, nós o queremos vivo, a ele, ao Quinho.

Knut se ajeitou melhor na cadeira — com uma careta que parecia, ou podia ser, de dor, o que alegrou um Trancoso atormentado, dividido entre a rastejante admiração e a esperança de que o Knut sofresse, de fato, de hemorroidas, e que elas estivessem num dia todo especial de inchaço e palpitação — e se dirigiu a Dianuel, que engrossou e latejou, ele sim, de susto e emoção, emitindo aquele ranger de couro, mais acentuado quando ele se inteiriçou, mobilizando-se para a reflexão possível:

— Escuta, Dianuel, o Quinho é para ser conservado vivo, vivo como está agora, vivo.

— Vivo — disse Dianuel.

— Vivo e nem mesmo ferido, viu, que de um homem ferido já é difícil a gente dizer que mata gente e desencaminha bichos. E é impossível escarnecer dele, rir dele. De um morto, então, nem se fala, não tem quem ria, quem cuspa nele.

— Vivo — disse Dianuel.

— Você, Dianuel, não vai guardar estas saídas da cidade e do país, que a gente chama de portas mas que não têm nem são, falando direito, porta nenhuma, porque são campo de pouso, de atracação de barco, plataforma de trem de ferro, coisas assim. O Trancoso, o Melquisedeque, o Lino e o Paraguaio vão guardar as saídas. Você, não, você vai guardar uma porta mesmo, a porta do Quinho, do hotel do Quinho, a porta da rua, por onde ele vai sair.

— Porta — disse Dianuel.

— Você fica na esquina, de onde você avista o hotel dele e a minha casa. Perto de você, na rua, tem uma viatura, um carro, mas você não precisa pensar no carro porque o carro, assim fica mais fácil, pensa em você, porque ele tem chofer, tem rádio e está ali pro que der e vier e pra você saber que se houver qualquer novidade o carro está ali. Você, Dianuel, de longe, vai acompanhar o Quinho com os olhos, sem pensar em nada, como de costume, só olhando o Quinho, como se tua cara estivesse fotografando o Quinho, está bem?

— Máquina de retrato.

— Bravos! Máquina de retrato. Você não tem que fazer nada e eu confio na sua falta de imaginação, de vontade de inventar modas, de fazer coisas, porque você não fazendo nada não vai acontecer nada. O que tiver que acontecer acontece numa das tais portas da cidade, porque, saindo de casa, o Quinho só pode ir pra uma delas, das portas da cidade, entendeu? O Quinho sai a pé, ou toma um táxi, com mala na mão ou sem mala, isso não tem importância, sai, toma o táxi, ou vai andando, enquanto o carro, a tal viatura, segue ele, e você fica parado, Dianuel, parado, só vigiando ele quando ele sair e quando nada mais estiver acontecendo, nada deste mundo, e quando ele desaparecer de sua vista você vai tomar café e pronto.

— Pronto — disse Dianuel.

— Isso. Pronto. Só mesmo se ele tiver um acesso de loucura, Dianuel, começar a dançar no meio da rua, ou sair dando tiros pro ar, é que você se aproxima dele, discreto, naturalmente, como se fosse conhecido dele, aliás como conhecido dele que você é, e com jeito põe em contato o cabo da sua pistola com o osso parietal de Quinho, quer dizer, dá uma coronhada na cabeça dele, pra tontear ele. Se acontecer uma coisa assim tão estapafúrdia, eu mesmo, pode deixar, já terei visto tudo lá de casa, porque eu sou, no caso, a outra máquina de retrato, fotografando o que o Quinho estiver fazendo e até pensando, e no mesmo instante, ou um segundo depois, eu apareço ao seu lado e aí a gente enfia um capuz na cabeça dele e leva ele para as autoridades, dentro do carro. Não vai acontecer nada disso, Dianuel, mas não custa, como no jogo, cercar o bicho por todos os lados, e por isso é que eu digo que se você tiver que fazer mais do que sair do lugar, pode deixar que o resto é comigo. Eu faço o que precisar ser feito. Eu, viu, Dianuel, eu.

— Você, chefe — arrematou Dianuel, rangendo mas pouco, só mesmo de respirar, rígido, um vago entendimento nos olhos, na cara um pouco dura demais, como se a terra lhe viesse até o queixo.

46

A mãe, o avô, o Euzébio e o Zebinho, o leiteiro Salcedo e o Tio Juvenal, todo o mundo agora estava sabendo de tudo, ou — bobagem exagerar, quem é que precisava disso? — de quase tudo, mas pra isso, pra gente grande compreender figura completa de coisa que só aparece aos pedaços, em tira de pano, tinha sido preciso esperar que do Jurupixuna só ficasse o retalho do embornal. E quando ela pensava que pro olhinho da cobra Joselina, professora e costureira, todo e qualquer retalho falava pelo pano inteiro — tanto quanto o embornal com grãos de milho falava do Pixuna — Herinha tinha vontade de esganar o Zebinho. Tivesse o Zebinho guardado direito um remendo do que viu, por mais que o milho parasse no posto de gasolina Herinha teria conseguido chegar onde estava o Pixuna: no retalho iam faltar as contas do colar mas ficava o fio, molhado do rio, que virava, feito a língua da cascavel, dois rios, correndo pelos dois lados da casa dos bruxos.

Herinha estava sentada do lado de fora, olhando a cabeleira das árvores que ficavam danadas da vida quando o Jurupixuna enfiava as mãos nos galhos despenteando elas e arrancava, da folhagem, chumaços, feito quem arranca cabelo de verdade. Macaco pequeno quando morre aumenta dentro da gente até ficar feito um chimpanzé de circo, daqueles que andam na corda bamba com uma sombrinha aberta. Por isso é que Herinha gelara de medo quando o Zebinho, sem saber contar nada direito, tinha falado no circo, fazendo ver o Jurupixuna — cruzes! — obrigado a saltar do arame pro trapézio, do trapézio escorregando depois — feito quem vem remando no bote e não vê a queda-d'água — pelas corredeiras e cachoeiras do céu e mesmo aí Herinha tinha tido um aviso porque as corredeiras do sonho despencavam, feito língua de cobra, pelos dois cantos do céu, igualzinho aos dois rios da casa dos bruxos.

Herinha olhou e olhou durante muito tempo a copa das árvores, ouvindo a voz do Tio Juvenal, que falava na pele que a cobra troca, só se levantando, afinal, pra levar à cobra Joselina, costureira, mais um retalho da história do boca-preta. Comprovou, diante da gaiola da cascavel, que Joselina também tinha mudado a pele e, com a pele, o estilo de corte e costura, pois se antes ela furava a tira avulsa, o trapo, o remendo para que Herinha pegasse fio no balaio de linhas e retroses da mãe e costurasse os pedaços passando a linha pelo caminho marcado, agora, aberta a trilha pela língua, Joselina, transformada ela própria em agulhão, se costurava, se trançava, se enroscava, perigosa, na tapeçaria da história do Jurupixuna, criando um cintilante, e venenoso pano vivo.

47

Só num momento a aflição proveniente da ameaça da perda de Herinha e, a seguir, de Verdurino recuou, sempre íntegra, doendo como sempre, mas recuou um pouco, para o fundo, tornando visível a imagem de Quinho. Não que Quinho pudesse ser, no idioma de Palhano-Knut, um ser vivo pertencente a ela, Jupira, do qual ela pudesse, em alguma hipótese, dispor, e sim, ao contrário, porque Knut já parecia considerá-lo um... ex-ser? não ser?... Não falava nele, mal o mencionava, como se o caso dele já tivesse passado em julgado, ficando sem apelação, instância superior nenhuma.

De certa forma Jupira se habituara — provavelmente desde a primeira vez, desde que lhe ocorrera, saindo não sabia bem de onde, a palavra súcuba — a ser uma aventura, como Liana, na vida de Quinho, a ser a amante, a outra, e agora era como se à cabeceira dele só a de direito, a de notário, pudesse estar, a que tinha os foros e pergaminhos e os levara consigo, para uma tradução juramentada na língua franca do outro povo, além.

Ou isto era apenas a carta na manga, a defesa que ela erguia, de caso pensado, contra o insuportável desgaste de, além de se afligir por Herinha, afligir-se também por ele, Quinho, que preferia considerar como situado além de suas forças e fora de sua jurisdição? A vingança das que não conseguiam deixar de ser a principal, a rainha na vida de um homem seria a de pelo menos se livrarem dos suores, das babas, das sânies, dos estertores e vascas — o que quer que fossem vascas — da agonia?

— E... E Vasco? — perguntou Jupira.

Palhano-Knut teve um segundo de perplexidade, incapaz que se sentiu de identificar qualquer mecanismo que tivesse podido levar Jupira a evitar o apelido e proferir aquele nunca usado nome de batismo, imaginando, afinal, que ela quisesse assinalar, oficializar com isso o ingresso de ambos na nova era, protocolar e cerimoniosa, posterior à troca de nomes e de máscaras.

— Acredite, minha querida amiga, que é com a morte n'alma, como se dizia antigamente, que me ocupo de tais assuntos e que lhe confio que o amigo Quinho — Vasco, se prefere, para tornar mais triste e grave o *ballo in maschera* no qual, muito contra a minha vontade, me meteu *la forza del destino* — antes de retomar sua natureza de banido, confirmado, crismado no seu banimento, terá que ser, já que retornou sem que o chamássemos, detido, enquanto... que dizia eu?... enquanto lavamos a basílica, ponhamos assim.

Palhano, neste ponto, tirou, antes de prosseguir, o pincenê, e, coincidindo seu gesto com uma espécie de convulsão e gemido de Molambo, que dormia um sono aflito, afagou-lhe de tal forma a cabeça que, desperto por um instante, o fila mirou Jupira por trás das lentes.

— Em sua brevíssima estada entre nós o Quinho só teve a ajuda, nada significativa do nosso ponto de vista, que lhe vem de um certo ar de desamparo em que, como em fraldas e cueiros, se envolve, e que comove as pessoas, em primeiro lugar as mulheres, como, por exemplo — o nome dela me foge — rima com Regina, Paulina, Rosina, como a do *Barbeiro* — não me açode de pronto... tão... Ah, sim, afinal! — a Firmina, a boa e compassiva hoteleira, que há tão pouco sequer do Quinho tinha ouvido falar e que passou, num abrir e fechar de olhos, a tratá-lo como se o tivesse concebido. E nem só de saias tece o Quinho suas redes, como não me deixa, ou deixaria mentir o próprio Claudemiro, homem bem homem, convenhamos nisso, que exerce também grande fascínio, de uma outra espécie, concordo, sobre as mulheres, como a querida amiga talvez não saiba mas que outras mulheres, com um suspiro, asseverariam: pois o Claudemiro cedeu também à insinuante fragilidade do Quinho, do Vasco, abrindo-lhe as portas da Onça, da Pantanera. Aí, sem dúvida, vem a pelo — pelo de onça, acrescentemos — ressaltar esta uma e única prova deixada pelo Onceiro de confiar em seus semelhantes, no que se deu mal, pois agasalhou no seio uma serpente, a qual, parodiando a do paraíso, tentou-lhe e depravou-lhe os cães. Sozinho o Quinho pagará pelo que se imagina por aí que sozinho fez, querida amiga, antes de o despacharmos de volta a Londres, como carga frágil, consignado a Liana e Nini, outros dois vultos femininos em sua povoada existência, enquanto eu próprio daqui me despacho, solitário, levando no peito um coração pejado de salgadas lágrimas, como de água do mar uma esponja, mas levando também na mão o tenorino das manhãs, o Tamagno das noites, o Caruso do dia pleno. Por favor, minha amiga, eu lhe imploro.

— Verdurino — disse Jupira —, não é meu, como você sabe muito bem, como sabem todos os que nos conhecem, não sendo preciso, para saber tão pouco, que alguém concorde em ser Ari Knut, e Verdurino, agora, é o único irmão e amigo que resta a Herinha, depois do irmão que ela perdeu, talvez você saiba como.

— Ai, piedade, misericórdia, de novo misericórdia, não me fale no terrível caso do macaquinho, do Jurupixuna, mas afinal, escorraçado, sem luz, sem pão, sem amor, sem nada, o pobre Juvenal Palhano, que hoje morre, merece — mais do que um pobre símio, não acha? — uma lembrança.

Palhano-Knut se levantou, e, apesar de manter o ar e tom súplices de até então, falou, ao se despedir, com um pouco menos de unção, feito um ator cansado que se afasta do exigente personagem que representou durante um tempo longo demais:

— Minha querida amiga, se ainda me permite o termo, que me é tão caro, estarei em casa, arrumando malas e potes, trouxas e gaiolas, até me mudar, em companhia de Verdurino, espero e conto, do fundo do coração. Beijo-lhe as mãos, ou não, não as beijo, já que assim, mísero, privando-a do meu contato, sei que lhe agrado e que a homenageio mais.

E para o cão:

— Vamos, Molambo, marchemos rumo à nossa próxima, mui próxima extinção, eu caminho do exílio, você ao encontro do amo e senhor que — mau cão, a subverter o eterno comando que põe os cães adiante dos amos — foi por você enviado à sua frente para a eternidade.

48

Levando pela trela a fera pesarosa, Knut-Palhano foi, afinal, saindo, enquanto Jupira se limitava a afundar mais na cadeira, como se procurasse, depois da recente e malograda tentativa de tornar-se árvore, fundir-se nela, seus braços, braços de madeira, suas pernas, quatro, se apoiando no chão, suas costas talhadas em espaldar, toda ela pau e palhinha. Mas continuava viva, comandando, muito mais do que desejava, o destino de seres vivos, como Verdurino, como Herinha, cuja cabeça aparecia agora na janela, sorrindo de longe à mãe, os olhos apenas um pouco folgados nas órbitas, Herinha sorrindo como se dissesse a Jupira que estava tudo bem, ou que, pelo menos, não perturbaria com perguntas a mãe tão carente, tão pobre, tão necessitada de respostas.

Herinha desapareceu do campo de visão de Jupira ao deixar o retângulo da janela, o caixilho, a moldura que sofreu e penou, durante um intervalo longo, a falta da menina, como se, a poder de esperar, atenta e vazia, fosse recuperar a imagem. E de fato, um instante depois, retornou a imagem ao retângulo e ao campo de visão de Jupira, só que alterando a composição anterior, pois agora Herinha trazia na mão a caixa de chapéu, a grande chapeleira em que mais de uma vez Verdurino tinha ido dar concerto no jardim, na varanda do então Juvenal Palhano.

Jupira se dobrou para a frente, mareada, um pouco tonta, quase como se fosse vomitar, e escondeu o rosto nas mãos, naquela aflição de quando o máximo de força e ação que nos resta se concentram em deixarmos que os minutos passem.

Depois, aos poucos, inteiriçada e dolorida mas dizendo a si mesma, para se dar um consolo, que ao menos mentalmente não ia deixar a filha sozinha naquele segundo dia do seu sofrer, Jupira foi imaginando a marcha de Herinha, concentrada, absorvida nessa tarefa como se procurasse se distrair do horror de acompanhar uma via-sacra cronometrando-a com aplicação e rigor. Viu Herinha que saía de casa, que atravessava a rua, que cruzava a outra rua, de onde já enxergaria, da esquina, a casa de... de quem, exatamente? do novo dono de Verdurino, digamos... que percorria a longa calçada de sebes floridas a carregar na mão direita, feito uma derrota, a chapeleira, a afagar com a esquerda o embornal de Jurupixuna que lhe pendia do ombro, feito uma saudade.

Como haveria de considerar a tragédia que se abatia sobre Herinha, pensava Jupira, de onde vinha, de que furna ou gruta, essa maldade singela, desataviada, que não se parecia com nada, sem anterioridade ou tradição, armada para atormentar uma menina mediante um pássaro e um macaquinho? Vingança de lacrau, só podia ser, meditada e gerada naquele arabesco inexplicável e provavelmente querendo dizer que, quando marcadas para morrerem de peçonha, as pessoas — ou seus pais, ou responsáveis — podem decidir se morrem uma morte dolorosa mas rápida, em seguida à infecção, ou se deixam agir as malevolências para adiar tormentos, que ficarão, transferidos, muito mais apurados, requintados.

Era pura perda de tempo buscar explicações menos improváveis, sensatas: em primeiro lugar, Herinha não estava sendo martirizada por coisa nenhuma que tivesse feito, não aprontara com achas e gravetos, como uma santa que se constrói, sua própria fogueira; em segundo lugar, Jurupixuna não fora torturado e morto por nenhuma culpa ou imprudência dela e sim por culpa de sua mãe, Jupira de nome, que tinha o amor nefasto aos seres que amava, ou que a amavam; finalmente, em terceiro lugar, Verdurino era desejado por ele mesmo, por sedução própria, e seu rapto amoroso não tinha nada a ver com a menina sua dona.

Assim, lá ia Herinha, a marchar pela rua carregando seus símbolos — a chapeleira, o embornal —, uma criaturinha patética, absurda, a receber os eletrochoques de uma, de várias loucuras geradas fora dela, a despeito dela, com, no entanto, o exclusivo intuito de se inserirem em cada nervo e fibra dela, de...

De repente, Jupira estremeceu, e seu sangue, adormentado pela posição forçada, contrafeita, na cadeira, se espalhou aos borbotões pelo corpo inteiro, enquanto que, nos braços da cadeira — da qual agora se desgrudava, se dessolidarizava —, suas unhas se enterravam, se cravavam, os dedos tão lívidos e transparentes, tão necrosados do esforço que não se distinguiam mais das unhas brancas, sem sangue.

É que, vindo de fora, do jardim, do quintal, intenso, melodioso, um canto de sabiá como não havia outro, o canto de Verdurino, inundava a casa inteira.

49

Rijo, rígido, caminhando em direção ao hotel, Dianuel destacava, como recurso de memória — entre os vários tons de couro que lhe vinham das botas, do cinturão, do gibão —, o leve ranger, quase imperceptível mas sentido na intimidade e calor do seu corpo, do revólver enfiado no estojo de couro em seu sovaco esquerdo, a dizer porta, porta, porta.

Quando afinal parou, olhos fitos na porta do hotel, Dianuel, encolhendo e distendendo o dedão do pé direito, se pôs a cocar por dentro o bico da bota, que dizia vivo, vivo, vivo, e, em pouco tempo, entre sovaco esquerdo e pé direito, balizou seu ouvido e seu espaço mental com a única alternância necessária e ordenada, de porta e vivo. Era fácil, assim, manter o pé esquerdo desde já em estado de alerta para entrar, dentro de alguns instantes, com a palavra de ordem, que vinha logo depois, a que lhe valera, para sua orgulhosa gratidão, aplausos do chefe Knut, a saber, máquina de retrato. Esta devia assinalar o aparecimento à porta do esconjurado Quinho, significando, de pronto, a desnecessidade da repetição de porta, porta pelo couro do estojo apertado entre o peitoral e o bíceps esquerdos.

Tudo assim ordenado, e enquanto aguardava, Dianuel pôde ouvir de novo, como quem ouve tremores de terra, os fatos e acontecimentos que ultimamente não paravam mais de desabar ao seu redor e que o levavam a sentir, pelos cachorros de que tratara durante tantos anos, uma pena furiosa, um pouco como se estivesse também sentindo pena dele mesmo. Isso ao mesmo tempo complicava as coisas, pois dava a Dianuel a raiva de achar que os outros sabiam que ele pensava nele e em Molambo assim, confundindo tudo, e só esperava que a raiva passasse logo que o esconjurado Quinho aparecesse na porta, porta, porta, porque o Quinho é que tinha baralhado os homens e os cães.

— É o homem Quinho que evém ali? Não, não é, Jesus, Maria, José, mas eu sempre achei e hoje então nem padece dúvida que quando o homem tem que, ao mesmo tempo, olhar e pensar, devia virar dois, ou brotar nele duas cabeças, porque não tem cu nem cabeça que aguente, só mesmo amarrando as coisas no rincho do couro. Não vou deixar o chefe Knut entrar de novo naquela conversa que a gente devia estar feito o Molambo, ganindo de remorso e de arrependimento pela má ação — como é que o Molambo ia saber? — ou do doutor Trancoso dizendo que o Molambo é até melhor do que a gente porque obedeceu lá o faro dele e aí pegou cravou tudo que era dente que tinha dentro da boca na onça que ele pensou que era o chefe Claudemiro. O que a gente tem que ver direito é como é que o Molambo, mais Arambaré, Tigre e o resto do cachorrame foi tudo enganado e isso quem é que não entende que acontece com cachorro quando mesmo com a gente-gente não tem porra mais difícil na vida do que não ser enganado quando a gente tem que ver e prestar atenção ao mesmo tempo pra não confundir e embucetar os troços, como dizia o finado que sempre gostava muito de falar em buceta, que Deus tenha. Se o Molambo não andasse tão perrengue e caipora da vida, amarrado no remorso dele feito cachorro que o culhão deu nó dentro da cadela e não sabe como é que vai se desbucetear — olha o falecido me saindo de novo da boca! — da buceta fedorenta do arrependimento lá dele porque mordeu o chefe, até ele, Molambo, montava guarda numa porta da peste sem precisar esbanjar aqui homem-homem feito a gente. Mas, porra, eu sei tudo muito melhor do que o Molambo, eu sei onde é que está o Lino, o Melquisedeque, o Paraguaio, e o chefe Knut e o homem Quinho t'esconjuro sai de táxi ou de pé com gente de olho nele até na Santa Cruz da Bolívia, no Porto Murtinho do Paraguai, em Ladário, no Bauru de S. Paulo e só se o homem Quinho quiser mijar fora do penico é que a gente esprema o culhão dele até sair o caldo e enfia o capuz até o calcanho dele, isso não dá, mas até na raiz do pescoço do esconjurado.

Do hotel saiu um homem, que era apenas Seu Afonso.

— Jesus, Maria, José, é ele, é o tinhoso, o nojento, não não é ainda o filho das ervas e das putas. Enxergar quando a gente não tem que diferençar nada, quer dizer, não tem que reconhecer ninguém, não tem que não confundir Afonsos e Quinhos, isso qualquer Molambo sabe fazer, mas enxergar botando tento numa coisa só, separando ela das outras todas que tem neste puto mundo atravancado, isso tem que não ter nenhuma merda de cachorro na cabeça e não embucetar e dar nó de pensamento na buceta de remorso nenhum! Tem que ser homem-homem, porra!

Tinha começado a tocar, para chamar a atenção de Dianuel, a buzina da viatura estacionada, mas Dianuel, por coisa nenhuma deste mundo transbordante de coisas diferentes entre si, ia despregar os olhos da porta, porta, porta.

— Evém, evém, agora evém mesmo o tinhoso, o homem Quinho, que tem partes com o cão para desensinar os cães, lá vai ele... andando para a casa do chefe Knut... Ahn...

Então por isso é que a porra da viatura ficava tocando siririca na buzina o tempo todo e eu sem tirar os olhos da porta, porta, era isso, porra, essa gente toda na casa do chefe Knut? Ih, fodeu-se, está tudo desabando de novo. "Você vai tomar café e pronto", uma porra. O mundo embucetou de tal jeito e deu tanto nó na buceta da cadela que não vejo jeito de desbucetear o mundo tão cedo não. O que vale é que eu sou muito mais sabido do que o Molambo. Imagine se o Molambo visse o chefe Knut, que sabia tudo — "Pode deixar que o resto é comigo. Eu faço o que precisar ser feito" —, deitado assim na terra, todo fouveiro de formiga novateira, cruzes, Jesus, Maria, José! Ai, que cara mais feia, nunca vi morto fresco mais defunto e mais roído de bicho na minha vida! Enquanto isso a porra do homem Quinho bate que bate os pés no meio das macas e das formigas, t'esconjuro, sapateando que nem dançarina de cabaré da zona. "Só mesmo se ele tiver um acesso de loucura, Dianuel, começar a dançar no meio da rua... Dá uma coronhada na cabeça dele..."

Dianuel desferiu no crânio de Quinho uma machadada de lenhador enfrentando braúna e, sem dar a Quinho nem o tempo de vacilar e oscilar nos pés, já sem raízes no chão, enfiou na cabeça dele, até as clavículas, o capuz, dizendo a si mesmo que Molambo nenhum conhecido dele ia desengatar tão bem os culhões lá dele da buceta do remorso de não ter rachado o crânio do homem Quinho antes, muito antes dele aferventar e curtir o chefe Claudemiro em sangue de suçuarana.

50

Com infinita paciência e sumo cuidado, Ari Juvenal Palhano Knut, empenhado em transferi-la para um vaso de barro que tinha ao lado, cavava, com uma pá, o chão ao redor de uma sarracênia em cuja úmida boca de urna e pichel um mosquito deslizava, a bracejar, um tanto surpreendido, sem entender muito bem o que se passava, mas ainda, igualmente, sem medo, sem pedir socorro, pois deslizava sobre pelos deitados ao longo da bainha da flor, pelos de seu natural duros mas agora gosmentos e brandos, deitados, feito pentelhos submissos. Knut-Palhano suspendeu a pá, fascinado — lembrou-se do êxtase de Darwin ao contemplar a dioneia *muscipola*, ratoeira, que chamou "a planta mais maravilhosa do mundo" —, pois em breve, muito em breve, o mosquito ia parar na zona glabra, escorregadia como azulejo de laboratório onde a sarracênia mói, rumina, e regurgita seu caldo de enzimas digestivas, a cisterna em que, um segundo, um átimo antes de perecer, mesmo nematódeos, ínfimos, minúsculos espasmos de vida, provam pavores bastante evoluídos, razoáveis, a caminho, diria o poeta, do supremo infortúnio de ser alma.

O mosquito, bravo, tentou refazer o caminho que tinha percorrido mas já então as cerdas da saída, da ex-entrada, da comunicação com o mundo e a vida, se eriçaram feito baionetas de fronteira na boca da flor, uma grade de cárcere, só restando ao mosquito o resvalar para o nada nos sucos dissolutos e dissolventes de um estômago no entanto delicadíssimo, feito de pétala, e...

O portão se abriu e Palhano-Knut sentiu que seus joelhos vergavam de ternura e alegria, pois vinha entrando — clara mensageira, luminosos olhos um tantinho luminosos demais, fatais que seriam um dia, se já não eram — Herinha, com a caixa de Verdurino, a chapeleira com furos, e, enquanto a pá caía na terra e o mosquito descia, por caule e caldo, rumo à eternidade, Knut imaginou Verdurino no interior de sua caixa, em repouso, como um dó de peito adormecido no dito, isto é, no tórax do tenor, Verdurino como um hino na catacumba, um cântico num púcaro.

Limpou as mãos sujas de terra nas calças de jardinagem, sorriu para a menina, quase tímido, em estado de graça, e, lembrando-se daquilo que à mãe da menina dizia há pouco, a si mesmo confiou, com enlevo e ternura, que, comparados à média incolor, eram maus os homens feito ele, mas tinham, ainda assim, sua zona puramente Lulu, capaz de se compadecer, num momento augusto como aquele, tanto com a sorte de Molambo, acorrentado no fundo do quintal e aguardando, réu de homicídio, sua injeção de estricnina, como do mosquito que ia se transformar, primeiro, em aldrovanda, em sarracênia, em flor, e, a seguir, já parte de aldrovanda ou sarracênia, em cárcere e morte de outros mosquitos, irmãos seus.

— Verdurino —, murmurou, mãos estendidas para a caixa mas coincidentes uma com a outra, em postura de prece.

Sorrindo docemente, os olhos apenas um quase nada girando nas órbitas, Herinha estendeu, nas mãos, a caixa de chapéu, a oferenda, como a via Palhano-Knut, que, de joelhos depois de beijar Herinha na face, colocou seu próprio rosto contra a chapeleira, amoroso, para sentir o palpitar do sabiá na gaiola de papelão, e, bem devagar, ouvido à escuta, entreabriu a tampa da caixa.

51

Tão absorto, contra seus hábitos e usos, estava o velho Iriarte, sentado na penumbra da loja, que, igualmente ao contrário de seus costumes, não lhe pediu o beijo de sempre, e mal viu, para dizer a verdade, a neta Herinha, que acabava de voltar da rua, trazendo na mão uma caixa de chapéu.

Iriarte quase ouvia, da cadeira de braços em que afundara, vindas da rua, as vozes das criadas, das comadres, dos entregadores, dos marujos e vaqueiros de água doce — do rio e do Pantanal — resumidas e reforçadas pela voz atávica e sapiente, medida em redondilhas para ficar mais fácil decorar, dos poetas repentistas, dos violeiros, esse imenso coral de cordel, ocupado em vestir de palavras e nutrir de lendas e narrativas auxiliares a fábula que acabava de nascer ali mesmo, em fazenda da região, num presépio talvez sinistro mas da querência, do arrabalde, a menos de uma légua de qualquer beiço.

Pena é que no lusco-fusco da loja não parecia vigorar a época intemporal em que se chocam os ovos das lendas, e sim, apenas, as horas de um dia a dia mesquinha: perfilado no seu canto o alto relógio-de-armário tinha aguçado o tom e estugado o passo, cortando o tempo como se descascasse uma fruta numa tira só, e, finda a serpente da casca, prosseguisse fruta adentro até que em breve nada mais restasse de polpa a consumir, não restasse mais nada de nada, talvez apenas — sua imensa haste fincada no meio do deserto como o mastro dum navio engolido pelas areias dum mar evaporado — um relógio de sol, que só sabe dizer as horas pela sombra que projeta.

Pelo sim, pelo não, Iriarte resolveu que só empregaria as forças que lhe restavam nos gestos imprescindíveis: pôs em cima da toalha branca da mesa uma garrafa de vinho tinto e um copo e desprendeu do seu suporte de madeira na parede o mais fantástico, o mais longo *meerschaum* da sua coleção, tão comprido de haste que às vezes, no auge do devaneio tabagista, o fumo em distante, dulcíssima crepitação, Iriarte, olhos semicerrados, imaginava, ao contemplar o fornilho aceso, que avistava a fumegante chaminé do vizinho.

Impaciente, determinada a dividir com o pai, quisesse ele ou não, as angústias de um minuto atrás, Jupira entrou tateando pelo escuro da sala, e, a fim de evitar um esbarro no tubo imenso do cachimbo apoiado na mesa, esbarrou, isto sim, no copo, o vinho entornado configurando lânguido na toalha alva um corpo de mulher, em mancha compacta, vermelha, as pernas, as mãos espalmadas, e, respeitada pelo vinho uma aspereza do pano, a cabeça, com o oco redondo de um berro na boca, o berro que Jupira ainda não dera, em parte por pena do pai, em parte por não saber, por não ter tido coragem, ânimo, ou o que fosse, de perguntar a Herinha…

— Ele não vai passar aqui não, minha filha, o Quinho — disse Iriarte —, ele tem tino e senso, ele deve ter percebido a guarda que está montando à esquina do hotel aquele vaqueiro e cachorreiro do finado Claudemiro, que Deus não tenha, o mais encourado de todos, o Dianuel, aquele que range quando anda e acho que quando pensa também.

Maior, para Iriarte, do que o choque de não ter sabido conhecer o inimigo, e, portanto, de reconhecer a finura e malícia dele, Knut, maior, até mesmo, do que a dúvida total em que soçobrava, de não saber exatamente quanto sabia dele, e dos seus, o inimigo, Knut, e quanto dessa ciência iria pôr em prática, maior, maior do que tudo era reconhecer e identificar à sua volta, ao redor de sua casa e família, o mistério, a sombra com que o próprio sol, como num relógio de jardim, passava a assinalar sua presença. Ele continuava a não crer no mistério e a rir da sombra porque um homem bem formado não muda de convicções nem de cavalo no meio do banhado, ou da peleja, mas o um e a outra, o enigma e a obscuridade ali estavam, entre suas cadeiras, seus móveis, sua gente, elidindo, esfumando os planos claros, cachimbão fumado não se concebe por quem e de súbito a soprar furioso, vulcânico, na boca de sarro e saburra de algum ser absurdo e vai ver que inimigo jurado daquela Grande Fêmea que aparece aos homens ibéricos, que paira nos altos ou que, ao contrário, aparece, lâmpada ardente, na fenda das fragas.

Foi quando irromperam na loja Malvina e Cravina, mãos dadas, primeiro, mas se abraçando uma à outra antes das primeiras palavras, como se não fossem aguentar, isoladas, o peso e o pesar do que diziam, as duas chorando e carpindo, aos ais e soluços diante de Jupira e de um Iriarte que, incerto, abalado pela primeira vez na vida, nem reparava que o cachimbo amado se partia ao cair de sua mão, misturando cinza fumegante à mulher de vinho tinto deitada na toalha branca.

— O soro! O soro! — bradou Malvina. — O Martinho da farmácia a gente encontrou mas não tem, não está prevenido para a morte!

— Ai! O soro! — bradou Cravina.

— Que agonia medonha, ai, o soro, pelo amor de Deus, que Seu Martinho diz que foi cobra cascavel mas eu juro que foi aquelas plantas malditas que picou ele, bem na orelha e no pescoço, ai o soro que Seu Martinho diz que faz sarar veneno de cobra mas ninguém sabe curar peçonha de planta que come comida de sangue, Seu Iriarte, Dona Juju, eu sabia que meu patrãozinho, tão bom, ainda ia morrer de mordida daquelas plantas da lei do diabo, que comem bicho em vez de beber só água da chuva, da rega e do rego, como Deus manda.

E Malvina parou, hirta, o olho esbugalhado, a córnea branca a crescer na cara negra.

— Foi aquela boca de trombeta do diabo!

— Foi a trombeta do diabo! — disse Cravina.

— Ele escorregou, ai, coitado, meu patrão, tão bom, tão bom!

— Tão bom! — disse Cravina.

— Ele estava cavando as plantas do arrenegado, do sem-nome, pra levar pra outra casa, lá na Brasília, homem tão bom, ia levar a gente com ele, mas a trombeta achou que ele estava matando ela e picou ele, quando ele escorregou, feito cascavel, pra enganar o Martinho da farmácia, e agora ele está morto, Seu Palhano, não tem injeção que salva ele não, está duro, morto.

Iriarte saiu da sala — enquanto Malvina se agarrava a Jupira, falando e falando, e Cravina se agarrava à mãe, repetindo ais — e em breve voltava, o soro anticrotálico na mão, feito um talismã, um breve e um escapulário, um penhor, não atinava qual fosse, ou de que, guiado por uma obscura saudade do pai, confiança no pai, a bradar seu brado de guerra do *contraria contrariis curantur*! como se isso tivesse alguma coisa a ver com Palhano-Knut e com a pele lacerada da lenda que parecia se reconstituir, mesmo dentro da sala, feito um véu de novo inconsútil, feito uma gaze curando-se a si mesma.

— Ainda tem alguma esperança, não tem, Malvina? — perguntou Iriarte. — Ele ainda deve estar vivo, teu patrão, nosso amigo, nosso irmão, ele vai ficar bom com o soro. Não tem muito tempo da mordida, tem, Malvina?

— Ai, quem viu, na hora, quem viu?

— Quem viu? — disse Cravina.

— Deve ter tempo — disse Malvina —, muito tempo, porque quando eu cheguei ele estava duro feito pedra, pior, aquele duro de morto, e tinha formiga andando nele, passeando nele.

Seguido de Jupira, de Malvina e Cravina, Iriarte, engolindo hinos, sufocando loas, saiu, segurando o soro, correndo no rumo da casa de Palhano, sem sequer olhar de novo a sala onde o relógio-de-armário parecia não mais descascar o tempo como uma laranja, numa roda, numa cobra enrolada em si mesma, perigosa e finita: ia de novo em frente, marchando adiante, avante e arriba.

Na sala de sombras só ficou, distraída, os olhos baixos, velados, Herinha, a desfiar seu rosário dos treze grãos de milho.

52

Enquanto derramava o álcool num pires, dentro da bacia de louça que ficava em cima da cômoda, enquanto carregava o pires com cuidado, para não entornar, pondo-o em cima da mesa de cabeceira, e enquanto, afinal, riscava com mão trêmula e suada o fósforo, produzindo a chama azul na qual deitou, também azul, a carta de Liana, Quinho, passando o indicador no colarinho aberto, se sentiu conformado, calmo, em primeiro lugar porque se lembrara, ao derramar o espírito no pires e se mover de um lado para outro, das missas que acompanhava outrora como coroinha, e, em segundo lugar, porque ainda lhe restava na mão um grande trunfo.

Recuperara de chofre, ao se mover, sacerdotal, com o pires, o jovial assombro com que, coroinha, se dera conta de que o solene *Ite, missa est* queria apenas dizer vão embora, a missa acabou, o sangue estancou, o sacrifício chegou ao fim: uma despedida, um adeus, cada um que fosse cuidar da sua vida, tomar a sua condução ou pegar, como pegara ele, o noturno da Central do Brasil, passando do escuro do cinema, da missa negra em que Lucinda lhe tinha sido arrebatada, para o escuro da sua cabine, no vagão-leito, onde se deitou, aterrado — mais aterrado do que havia pouco, ao ler a carta —, as mãos geladas, a garganta seca, mas exausto demais para não ferrar no sono. No meio da noite, o despertar brutal, os tiras a sacudi-lo pelos ombros, do outro lado da porta da cabine o entrechocar dos canos dos fuzis que iam fuzilá-lo, e então ele, num assomo de energia digno do trisavô, lanceiro de Osório, empurrando aqueles que tentavam dominá-lo e esganá-lo, dispersando-os aos socos e pontapés, escancarando a porta para subjugar também os soldados — e desembocando, estremunhado, no plácido corredor do trem adormecido, as rodas, as plataformas de aço, os engates dos vagões, as ferragens orquestrando a afunilada noite ferroviária que deslizava oleosa por trilhos enluarados, para longe de Claudemiro e Knut, para longe dos assassinos e — o que então ignorava — para muito mais perto de Lucinda, para muito mais fundo nos braços dela.

Agora, repicavam os sinos do grande ite, ide, vade, cada um que se defenda, que arrume, lá fora, as alegrias que puder, e evite, como Deus for servido, os aborrecimentos. Se mandem, por obséquio, que está na hora de varrer a igreja, vão embora, não esqueçam nada nos bancos, nos genuflexórios, e raspem-se daqui, sumam que a missa acabou, o altar se apagou, temos todos muito que fazer, a começar pelo padre e o sacristão, bom proveito para quem comungou sangue de anho ou novilho, agora chega de tragédia e de mistério, é hora do cada um por si e Deus por todos e quem quiser que conte outra que aqui o livro acabou, xô, gente, ide que a missa já era, foi, e acabou.

Ele já ia, estava pronto, restabelecido do violento esforço, quase braçal, de, lida a carta, empurrar Juvenal Palhano pelos corredores dos anos afora, no sentido do passado, até que, como uma réplica de gesso, se espatifasse contra o vulto de bronze de Ari Knut postado no fundo de galerias e galerias do Instituto Médico-Legal: ficara, a princípio, ofegante, arquejante de cansaço, todo arrepiado com os calafrios de uma febre de medo, sentindo, além disso, no côncavo da mão esquerda, ameaçando-lhe a linha da vida, a dor mais fina de sua vida inteira, proveniente, talvez, de uma afiada farpa de gesso.

Mas a certeza do trunfo que lhe restava, o régio curinga, é que acabara por tranquilizar Quinho: Knut não sabia que Quinho sabia quem era Knut. Ai de mim, gemeu Quinho, julguei ter tido uma vez essa mesma vantagem diante de um Melquisedeque que ocultava o verdadeiro Knut como as geleiras do nono círculo ocultavam o Iscariotes, mastigado não por cães mas pelo grande Cão. Geleiras ou simples lavadeiras? prosseguiu Quinho, a corrigir, zombeteiro e severo, uma grandiloquência imprópria à hora grave em que afinal entendia que os heróis não têm medo porque primeiro rascunham a batalha que hão de vencer depois, passada a limpo.

Deixando no pires seco a pitada de cinza sem sequer lembrar de malas ou pertences, Quinho ganhou a rua, pensando em, primeiro, procurar Jupira, durante um minuto, para fazer a revelação: "Adivinhe, Juju, se você é capaz, quem é na realidade Ari Knut. Eu sei, eu já sei, descobri"... Não contaria a ela, por falta absoluta de tempo, os pormenores da sua descoberta, havendo vagar e hora para tudo depois do encontro, do combate singular para o qual partiria, deixando uma Jupira assombrada para ir à presença de um Palhano atônito, hirto e doloroso como esses edifícios minuciosamente minados que vemos um segundo antes da implosão: Knut!

Mal chegou à rua, ainda diante do hotel, viu o ajuntamento no portão da casa de Knut, desde a calçada, desde a ambulância branca, a casa, ela própria, tornada, de longe, quase invisível, devido à multidão de pessoas que davam as costas a Quinho, voltadas que estavam todas para o jardim de Knut, como se assistissem, da rua, a um espetáculo, uma sessão de cinema ao ar livre, e Quinho, o coração batendo forte, apressou o passo na direção daquele muro de dorsos humanos, de gente que via a película cinematográfica que em pouco saberia qual fosse — embora tivesse uma ideia — e à qual em breve estaria assistindo também.

Quando avistou Quinho — num desespero, mas desespero triunfal de quem, embora personagem menor, tem o encargo de divulgar, do palco ou da tela, a surpresa, a coincidência, o parentesco, de declamar e proclamar a tragédia que acaba de fazer em pedaços, como um vidro que se quebra, o venturoso ramerrão reinante até então na história — Malvina bradou:

— Que desgraça, Seu Quinho, ele morreu! Meu patrão morreu!

— Ai, ele morreu! — exclamou, ninfa-eco, sem direito a fala própria, Cravina.

Deitado entre suas plantas carnívoras, lívido, acinzentado, e ainda por cima, podia alguém supor, adoçado, pulverizado por algum açúcar mascavo das profundas, de tão coberto que estava de formigas, Palhano-Knut não parecia ter morrido há pouco, como Malvina dizia e Cravina ratificava: dava a impressão de ter se exumado a si mesmo, ter emergido dos porões da morte, do fundo para a flor da terra, fugindo, quem sabe, às vítimas que reencontrara além, expulso, enxotado talvez pela própria Lucinda. Quatro padioleiros acabavam de tentar transferir Knut para a padiola posta no chão, ao longo das sarracênias flavas e das nepentáceas, mas tinham roçado sem vê-lo, tinham se esfregado, sem sabê-lo mirmecófilo, no taxizeiro, no novateiro, assanhando um fulvo batalhão de formigas que recobriam também a eles, como ao cadáver, e se o cadáver não reagia, eles, em compensação, os padioleiros, batiam com as palmas da mão no pescoço, na nuca, nas coxas, e sapateavam, sentindo o ferrão das formigas nos tornozelos, na barriga da perna, caminho dos joelhos.

Ite, ide, pensou Quinho que — reverente mas sobretudo alegre diante daquele inimigo que lhe era, antes do combate, ofertado numa salva, diante de tão deleitoso cadáver — protelou, adiou a própria curiosidade de saber como morrera Palhano-Knut, já que o fato insigne daquele passamento era sua conveniência, seu a propósito, os sinos dobrando a finados com tamanha pontualidade e justeza harmônica, que Quinho evocou, quase com ligeira afeição, o amor que nutria pela música uma parte, pelo menos, do finado, a parte Juvenal Palhano.

Quinho encheu de ar os pulmões, como era seu costume, mas sem aflição e sim, ao contrário, como se levasse sopro a um festivo balão de insopitável júbilo, os gomos cada vez mais esticados e coloridos. Acercou-se de Knut, mirou-o bem na cara já meio enegrecida, feito cinza num pires, e olhou depois, em volta, Malvina, Cravina, Iriarte, Jupira e as pessoas gradas, como o secretário Trancoso, olhou depois os padioleiros, que tentavam de novo embarcar o morto na maca, mas ainda sapateando, para afugentar as formigas, e então, no compasso dos padioleiros, apesar de começar lento, encabulado, não aguentou nos tornozelos as formigas nem, nas entranhas, o balão que ameaçava subir com ele para os céus — e, batendo forte com os pés, riu.

Isto — a bulha, o ruído que dele próprio vinham — o impediu de ouvir o tema, o motivo musical, o rangido de couros de Dianuel que se aproximava, que levantava pelo cano a coronha do 45, e, exagerando muito na força do braço, lhe fendia a cabeça e lhe enfiava o capuz, isto é, impunha-lhe, num cone de escuro pano, a escuridão do cinema, onde Quinho ainda teve tempo de ver o copo que afinal se estilhaçava no chão. E desta vez ele guardou para sempre, na sua, sem soltá-la, a mão de Lucinda, e guardou ela própria, toda ela, Lucinda perene, perpétua, imortal, sempreviva.

Petrópolis, 1980

Estudo crítico

Callado e a "vocação empenhada" do romance brasileiro[1]

Ligia Chiappini
Crítica literária

Embora se alimente de episódios quase coetâneos, muitos deles tratados em reportagens do autor, a ficção de Antonio Callado transcende o fato para sondar a verdade, por uma interpretação ousada, irreverente e atual. E consegue tratar de forma nova um velho problema da literatura brasileira: sua "vocação empenhada",[2] para usar a expressão consagrada de Antonio Candido. Uma ficção que pretende servir ao conhecimento e à descoberta do país. Mas o resgate dessa tradição do romance empenhado ou engajado se realiza aqui com um refinamento que não compromete a comunicação e com um caráter documental que não perde de vista a complexidade da vida e da literatura. Busca difícil, que termina dando numa obra desigual, mas, por isso mesmo, interessante e rica.

---

[1] Este texto é a adaptação do Capítulo IV do livro de Ligia Chiappini, intitulado *Antonio Callado e os longes da pátria* (São Paulo: Expressão Popular, 2010).
[2] Essa expressão, utilizada para caracterizar o romance brasileiro a partir do Romantismo, é de Antonio Candido em seu livro clássico *Formação da literatura brasileira*, de 1959.

O jornalismo e suas viagens proporcionam ao escritor experiências das mais cosmopolitas às mais regionais e provincianas. A experiência decisiva do jovem intelectual, adaptado à vida londrina, a quase transformação do brasileiro em europeu refinado (que falava perfeitamente o inglês e havia se casado com uma inglesa) afinaram-lhe paradoxalmente a sensibilidade e abriram-lhe os olhos para, segundo suas próprias palavras em uma entrevista, "ver essas coisas que o brasileiro raramente vê".[3] É assim que ele explica seu profundo interesse pelo Brasil no final de sua temporada europeia, quando começou a ler tudo o que se referia ao país, projetando já suas futuras viagens a lugares muito distantes do centro onde vivia.

Da obra de Antonio Callado, em seu conjunto, transparece um projeto que se poderia chamar de alencariano, na medida em que seus romances tentam sondar os avessos da história brasileira, aproveitando, para tanto, junto com os modelos narrativos europeus (sobretudo do romance francês e do inglês), os brasileiros que tentaram, como Alencar, interpretar o Brasil como uma nação possível, embora ainda em formação. A ficção como tentativa de revelar, conhecer e dar a conhecer nosso país constitui o projeto dos românticos e é, ainda, o projeto de Callado, que, como Gonçalves Dias, Graça Aranha e Oswald de Andrade, redescobre o Brasil. Conforme ele próprio nos conta em vários depoimentos, os seis anos que viveu na Inglaterra foram, em grande parte, responsáveis pelo seu projeto de trabalho (e, de certa forma,

---

[3] Cf. entrevista concedida à autora e publicada em *Antonio Callado, literatura comentada* (São Paulo: Abril Cultural, 1982. p. 9).

também de vida) na volta. As viagens, as reportagens, o teatro e o romance servem, daí para frente, a um verdadeiro mapeamento do país: do Rio de Janeiro a Congonhas do Campo; desta a Juazeiro da Bahia; da Bahia a Pernambuco; de Olinda e Recife ao Xingu; do Xingu a Corumbá, com algumas escapadas fronteira afora, para o contexto mais amplo da América Latina.

Obcecado pelo deslumbramento da redescoberta do Brasil, seu projeto é fazer um novo retrato do país, o que o aproxima de Alencar, depois da atualização feita por Paulo Prado e Mário de Andrade, e o converte numa espécie de novo "eco de nossos bosques e florestas", designação que Alencar usava para referir-se à poesia de Gonçalves Dias. Não faltam aí nem sequer os motivos da canção do exílio — o sabiá e a palmeira —, retomados conscientemente em *Sempreviva*. Tampouco falta a figura central do Romantismo — o índio —, que aparece em *Quarup* e reaparece em *A expedição Montaigne* e em *Concerto carioca*. E, nessa viagem pelos trópicos, vamos recompondo diferentes Brasis, pelo cheiro e pela cor, pelos sons característicos, pela fauna e pela flora.

Mesmo nos livros posteriores a *Quarup*, nos quais se pode ler um grande ceticismo em relação aos destinos do Brasil, permanece o deslumbramento pela exuberância da nossa natureza e as potencialidades criadoras do nosso povo mestiço. Vista em bloco, a obra ficcional de Antonio Callado é uma espécie de reiterada "canção de exílio", ainda que às vezes pelo avesso, como em *Sempreviva*, em que o herói, Vasco ou Quinho — o "Involuntário da Pátria" —, é um exilado em terra própria. O localismo ostensivo, que ainda amarra esse escritor às origens do romance brasileiro, de uma literatura e de um país em busca da própria identidade (e até mesmo a certo regionalismo, nos primeiros romances), tem sua contrapartida universalizante, desde *Assunção de Salviano*, transcendendo fronteiras e alcançando "os grandes problemas da vida e da morte, da pureza e da corrupção, da incredulidade e da fé", como já assinalava Tristão de Athayde, seu primeiro crítico. Aliás, do mergulho no local e no histórico é que resulta a concretização desses temas universais. Assim, pelo confronto das classes sociais em luta no Nordeste, chega-se à temática mais geral da exploração do homem pelo homem e das centelhas de revolta que periodicamente acendem fogueiras entre os dominados. Pela história individual do padre Nando, tematiza-se a situação geral da Igreja, dos padres e do intelectual que se debatem entre dois mundos. Pela sondagem da consciência de torturadores brasileiros, chega-se a esboçar uma espécie de tratado da maldade, que nos faz vislumbrar os abismos de todos nós.

O contato do jornalista-viajante com nossas misérias e nossas grandezas sensibiliza-o cada vez mais para a "dureza da vida concreta do povo espoliado",[4] que, presente em suas reportagens sobre o Nordeste e na luta dos camponeses pela terra e pelo pão, reaparece em seus romances. Em alguns deles, esse povo não é mais do que uma sombra, cada vez mais distante do intelectual revolucionário e do escritor, angustiado justamente com sua ausência sistemática do cenário político e das decisões capitais da nossa história.

O tratamento do nordestino pobre (em *Quarup* e *Assunção de Salviano*) ou de um pequeno comerciante de uma

---

[4] Cf. Arrigucci Jr., Davi. *Achados e perdidos*: ensaios de crítica. São Paulo: Polis, 1979. p. 64.

provinciana cidade de Minas Gerais (*A madona de cedro*) parece aproximar o escritor daqueles autores românticos que, como o polêmico Franklin Távora, defendiam o deslocamento da nossa literatura do centro litorâneo e urbano para regiões mais afastadas e subdesenvolvidas. Contudo, em Callado, isso não se manifesta como opção unilateral, mas como evidência da tensão. O caminho da reportagem à ficção feito pelo autor de *Quarup* pode ser comparado ao caminho da visão externa à do drama de Canudos, percorrido por Euclides da Cunha em sua grande obra dilacerada e trágica: *Os sertões*. Da mesma forma aqui, guardadas as diferenças, o esforço do intelectual, formado nos centros mais avançados, para entender o universo cultural do Brasil subdesenvolvido acaba sendo simultaneamente um esforço para indagar das raízes de sua própria ambiguidade como intelectual refinado em terra de "bárbaros".

No caso da abordagem do índio, as trajetórias do padre Nando e de *Quarup* são exemplares como a conversão euclidiana. Documenta-se aí a passagem do interesse livresco e do enfoque romântico, que o levam, no início, a idealizar o Xingu como um paraíso terrestre, à vivência dos problemas reais do índio, contaminado pelo branco e em processo de extinção. Nando termina chegando a um indianismo novo, em que o índio é tratado sem nenhuma idealização.

Mas Callado não só revela a miséria do índio. Aponta também, a partir de uma vida mais próxima à natureza, para valores que poderiam resgatar as perdas da civilização corrupta. Desencanto e utopia, eis aí uma contradição dialética, evidente em *Quarup*, e uma constante nos livros do escritor, nos quais a repressão, a tortura, a dominação e a morte aparecem sempre contrapostas à imagem da vitalidade, do amor e da liberdade, simbolizados geralmente por elementos naturais: a água, as orquídeas, o sol, que travam uma luta circular com a noite, os subterrâneos e as catacumbas.

É a dimensão mítica e transcendente que faz Salviano ascender aos céus (ao menos na boca do povo), em *Assunção de Salviano*; é ela que faz Delfino recuperar a calma e o amor depois da penitência, em *A madona de cedro*; é ela que permite, apesar de todas as prisões, as desaparições e as mortes com que a ditadura de 1964 reprimiu os revolucionários, que, no final de *Quarup*, Nando e Manuel Tropeiro partam para o sertão em busca da guerrilha, e que o já debilitado Quinho, de *Sempreviva*, ao morrer, uma vez cumprida sua vingança, se reencontre com Lucinda, a namorada morta dez anos antes nos porões do DOI-Codi.[5] Retomada na figura de Jupira e de Herinha, ambas também parentas da terra e das águas, Lucinda é uma espécie de símbolo dos "nervos rotos", mas ainda vivos da América Latina (alusão à epígrafe de *Sempreviva*, tirada de um poema de César Vallejo).

Essa ambivalência acha-se no próprio título do romance de 1967. O quarup é uma festa por meio da qual, ritualmente, os índios revivem o tempo sagrado da criação. Em meio a danças, lutas e um grande banquete, os mortos regressam à vida, encarnados em troncos de madeira (kuarup ou quarup) que, ao final, são lançados na água. O ritual fortalece e renova a tribo, que tira dele novo alento, transformando a morte em vida.

Bar Don Juan, *Reflexos do baile* e *Sempreviva* retomam as andanças do padre Nando tentando retratar os diferentes

---

[5] Organização repressiva paramilitar da ditadura.

Brasis (das guerrilhas, dos sequestros, do submundo de torturadores e torturados). O que sempre se busca são alternativas para "o atoleiro em que o Brasil se meteu", mesmo que, cada vez mais, de forma desesperançada, com a ironia minando a epopeia e desvelando machadianamente o quixotesco das utopias alencarianas. E essa busca se amplia no confronto passado-presente, interior-centro, no caso do desconcertante *Concerto carioca*. Ou, finalmente, quando se estende à América Latina, com seus eternos problemas, incluindo a terrível integração perversa que ocorreu com a "Operação Condor", nos anos 1970 (como aparece em *Sempreviva*), e, cem anos antes, com a "Tríplice Aliança" (rememorada obsessivamente por Facundo, personagem central em *Memórias de Aldenham House*).

A ironia existente já em *Assunção de Salviano* e *A madona de cedro* — ainda comedida e, portanto, mínima — vai crescendo a partir de *Quarup*, até explodir na sátira de *A expedição Montaigne*, que parece encerrar o ciclo antes referido.

Nesse romance, um jornalista, de nome Vicentino Beirão, arrasta consigo pouco mais de uma dúzia de índios (já aculturados, mas fingindo selvageria para corresponder ao gosto desse chefe meio maluco) e Ipavu, índio camaiurá, tuberculoso, recém-saído do reformatório de Crenaque, em Resplendor, Minas Gerais. O objetivo da insólita expedição, que tem como mascote um busto do filósofo Montaigne (um dos principais criadores da imagem do bom selvagem na Europa), é "levantar em guerra de guerrilha as tribos indígenas contra os brancos que se apossaram do território" desde a chegada de Cabral, que é descrita como um verdadeiro estupro da terra de Iracema.

Depois de várias peripécias e de sucessivas perdas no labirinto de enganosos rios, conseguem chegar à aldeia camaiurá, levados pelo rio Tuatuari. A longa viagem, na verdade, conduz à morte. Vicentino Beirão, febril e semidesfalecido, é empurrado por Ipavu para dentro da gaiola do seu gavião Uiruçu, companheiro de infância com quem foge logo a seguir. O pajé Ieropé, já velho e desmoralizado, incapaz de curar os doentes desde que os remédios brancos foram introduzidos na aldeia, tendo saído de sua cabana pouco depois da fuga de Ipavu, e vendo o jornalista enjaulado, vislumbra aí a possibilidade de recuperar o seu prestígio de mediador entre os homens e os deuses, "recosturando o céu e a terra" e trazendo de volta o tempo em que suas ervas e fumaças eram eficazes. Porque, para ele, Vicentino Beirão é Karl von den Steinen renascido. Trata-se do antropólogo alemão que fez a primeira expedição ao Xingu em 1884, aqui chamado de Fodestaine.

Enquanto isso, a tuberculose, que estivera corroendo as forças de Ipavu durante toda a travessia, completa sua obra e o indiozinho também morre, reintegrando-se na cultura indígena por meio de um ritual fúnebre: a canoa que se afasta com seu corpo, rio afora, conduzida pelo gavião de penacho.

Como na maior parte dos romances de Callado, o desenlace é insólito e nos agrada na medida em que surpreende. No entanto, o grande prazer da leitura está em seguir o desenrolar da história, o contraponto das perspectivas alternadas, a escrita que nos empolga e nos faz ler tudo de um fôlego só, provocando ao mesmo tempo a expectativa do romance policial, o riso da comédia, a piedade e o terror da tragédia.

Anti-herói paródico, Vicentino Beirão é Nando, Quinho e tantos heroicos revolucionários dos romances anteriores. A dimensão utópica desaparece, persistindo somente de forma negativa, na amargura de um mundo fora dos eixos: nossa tragicomédia exposta.

A vertente machadiana, cética e irônica, que combinava tão bem com o lado Alencar de Callado (aparecendo em outros romances só quando o narrador se distanciava para olhar exaustivamente e sem piedade a miséria dos heróis e a pobreza das utopias em seus mundos infernais), agora ganha o primeiro plano, intensificando a caricatura.

A expedição Montaigne parece resumir um ciclo de modo tal que, depois dela, é como se Callado trabalhasse com resíduos. Ainda apegado ao tema do índio — tema pelo qual ele reconhece um interesse do avô, que também gostava de tratar desse assunto —, o escritor volta a ele em seu penúltimo romance — *Concerto carioca* —, mas, dessa vez, caracterizado por uma problemática histórico-social mais ampla.

A tentativa de *Concerto carioca* é, como o próprio nome aponta, a de concentrar em um cenário urbano a ficção previamente desenhada pela viagem aos confins do Brasil. Entretanto, até isso é ambíguo, já que o Jardim Botânico, onde transcorre a maior parte da ação, é uma espécie de minifloresta que enquadra e anima de modo mítico, com suas árvores e riachos, a figura de Jaci, o indiozinho (agora citadino) vítima de Xavier, o assassino um tanto psicopata, no qual poderíamos ler o símbolo tanto dos colonizadores de ontem quanto dos depredadores da vida e da natureza de hoje, de dentro e de fora da América Latina, tornando a exterminar os índios, agora transplantados para a cidade.

Ettore Finazzi Agrò[6] leu *Concerto carioca* como um concerto desafinado, um conjunto de sequências inconsequentes e de pessoas fora do lugar, umbral, paralisia e atoleiro, em um presente que arrasta o passado, feito de falta e remorso, em analogia com o ritmo desafinado da nossa existência descompassada. O mesmo atoleiro que nos obriga a arrancar-nos da lama pelos próprios cabelos, tarefa hercúlea que o próprio Callado sempre invocava, aludindo a sério aos contos do célebre barão de Münchhausen.[7]

Nesse livro, ainda bebendo nas fontes de sua própria vida (a infância passada no Jardim Botânico e o descobrimento do índio pelo menino, aprofundado anos depois pelo repórter adulto), o escritor retoma também outro tema que lhe é familiar: a temível potencialidade das pessoas. Segundo seu próprio depoimento, isso se confunde com a tarefa do romance, que é levar a pessoa ao extremo daquilo que poderia ser: "Então, você pode acreditar em uma prostituta que é quase uma santa no final do livro, como em um santo que resulta em um canalha da pior categoria."[8] Ao longo de toda a obra, essa dimensão, que poderíamos chamar de "a pesquisa do mal no homem, na mulher, na sociedade", aparece nos momentos em que os demônios se soltam.

---

[6] Cf. Nos limiares do tempo. A imagem do Brasil em *Concerto carioca*. In: CHIAPPINI, Ligia; DIMAS, Antonio; ZILLY, Berthold (Org.). *Brasil, país do passado?* São Paulo: Edusp/Boitempo, 2010.

[7] Personagem de *As aventuras do celebérrimo barão de Münchhausen*, escrito pelo alemão Gottfried August Bürger em 1786 e publicado no Brasil com tradução de Carlos Jansen (Rio de Janeiro: Laemmert, 1851). A análise da tensão temporal em *Concerto carioca*, no livro citado na nota 1, segue de perto a leitura de Finazzi Agrò (2000, p. 137).

[8] Entrevista concedida à autora e publicada em *Antonio Callado, literatura comentada* (São Paulo: Abril, 1982. p. 9).

Concerto carioca opta por se introduzir nas vertentes pessoais da maldade e toma partido, decisivamente, pelo mito, deixando, dessa vez, a história como um distante pano de fundo. Ao debilitar-se o plano histórico e social, rompe-se aquele equilíbrio entre o particular e o geral, o contingente e o transcendente, que permitiu a *Quarup* perdurar. O resultado, embora reúna acertos e achados, é um romance no qual o próprio narrador (personificado em um menino) parece perceber um equívoco: o de destacar como herói quem deveria ser um vilão secundário e diminuir a figura central do indiozinho, tornada paradoxalmente mais abstrata.

Em todo caso, isso talvez seja mesmo o remate de um ciclo e o começo de outro, de um livro ambíguo que traz o novo latente. Finalmente, Callado chega de volta no ponto em que começou, redescobrindo o país e a si mesmo no confronto com seus irmãos latino-americanos e nossos meios-pais europeus, a partir da experiência da viagem, da vivência de guerras externas e internas e das prisões em velhas e novas ditaduras. Londres durante a guerra e o ambiente da BBC são aí tematizados, lançando mão novamente de um recurso que sempre foi efetivo em suas obras: os mecanismos de surpresa e suspense dos romances policiais e de espionagem. Aqui vai mais longe, pois tenta compreender o Brasil tentando entendê-lo na América do Sul, e esta, em suas tensas relações com a Europa.

A história é narrada do ponto de vista de um jornalista brasileiro que vai para Londres, fugindo à ditadura de Getúlio Vargas, na década de 1940, e lá encontra outros companheiros latino-americanos, uma chileno-irlandesa, um paraguaio, um boliviano e um venezuelano. Estes, por sua vez, fugiram do arbítrio da polícia política em seus respectivos países. O confronto deles entre si e de todos juntos com os ingleses, no dia a dia de uma agência da BBC especialmente voltada para a América Latina, acaba denunciando tanto os bárbaros crimes latino-americanos do passado e do presente quanto o envolvimento das nossas elites com os criminosos de colarinho branco da supercivilizada Inglaterra. Não apenas denuncia, mas também expõe parodicamente os preconceitos e estereótipos dos ingleses sobre os latino-americanos e vice-versa.

Vinte anos depois dos sucessos de *Memórias de Aldenham House*, que se prolongam num Paraguai e num Brasil só aparentemente democratizados, o narrador (ex-representante brasileiro na BBC, como fora o próprio Callado) escreve suas memórias, novamente na prisão. Nesse caso, ampliando o ciclo, o território e a viagem, circulamos pela Inglaterra e França para chegar ao Paraguai, passando pela prisão ditatorial em que o narrador escreve sua história, uma história de outras ditaduras e de perseguições a líderes de esquerda menos ou mais desesperados, menos ou mais vitimizados, mas igualmente vencidos pela prepotência do autoritarismo tradicional na América Latina.

Callado rememora aí sua experiência de duas ditaduras e de duas pós-ditaduras; a experiência dos exilados que se foram e dos que voltaram para contar, tentando recuperar a face oculta da civilizada Inglaterra, que Facundo acusa e que talvez esteja muito mais próxima do Paraguai e, por que não, do Brasil, ou pelo menos de certo Brasil: aquele tanto mais visível quanto mais se encena a sua entrada plena na modernidade pós-moderna.

Perfil do autor

O senhor das letras

Eric Nepomuceno
Escritor

Antonio Callado era conhecido, entre tantas outras coisas, pela sua elegância. Nelson Rodrigues dizia que ele era "o único inglês da vida real". Além da elegância, Callado também era conhecido pelo seu humor ágil, fino e certeiro. Sabia escolher os vinhos com severa paixão e agradecer as bondades de uma mesa generosa. E dos pistaches, claro. Afinal, haverá neste mundo alguém capaz de ignorar as qualidades essenciais de um pistache?

Pois Callado sabia disso tudo e de muito mais.

Tinha as longas caminhadas pela praia do Leblon. Ele, sempre tão elegante, nos dias mais tórridos enfrentava o sol com um chapeuzinho branco na cabeça, e eram três, quatro quilômetros numa caminhada puxada: estava escrevendo. Caminhava falando consigo mesmo: caminhava escrevendo. Vivendo. Porque Callado foi desses escritores que escreviam o que tinham vivido, ou dos que vivem o que vão escrever algum dia.

Era um homem de fala mansa, suave, firme. Só se alterava quando falava das mazelas do Brasil e dos vazios do mundo daquele fim de século passado. Indignava-se contra a injustiça, a miséria, os abismos sociais que faziam — e em boa medida ainda fazem — do Brasil um país de desiguais. Suas opiniões, nesse tema, eram de suave mas certeira e efetiva contundência. E mais: Callado dizia o que pensava, e o que pensava era sempre muito bem sedimentado. Eram palavras de uma lucidez cristalina.

Dizia que, ao longo do tempo, sua maneira de ver o mundo e a vida teve muitas mudanças, mas algumas — as essenciais — permaneceram intactas. "Sou e sempre fui um homem de esquerda", dizia ele. "Nunca me filiei a nenhum partido, a nenhuma organização, mas sempre soube qual era o meu rumo, o meu caminho." Permaneceu, até o fim, fiel, absolutamente fiel, ao seu pensamento. "Sempre fui um homem que crê no socialismo", assegurava ele.

Morava com Ana Arruda no apartamento de cobertura de um prédio baixo e discreto de uma rua tranquila do Leblon. O apartamento tinha dois andares. No de cima, um terraço mostrava o morro Dois Irmãos, a Pedra da Gávea e o mar que se estende do Leblon até o Arpoador. Da janela do quarto que ele usava como estúdio, aparecia esse mesmo mar, com toda a sua beleza intocável e sem fim.

O apartamento tinha móveis de um conforto antigo. Deixava nos visitantes a sensação de que Callado e Ana viviam desde sempre escudados numa atmosfera cálida. Havia um belo retrato dele pintado por seu amigo Cândido Portinari, de quem Callado havia escrito uma biografia. Aliás, escrita enquanto Portinari pintava seu retrato. Uma curiosa troca de impressões entre os dois, cada um usando suas ferramentas de trabalho para descrever o outro.

Havia também, no apartamento, dois grandes e bons óleos pintados por outro amigo, Carlos Scliar.

Callado sempre manteve uma rígida e prudente distância dos computadores. Escrevia em sua máquina Erika, alemã e robusta, até o dia em que ela não deu mais. Foi substituída por uma Olivetti, que usou até o fim da vida.

Na verdade, ele começava seus livros escrevendo à mão. Dizia que a literatura, para ele, estava muito ligada ao rascunho. Ou seja, ao texto lentamente trabalhado, o papel diante dos olhos, as correções que se sucediam. Só quando o texto adquiria certa consistência ele ia para a máquina de escrever.

Jamais falava do que estava escrevendo quando trabalhava num livro novo. A alguns amigos, soltava migalhas da história, poeira de informação. Dizia que um escritor está sempre trabalhando num livro, mesmo quando não está escrevendo. E, quando termina um livro, já tem outro na cabeça, mesmo que não perceba.

Era um escritor consagrado, um senhor das letras. Mas ainda assim carregava a dúvida de não ter feito o livro que queria. "A gente sente, quando está no começo da carreira, que algum dia fará um grande livro. O grande livro. Depois, acha que não conseguiu ainda, mas que está chegando perto. E, mais tarde, chega-se a uma altura em que até mesmo essa sensação começa a fraquejar...", dizia com certa névoa encobrindo seu rosto.

Levou essa dúvida até o fim — apesar de ter escrito grandes livros.

Foi também um jornalista especialmente ativo e rigoroso. Escrevia com os dez dedos, como corresponde aos profissionais de velha e boa cepa. E foi como jornalista que ele girou o mundo e fez de tudo um pouco, de correspondente de guerra na BBC britânica a testemunha do surgimento do Parque Nacional do Xingu, passando pela experiência definitiva de ter sido o único jornalista brasileiro, e um dos poucos, pouquíssimos ocidentais a entrar no então Vietnã do Norte em plena guerra desatada pelos Estados Unidos.

A carreira de jornalista ocupou a vaga que deveria ter sido de advogado. Diploma em direito, Callado tinha. Mas nunca exerceu o ofício. Começou a escrever em jornal em 1937 e enfrentou o dia a dia das redações até 1969. Soube estar, ou soube ser abençoado pela estrela da sorte: esteve sempre no lugar certo e na hora certa. Em 1948, por exemplo, estava cobrindo a 9ª Conferência Pan-americana em Bogotá quando explodiu a mais formidável rebelião popular ocorrida até então na Colômbia e uma das mais decisivas para a história contemporânea da América Latina, o Bogotazo. Tão formidável que marcou para sempre a vida de um jovem estudante de direito que tinha ido de Havana, um grandalhão chamado Fidel Castro, e que também acompanhou tudo aquilo de perto.

Houve um dia, em 1969, em que ele escreveu ao então diretor do *Jornal do Brasil* uma carta de demissão. Havia um motivo, alheio à vontade dos dois: a ditadura dos generais havia decidido cassar os direitos políticos de Antonio Callado pelo período de dez anos e explicitamente proibia que ele exercesse o ofício que desde 1937 garantia seu sustento. Foi preciso esperar até 1993 para voltar ao jornalismo, já não mais como repórter ou redator, mas como um articulista de texto refinado e com visão certeira das coisas.

Até o fim, Callado manteve, reforçada, sua perplexidade com os rumos do Brasil, com as mazelas da injustiça social.

E até o fim abandonou qualquer otimismo e manteve acesa sua ira mais solene.

Sonhou ver uma reforma agrária que não aconteceu, sonhou com um dia não ver mais os milhões de brasileiros abandonados à própria sorte e à própria miséria. Era imensa sua indignação diante do Brasil ameaçado, espoliado, dizimado, um país injusto e que muitas vezes parecia, para ele, sem remédio. Às vezes dizia, com amargura, que duvidava que algum dia o Brasil deixaria de ser um país de segunda para se tornar um país de primeira. E o que faria essa diferença? "A educação", assegurava. "A escola. A formação de uma consciência, de uma noção de ter direito. Trabalho, emprego, justiça. Ou seja: o básico. Uma espécie de decência nacional. Porque já não é mais possível continuar convivendo com essa injustiça social, com esse egoísmo."

Sua capacidade de se indignar com aquele Brasil permaneceu intocada até o fim. Tinha, quando falava do que via, um brilho especial, uma espécie de luz que é própria dos que não se resignam.

Desde aquele 1997 em que Antonio Callado foi-se embora para sempre, muita coisa mudou neste país. Mas quem conheceu aquele homem elegante e indignado, que mereceu de Hélio Pellegrino a classificação de "um doce radical", sabe que ele continuaria insatisfeito, exigindo mais. Exigindo escolas, empregos, terras para quem não tem. Lutando, à sua maneira e com suas armas, para poder um dia abrir os olhos e ver um país de primeira classe. E tendo dúvidas, apesar de ser o senhor das letras, se algum dia faria, enfim, o livro que queria — e sem perceber que já tinha feito, que já tinha escrito grandes livros, definitivos livros.

Este livro foi impresso no
SISTEMA DIGITAL INSTANT DUPLEX
DA DIVISÃO GRÁFICA DA DISTRIBUIDORA RECORD
Rua Argentina, 171 – Rio de Janeiro, RJ
para a
EDITORA JOSÉ OLYMPIO LTDA.
em agosto de 2014

*

82º aniversário desta Casa de livros, fundada em 29.11.1931